Daniela Schenk

O wüsste sie, dass sie es ist!

Daniela Schenk

O wüsste sie, dass sie es ist!

Roman

Ulrike **HELMER** Verlag

Bibliografische Information der Deutschen Nationalbibliothek
Die Deutsche Nationalbibliothek verzeichnet diese Publikation in der Deutschen Nationalbibliografie; detaillierte bibliografische Daten sind im Internet über http://dnb.d-nb.de abrufbar.

Bibliographic information published by the Deutsche Nationalbibliothek
The Deutsche Nationalbibliothek lists this publication in the Deutsche Nationalbibliografie; detailed bibliographic data are available in the Internet at http://dnb.d-nb.de.

Umschlaggestaltung: Atelier KatarinaS, NL
Druck: Wilfried Niederland Verlagsservice, Frankfurt am Main
Printed in Germany
ISBN 978-89741-210-1

Ulrike Helmer Verlag
Altkönigstraße 6a, D-61462 Königstein/Taunus
E-Mail: info@ulrike-helmer-verlag.de

www.ulrike-helmer-verlag.de

Emilia

1

1893 – Weltausstellung in Chicago:
Matilda Stewart Barron demonstriert
ihren geräuschlosen Kohleneimer.

Kobi nannte mich liebevoll »mein Augapfel«. Doch so wahnsinnig nett war das auch wieder nicht, er hatte nämlich ein Glasauge. Das drückte er mir dauernd in die Hand, damit ich es putzte. Manchmal steckte er sich das Auge verkehrt herum ins Gesicht und jagte mich als Zombie durch die Schlosserei.

Für Otto war ich einfach »Emily«. Er hatte sehr große Ohren, hinter denen immer eine Zigarette klemmte. Sein Zeige- und Mittelfinger waren gelb verfärbt, das kam vom Rauchen. Er behauptete, dass sein Vater eine Dampflokomotive gewesen sei und er deshalb nicht anders könne, als dauernd zu paffen. Ich wusste natürlich, dass das gelogen war: Nur weil der Vater eine Dampflokomotive ist, muss man deswegen noch lange nicht so viel rauchen!

Mein Opa nannte mich »Klein-da-Vinci«, weil ich wie der große da Vinci tolle Maschinen baute. Einmal hatte ich ihm ein Gestell an sein Mofa montiert und an das Gestell einen Besen, damit konnte er im Nu den Platz vor seinem Bauernhof kehren.

Vater sagte »Emilia« (und zwar so: »E-mi-li-a!«), wenn er nicht gut auf mich zu sprechen war. Ich fand es merkwürdig, dass er meinen Namen nur dann benützte, wenn er sauer war. Sonst hatte er eine Unmenge anderer Namen für mich: »Schleckmäulchen«, »Sahneschnittchen«, »Zucchini«, »Prinzessin«, »Seifenkistchen« oder »Butterblume« – und das ging mir ziemlich auf den Geist.

Die Kinder nannten mich »Curry«. Da ich damals keine Ahnung vom Kochen hatte, wusste ich nicht, was der Name bedeutete. »Curry« gefiel mir, das war kurz, bündig und kraftvoll. Ich war erstaunt, dass sie mir einen solch schönen Namen gaben, denn sie waren nicht gerade nett zu mir. Ich war diejenige, welche allein am Pult saß und im Turnen als letzte in eine Mannschaft gewählt wurde, obschon ich ziemlich gelenkig war. Erst als ich Jahre später erfuhr, dass Curry ein Gewürz der indischen Küche ist, kapierte ich, dass sie sich über meine Herkunft lustig gemacht hatten.

Meine Mutter war nämlich eine Inderin gewesen, und das sah man mir an.

Als Mama starb, war ich drei Jahre alt, ich kann mich nur ganz verschwommen an sie erinnern. Papa zufolge war Mama die Schönste, die Klügste und Wunderschönste, mit Mandelaugen, Haar so dunkel wie Zartbitterschokolade, einem Erdbeermund und einer karamellfarbenen Haut, die nach Zimt und Kardamom roch. Ich überlegte mir, ob meine Mutter so etwas wie ein Dessert gewesen war – eine mehrstöckige Torte vielleicht, mit Schokoladenguss, Mandeln, Karamell, Erdbeeren, Zimt und Kardamom. Ich überlegte mir weiter, ob Mama nicht mehr da war, weil jemand sie aufgegessen hatte. Und da Vater ausschaute, als hätte man Luft in ihn gepumpt (er behauptete, das seien alles Muskeln), fragte ich mich, ob nicht er vielleicht Mama gefressen hatte, aus lauter Liebe. Und wenn mich Papa dann »Sahneschnittchen« nannte, kriegte ich Angst, dass er mich eines Tages auch fressen würde.

Die Lieblingsorte meiner Kindheit waren Großvaters Bauernhof, Vaters Schrebergarten und seine Schlosserei. Die Schlosserei lag in einem Innenhof einer alten Häuserblockreihe, in der sich auch unsere Wohnung befand. Mittagessen gab es werktags in der Schlosserei. Das lief ungefähr so ab: Ich hüpfte pfeifend in die Werkstatt, den Schulsack wie einen Propeller schwingend. Vater nuschelte (wegen der Zigarre im Mund) »Hej, Schneeflöckchen«, Otto winkte und nuschelte (wegen der Zigarette im Mund) »Hallo Emily«, und Kobi sagte »Ach, da ist mein Augapfel!« und nahm sein Glasauge aus der Visage. Noch während ich eifrig Kobis Auge polierte, hob mich einer der Männer auf den Werktisch und fragte mich, wie's in der Schule gewesen sei. Ich begann zu erzählen, indessen stellte Papa das Essen auf den Tisch. Man hätte denken können, dass Vater nach dem Tod von Mama kochen lernte. Hatte er eindeutig nicht, er wurde bloß der schnellste Dosenöffner der Welt. Es gab Ravioli, weiße Bohnen, kalte oder warme Würstchen, Erbsen und Karotten oder ein Sandwich. Manchmal hatte unsere Nachbarin Frau Wernli Erbarmen und stellte uns ein Müesli oder einen richtigen Salat dazu. Ich saß auf dem riesigen Tisch, ließ meine Beine baumeln, aß den Schlangenfraß, den ich gar nicht so schlecht fand, und hörte den nicht eben jugendfreien Gesprächen der Männer zu. Ich lernte eine Menge über Fußball, Politik und über scharfe Frauen. Offenbar, so überlegte ich mir, waren nicht alle Frauen so süß wie meine Mutter.

Nach dem Essen halfen mir die Männer bei den Hausaufgaben, mit dem Resultat, dass sie etwas gescheiter wurden und ich ratlos blieb. Sie ritten mit mir durch den Innenhof oder spielten Verstecken. Manchmal legten sie mich auf den Arbeitstisch und taten so, als würden sie mich zersägen, aufschrauben oder zuschweißen.

Wenn ich krank war, stellten die Männer ein Bett hinten in der Schlosserei auf, in der Nähe des Ofens. Papa wickelte mich ins Duvet und trug mich hinüber in die Werkstatt. Wenn mir dann der vertraute Geruch von Metallspänen entgegenwehte, von Schmieröl und Maschinen, der sich mit dem würzigen Rauch des Holzofens und dem stinkigen Dunst der Zigarren und Zigaretten vermischte, wusste ich, dass ich in Sicherheit war. Ich wurde mit einer Menge Wärmeflaschen ins Bett gesteckt und schlief sofort ein. Zwischendurch erwachte ich und fütterte den Ofen mit Holz. Kobi rieb mich mit *Vicks* ein, unabhängig davon, was ich hatte – er hätte es mir vermutlich sogar auf ein Ekzem gestrichen. Otto versetzte den Kräutertee mit Whisky, damit ich besser schwitzen konnte, was dazu führte, dass ich mehrheitlich beschwipst durch meine Kinderkrankheiten segelte. Einmal hatte sich Otto in der Whiskymenge vertan, da schaute ich verwundert zu, wie drei Männerpaare in der Schlosserei arbeiteten. Montgolfier schnarchte zu meinen Füßen. Montgolfier war mein Hund, den ich von Großvater geschenkt gekriegt hatte. Er war ein Bastard, braun-schwarz-weiß gefleckt mit einem langen buschigen Schwanz und den klügsten Augen der Welt. Von Zeit zu Zeit kam einer der Männer, setzte sich auf den Bettrand und befühlte mit schmutziger Hand meine Stirn oder strich mir über die Wange. Am Abend sah ich dann wie ein Schornsteinfeger aus.

Bevor ich meinen Namen kritzeln konnte, hatte ich mit Otto schon eine Menge Metallteile zusammengelötet. Bevor ich in die erste Klasse kam, kannte ich praktisch alle Werkzeuge beim Namen und wusste auch, was man damit anfing. Ich baute Seifenkisten – Raketen mit Licht, Radio und einem Extraplatz für Montgolfier. Papa brachte mir defekte Dinge nach Hause, weil er wusste, dass mir dann das Herz höher schlug. Einmal versuchte ich einen Haken an Montgolfiers Nacken zu schweißen, das wäre praktisch für die Leine gewesen, aber der Hund raste jaulend mit einem Brandloch durch die Schlosserei. Da erkannte ich, dass man nicht alles zusammenschweißen konnte. Und ich lernte, dass nicht jede Konstruktion funktionierte. Der Besenstiel an Opas Mofa zum Beispiel brach schon bei der dritten Bodenwelle ab.

Irgendwann bemerkte ich mit Verwunderung, dass Frauen in meinem Leben nicht vorhanden waren und dass mich die Gleichaltrigen verspotteten – aber ich wusste nicht, warum das so war. Die Jungs gingen gern mit mir in den Wald um Blödsinn zu machen, aber sie taten das im Versteckten, denn ihre Mütter hatten ihnen verboten, mit dem »seltsamen Schlossermädchen« zu spielen. Sie behaupteten, dass ich eine Göre sei, und das könne mit mir nicht gut herauskommen, mit all den Männern und keiner Mutter, wobei eine indische Mutter natürlich auch nicht das Gelbe vom Ei gewesen wäre. In ein Heim stecken solle man mich. Ich verstand nicht, warum ich in ein Heim sollte, wenn es die Schlosserei gab. Zudem war ich ein Sahneschnittchen, keine Göre! Was eine Göre ist, wusste ich nicht genau, ich stellte mir vor, dass das so etwas wie eine Röhre wäre, vielleicht eine kleine Röhre, weil ich ja noch ein Kind war. Das mit dem Heim wurde glücklicherweise nichts, weil mein Vater regelmäßig mit Frau Schrägle, der Sozialarbeiterin, jasste, wobei die zwei ein super Team abgaben. Vater war ein leidenschaftlicher Kartenspieler, er behauptete, dass er deswegen immer noch so fit im Kopf sei. Eine echter Schweizer könne nicht anders als jassen, das sei genetisch bedingt, schon Willhelm Tell habe gejasst.

Papa war ein guter Vater, er ging regelmäßig mit mir auswärts essen, wegen der Vitamine, dem Salat und so. Er machte jeden Mittwochnachmittag mit mir eine Tour durch die Trödlerläden und kaufte mir die Schätze, die ich dort fand. Er nahm mich mit in seinen Schrebergarten, wo ich den Grill einfeuern und ihm mit den Zucchini helfen durfte. Nach Mutters Tod hat sich Papa in den Kopf gesetzt, ihr zu Ehren eine rote Zucchinisorte zu züchten. Wo in anderen Schrebergärten Salate neben Karotten, Bohnenstangen, Tomaten und verschiedenen Blumen wuchsen, sah man bei uns ein Meer von Zucchini. In all den Jahren brachte Vater einiges zustande: runde, geästelte und grün-gelb gestreifte Zucchini, aber nie rote. Die Zucchiniernte war gewaltig, er deckte damit die ganze Verwandtschaft, Nachbarschaft und den Freundeskreis ein. Die bedankten sich artig, und wenn er gegangen war, warfen sie das Gemüse in den Kompostkübel. Niemand konnte mehr Zucchini sehen.

Aber abgesehen von dieser Macke war Vater wie gesagt in Ordnung. Er sang mir vor dem Einschlafen Lieder vor – keine Kinder-, sondern Soldatenlieder, die er im Wehrdienst gelernt hatte. In denen kamen Kugeln geflogen und »**den Kamerad hat's weggerissen, er liegt zu meinen Füßen, als wär's ein Stück von mir.**« Ich war für die Begleitung zuständig: »**Tsching-de-ras-sa,**

Bum-de-ras-sa, Tschin-de-ra!« Oder: »**Don, don, don, don, hei, diridiri, don, diri don.**« Das *Sempacherlied* mochte ich nicht, mein Vater meinte jedoch, dass ich da durch müsse, solche Lieder würden einen fürs Leben stärken. Vielleicht wollte er, dass ich später in die Fremdenlegion ging. Das *Sempacherlied* handelte von wildem Schwertkampf, Schlachtstaub und wallendem Schweizerblut. Papa musste nach dem Sempacherlied dann noch etwas anderes singen, bevor er das Licht löschen durfte. »**Hei di, hei dum, heida, hei di dum heida la la la la.**« Er sang übrigens schrecklich falsch, aber das war nicht wichtig, Hauptsache, er saß auf meiner Bettkante und rüstete mich mit seinen Kriegsliedern für eine weitere Nacht.

Manchmal nach dem Singen, wenn Papa schon das Licht auslöschen wollte, sagte ich zu ihm: »Erzähl mir von Mama.« Da setzte er sich bedächtig wieder aufs Bett und erzählte. Mutter war die Tochter eines Maharadschas gewesen und besaß schon mit fünf Jahren zehn Elefanten, auf denen sie jeden Tag ritt. Morgens nahm sie ein Bad in frischer Elefantenmilch, in der unzählige Lotosblüten schwammen. Mit elf bekam sie ein Stück Land, das sie nach eigenem Gutdünken regieren durfte. Sie war streng, aber gerecht und gütig zu ihrem Volk. Ein anderes Mal erzählte er mir, dass sie die Tochter eines Gurus gewesen war und als Dreijährige Yoga zu lernen begann. Mit vierzehn Jahren konnte sie mit der Kraft ihrer Gedanken Gegenstände verschieben und die Nacht im Kopfstand verbringen. Ein anderes Mal war sie die Tochter eines Curry-Händlers, der so gute Gewürze verkaufte, dass sie mit Gold aufgewogen wurden.

Vater erzählte mir unzählige solcher Geschichten, und jede war anders. Am liebsten mochte ich die, in der Mama als Kleinkind ausgesetzt und von drei Elefanten großgezogen wurde. Vater fand sie im Dschungel und brachte ihr in mühsamer Arbeit das Reden und sonstiges menschliches Verhalten bei. »Aber manchmal, wenn sie wütend war«, erklärte er, »trompetete sie wie ein Elefant, und da war es am besten, man verzog sich so rasch als möglich.« Die Kinder aus meiner Klasse glaubten mir keine der Geschichten, sondern lachten mich bloß aus. Da hörte ich auf, sie ihnen zu erzählen und dachte, dass sie bloß neidisch wären, weil ihre Mütter so langweilig waren.

Ich hatte einen ziemlich guten Kleidergeschmack, was die anderen seltsamerweise nicht erkannten, im Gegenteil: Sie spotteten über mich, sie verstanden einfach nichts von Mode. In Trödlerläden fand ich eine Menge toller Sachen, die ich für meine Maße abänderte. Ich mochte schöne Farbkombinationen, zum Beispiel eine orange Hose mit roten Blumen (hatte ich draufgesetzt), dazu eine himmelblaue Bluse mit gelben Knöpfen (hatte ich drangenäht) und ein dunkelviolettes Westchen mit goldenen Fransen (hatte ich druntergeflickt). Großvater hatte mir Omas Nähmaschine geschenkt. Oma war noch vor meiner Geburt mit dem Förster durchgebrannt. Opa sagte immer mal wieder: »Ich rate dir – lass dich mit einer stattlichen Frau besser nie auf was Ernstes ein.« Ich fand diesen Rat reichlich merkwürdig – was überhaupt war eine stadtliche Frau? Eine Frau, die in der Stadt wohnte? Und warum durfte man mit einer solchen Frau nie ernst sein?

Ich war am Wochenende meist bei Großvater, wegen der frischen Luft, und weil er besser kochen konnte als Papa. Es gab zum Beispiel Speck mit Bohnen, was eindeutig mein Lieblingsessen war. Großvater war ein kleines, knorriges Männchen mit weißem, üppigem Haar und einem großen, schön gezwirbelten Schnauz. Vater war wie gesagt sehr muskulös (wie er es bezeichnete), er war groß und hatte eine Halbglatze, was nicht auffiel, weil er die restlichen Haare auf Millimeterlänge schnitt. Er steckte fast immer in einem blauen Overall, im Mundwinkel einen Stumpen, welcher brannte oder auch nicht. Großvater erklärte mir, dass Papa nach Großmutter gehe, »die war auch ein Felsbrocken.«

Ja, so war das: Ich hieß »E-mi-li-a«, »Sahnetörtchen«, »Augapfel«, »Klein-da-Vinci« und »Curry«, ich sah recht indisch aus, hatte langes, dunkelgelocktes Haar, grüne Augen und hübsche Lippen (behauptete Otto). Papa war ein rundes Muskelpaket, Mutter eine Torte gewesen und vermutlich von Papa gegessen worden, und Großmutter ein in der Stadt lebender Felsen, mit dem man nicht ernst sein durfte.

Wie soll ich sagen – in meiner Kindheit war es mir nie auch nur ein bisschen langweilig.

2

1904 konstruierte Theodora Wilson-Wilson künstliche Brutapparate für Hühner.

Obschon ich keine Mutter hatte, bekam ich eines Tages die Menstruation. Natürlich war ich aufgeklärt worden, wobei das Wort aufge*klärt* vielleicht nicht der treffende Ausdruck dafür war. Eines Tages, vor dem Mittagessen (es gab weiße Böhnchen und Würste, letztere briet Otto über dem Lötkolben), fragte ich die Männer, wie ich eigentlich entstanden sei. Papa murmelte etwas Unverständliches in seine Zigarre, während er die Teller auf den Tisch stellte, Otto briet stumm die Würste und Kobi hielt mir wortlos sein Glasauge entgegen, dabei hatte ich es schon vor einer Viertelstunde poliert. Doch ich ließ nicht locker. Ich verlegte mich aufs Jammern und Quängeln, da wurde Vater immer schwach.

»Ach du Quälgeist!«, stöhnte Papa, »also, pass gut auf: Eine Biene fliegt auf eine Blume –«

»Man darf eine Biene nicht stören, sonst sticht sie, hat Opa gesagt.«

»Ehm, ja, aber darum geht's jetzt nicht. Es geht um die Biene und die Blüte.«

»Wenn Bienen auf den Blumen sind, summen sie wie verrückt, und ihre Hinterbeine werden vom Blumenstaub ganz dick, und dann können sie fast nicht mehr fliegen, so schwer sind sie.«

»Äh.«

Kobi stopfte sich das Auge ins Gesicht, dann setzte er mich auf den Tisch. »Weißt du, wir meinen nicht diese Bienen, sondern die heißen Bienen.«

»Ich dachte, ihr erzählt mir, wie ein Baby entsteht.«

»Ja eben, dazu braucht es heiße Bienen.« Kobi zwinkerte.

Ich schaute ihn verständnislos an.

»Na, die scharfen Frauen!«

Ich schaute ihn verständnislos an.

»Weißt du«, sagte Papa, »diese Frauen – alle Frauen – sind in unserer Geschichte die Bienen.«

Jetzt kam Otto mit den gebratenen Würsten zum Tisch. »Unsinn, hör nicht hin, Emily – es ist genau umgekehrt: Wir Männer sind die Bienen!«, wandte er ein.

Kobi tippte sich an den Kopf.

»Wir fliegen von der einen zur anderen«, erklärte Otto.

Ich starrte weiter die Männer an, sie blickten unschlüssig zu Boden.

»Versuchen wir es anders: Stell dir vor, dir gefällt ein Mädchen«, begann Otto wieder.

Kobi rammte ihm den Ellbogen in die Seite. »Dummkopf! Doch nicht ein Mädchen – ein Junge! Stell dir vor, dir gefällt ein Junge.«

»Mir gefällt kein Junge.«

»Mal angenommen.«

»Da würden wir knutschen und dann müssten wir einen Pariser über eine Banane stülpen.«

Drei Männer mit runtergeklappten Kinnladen waren ein lustiger Anblick. »Woher«, stammelte Vater, »w-wieso?« Er brach ab.

»Das steht doch überall auf den großen Plakaten: Stop Aids.«

Papa atmete erleichtert auf, »ach, dann weißt du ja alles.« Zu den Männern gewandt sagte er: »Gott sei Dank muss ich ihr das mit dem Eisprung und dem Blut nicht erklären.«

Bevor ich etwas erwidern konnte, betrat ein Kunde die Schlosserei, und unser Aufklärungszirkel löste sich auf.

Blut? Springende Eier?! In mir?

Bei der nächstbesten Gelegenheit fragte ich Otto, wie das mit den Eiern sei. Er tat so, als habe er mich nicht gehört. Ich sprang auf seinen Rücken und stibitzte die Zigaretten hinter seinen Ohren.

»Gib sie mir her, damit spielt man nicht!«, knurrte er. Wenn es um seine Glimmstängel ging, konnte er sehr ernst werden.

»Sag mir, was mit den Eiern und dem Blut ist!«

Otto nahm hastig die eine Zigarette, die ich ihm entgegenstreckte, und klopfte sie energisch auf die Metallfräse. »Also gut«, er räusperte sich. »Die Frauen haben Eierstöcke, die sind voller Eier.«

Vor meinem inneren Auge erschienen die Eier von Opas Hühnern, die ich manchmal einsammeln durfte. Ich starrte Otto entsetzt an. Wenn ich doch nur eine Freundin gehabt hätte, mit der ich über so etwas hätte sprechen können!

»Pro Monat springt ein Ei aus dem Stock, und trifft es auf keinen Samen, wird es hinausgespült, ehm, unten heraus, mit Blut. Wenn dir das passiert, hast du schlechte Laune, und die Mayonnaise misslingt dir.«

Eine Leiter? Ein Ei, das aus mir herausflutscht?! Schlechte Laune? Und was hat das alles mit Mayonnaise zu tun? Obschon ich nicht sicher war, ob es mich vor diesem Albtraum verschonen würde, beschloss ich, Jungfrau zu bleiben. Ich wusste zwar nicht genau, was eine Jungfrau überhaupt war – aber ich wusste, dass Maria wegen einem Geist das Christkind bekam, und das fand ich aufregend, vor allem weil dieses Christkind Geschenke brachte.

»Mit Tampons und Binden kannst du verhindern, dass deine Hose blutig wird«, ergänzte Otto.

Ich war bestimmt sechs Mal größer als ein Huhn, wie groß mussten da meine Eier sein! Und wie würde es sich anfühlen, wenn sie durch meinen Körper wanderten? Otto wollte weitererzählen, aber ich verließ wortlos die Schlosserei, entschlossen, diesen Albtraum selbst aufzuklären.

Noch am selben Tag besuchte ich die Volksbibliothek. Manchmal kann ein Nachmittag ein Leben verändern. Ich saß in einem Ledersessel und blätterte den Stapel Bücher durch, die ich zusammengesucht hatte. Ich erfuhr, dass *miteinander ins Bett gehen* nicht bedeutete, dass man einfach gemütlich zusammenliegt, wie ich immer angenommen hatte. Für den Mann war die Frau so etwas wie eine einpolige Steckdose, in die er seinen einpoligen Stecker steckt und wieder herauszieht und wieder hineinsteckt – warum, blieb mir schleierhaft. Ich erfuhr, dass in meinem Unterleib tatsächlich zwei Patronen voller klitzekleiner Eier waren, dass in Frauen monatlich ein Ei hinunterklettert, um sich von Samen torpedieren zu lassen. Wird es nicht torpediert, weint der Eierstock blutige Tränen und schwemmt das Ei aus. Der Eierstock weint tagelang, deshalb tut einem der Bauch weh.

Das Menstruieren war eine recht kriegerische Sache, schien mir.

Es dunkelte schon, als ich die Bibliothek verließ. Ich war aufgewühlt, aber auch erleichtert, wegen der winzigen Eier. Nur die Sache mit der einpoligen Steckdose und dem einpoligen Stecker fand ich eigenartig, also blieb ich bei meinem Vorhaben, als Jungfrau zu sterben. Ich konnte mir nicht vorstellen, dass ich mit einem Jungen die Steckdosensache machen wollte – nachdem ich an Parties gewesen war, erst recht nicht.

Meine Hauptbeschäftigungen auf solchen Klassenfeten hatten darin bestanden, unaufgefordert auf einem Stuhl zu sitzen und Kartoffelchips mit Gummibärchen zu essen. Wurde ich dann doch einmal aufgefordert, hatte ich das Pech, dass mein Kopf in Höhe der Achselhöhlen meiner jungenhaften Tanzpartner zu liegen kam. Montgolfier hätte bestimmt Freude am Geruch dieser Achselhöhlen gehabt, ich weniger. Bei langsamer Musik konnte übrigens nicht mehr von Tanzen die Rede sein, man stand eng umschlungen im Dunkeln. Den schmatzenden Geräuschen zufolge hatte das seinen Grund, nur nicht bei mir, ich brauchte meinen Mund zum Atmen, wegen der Achselhöhlen, doch meistens saß ich allein im Dunkeln und aß Chips mit Gummibärchen, bis mir schlecht wurde.

Nur einmal geschah etwas, das all die Achselhöhlen und Gummibärchen auf einen Schlag wettmachte: Ein Mädchen kam auf mich zu und forderte mich zum Tanzen auf. Sie war die zweite, die von den Jungen links liegen gelassen wurde. Ich verstand nicht, warum das so war, denn sie war weder eine halbe Inderin noch schien sie in einer Schlosserei aufzuwachsen. Sie hieß Myrtha, war schlank und fein, mit seidigen, blonden Haaren und gleichmäßigen Gesichtszügen. Die anderen kicherten blöd, als wir zusammen aufs Tanzparkett gingen, was mich nicht weiter störte, ich war es gewohnt ausgelacht zu werden. Wir tanzten zusammen, das heißt, wir standen wie die anderen umarmt im Dunkeln, und für eine Umarmung zwischen zwei Mädchen war die ziemlich innig. Ich spürte Myrthas Seidenhaar an meinem Hals und genoss es, dass sie nicht nach Schweiß roch, nicht mal nach Erdbeerlippenpomade oder dem Parfum ihrer Mutter, sondern irgendwie einzigartig. Sie kuschelte sich an mich, was ein seltsames Gefühl in meinem Bauch verursachte, es kribbelte und hüpfte dort. Ich ließ meine Hand, die auf ihrem Rücken lag, ein ganz klein bisschen auf und ab wandern, Millimeter nur. Da bewegte sich auch ihre Hand ein klein wenig hin und her – das war auf ungewohnte Weise aufregend, es durchfuhr mich heiß und kalt. Dann war die Musik zu Ende, das Licht ging an und ich taumelte zurück zu meinem Stuhl, mit weichen Knien. Ich wagte für den Rest des Abends nicht mehr, zu Myrtha hinüberzublicken.

Später, als ich im Bett lag und Papa im Zimmer nebenan schnarchen hörte, dachte ich an Myrthas weiches Haar, an ihren Körperduft, an ihre Hand auf meinem Rücken. Ich drehte mich von einer Seite zur anderen, seufzte ein bisschen, spürte ein Ziehen und Drängen, dann seufzte ich noch ein bisschen mehr und fragte mich, ob Myrtha an die nächste Party kommen würde.

Doch was ich erzählen wollte: Ich bekam meine erste Menstruation. An diesem Morgen erwachte ich und erblickte Montgolfier, der wedelnd auf meinem Bett stand und am Duvet schnüffelte. Das machte er sonst nie, also ging ich der Sache nach und entdeckte einen roten Fleck auf dem Laken. Ich stieß einen Schrei aus – das untorpedierte Ei kam raus! Nun war ich eine Frau und würde heute keine Mayonnaise zustande bringen, was gut möglich war, denn ich hatte noch nie eine Mayonnaise selber gemacht! Ich zog mir hastig ein Paar Jeans über und rannte mit der blutigen Pyjamahose als wehender Fahne zu Papa in die Küche. »Ich bin eine Frau!«, schrie ich. »Meine Eier wandern!«, rief ich noch lauter, worauf Vaters Kopf hinter der Zeitung rot wurde. Er sagte: »Häm.« Ohne ein weiteres Wort zu verlieren, stand er auf und verließ die Wohnung, was mich sehr enttäuschte. Ich verzog mich ins Bad. In der Dusche schaute ich fasziniert zu, wie das Blut mein Bein hinunterfloss, und wenn ich die Beine grätschte, rann es wie dicker Sirup hinunter, es bildeten sich den Faden entlang dicke Tropfen, bis sich der Faden auflöste, um sich bald wieder von neuem zu bilden. Ich versuchte mit dem Faden Wörter auf den Badewannenboden zu schreiben, indem ich die Hüfte bewegte. Ich schrieb *Emilia*, dann schrieb ich schnell noch *Myr* – für *tha* reichte das Blut nicht mehr.

Nach dem Duschen hörte ich die Wohnungstür, und kurz darauf schob sich eine Hand samt Paket durch die Badezimmertür. »Die wirst du brauchen, Sahneschnittchen. Ich muss gehen, tschüss.«

Ich nahm das Paket. Es waren Binden.

Kaum ist man eine Frau, muss man wie ein Baby Windeln tragen oder – was ich erst später herausfinden würde – sich verkorken wie eine Flasche Wein. Schon seltsam.

Im Treppenhaus begegnete ich der Müesli-Nachbarin. »Guten Morgen, Frau Wernli, ich bin jetzt eine Frau. Ich trage Windeln, die habe ich zuerst mit der falschen Seite nach oben in die Unterhose gelegt. Das war nicht angenehm – ist Ihnen das auch mal passiert?«

»Ähm.«

Ich erzählte es der Kioskfrau.

»Uh, ähm.«

Dem Briefträger.

»Ahh, äh, ja.«

In der Biologiestunde streckte ich die Hand hoch und erzählte meine Neuigkeit. Die Klasse brach in Gelachter aus,

Lehrer Niggli versuchte nicht zu lachen, was ihm nicht richtig gelang. Betrübt schlurfte ich am Mittag in die Schlosserei, öffnete das Tor und – blieb überrascht stehen: Auf dem Werktisch war ein rotes Tuch ausgebreitet, darauf standen rote Kerzen und verschiedene Gerichte: Blutwurst, Rote-Beete-Suppe, Tomatensaft, Erdbeercreme, feuerrote Äpfel, gekochte Peperoni, Radieschen. Wohin ich auch blickte: rot, rot, rot! Und vier Männer – Opa war auch gekommen! –, die verlegen lächelnd um den Tisch standen und mir entgegenschauten.

»Möchte die junge Frau mit uns dinieren?«, fragte Otto, verbeugte sich galant und hielt mir einen Strauß roter Rosen entgegen. Ich lachte und weinte, aß vom roten Essen, bis ich fast ein bisschen schwanger aussah, und am Nachmittag durfte ich die Schule schwänzen.

3

1901 entwarf Bertha Wells eine Art Senfpumpe, um das Gewürz direkt auf den Teller befördern zu können, ohne dazu einen Löffel zu benötigen.

Mein Leben als Frau verlief eigentlich nicht anders als früher, mal abgesehen von den lästigen Binden. Ich saß allein am Pult, wurde als letzte in die Mannschaft gewählt, flickte wahnsinnig gern Geräte und brachte Montgolfier bei, mir aus dem Kühlschrank eine Cola zu holen. Ich sagte: »Hol Cola!« Der dumme Hund schaute mich interessiert an, wedelte wie verrückt mit dem Schwanz, dann schleckte er mir die Hand ab. Wir brauchten wohl noch etwas Training. Aber abgesehen davon blieb alles beim Alten. Jedenfalls bis ich die Schule verließ. Ich begann eine Lehre als Elektroinstallateurin. Mein Lehrmeister hieß Gottlieb Gasser, er war ein Freund von Vater und entpuppte sich als gutmütiger Lehrmeister. Er hatte mit eigenen Augen gesehen, wie groß mein Geschick mit Maschinen war, deshalb ließ er sich dazu überreden, ein Mädchen in die Lehre zu nehmen. In der Gewerbeschule waren die anderen Schulkollegen nett zu mir, niemand kam auf die Idee, mich »Curry« zu nennen – sie wussten offenbar nicht, dass ich eine Außenseiterin war, und ich war natürlich nicht so dumm, ihnen das hinter die Ohren zu reiben. Ich wurde schon bald so etwas wie die Henne im Eierkorb oder wie man das sagt, weil ich das einzige Mädchen war und obendrein die Beste in unserem Fachgebiet.

Oh, wie ich das mochte! Endlich hatte ich Freunde! Zwar keine Freundinnen, aber wenigstens Freunde, die öffentlich zu mir standen und die keine Mütter hatten, welche mich ins Heim abschieben wollten. Wir gingen mit Sixpacks Bier und Cola runter zum Fluss. Dort soffen und kifften wir. Wenn ich bekifft war, plapperte ich stundenlang über die geniale Mechanik von Wasserturbinen, da ließen sie mich nicht mehr mitrauchen.

Nach wie vor besuchte ich am Wochenende Opa. Seit er vom Apfelbaum gefallen war und sich dabei etwa zehntausend Knochen gebrochen hatte, lag er im Bett. Er schien um Jahrzehnte älter und war doch schon vorher nicht mehr der Jüngste gewesen. Er hatte mir versprochen, am ersten Schultag meines ersten Kindes dabei zu sein, vorausgesetzt, ich würde mit der Schwangerschaft nicht allzu lange warten. Sein langes, weißes Haar lag wie ein Strahlenkranz über das Kissen gebreitet, der Zwirbelschnurrbart hatte seine Form etwas verloren. Er sah wie Albert Einstein aus, nur viel älter und weniger intelligent, aber mit roten Bäcklein. Dazu hatte er schlechten Mundgeruch. Ich schob ihm ein Pfefferminzbonbon in den Mund.

»Mädel, du solltest dich endlich verlieben«, sagte er, während er das Bonbon lutschte.

Ich kämmte ihm so gut es ging die Haare und den Schnauz. »Ich weiß ja gar nicht, wie das ist, wenn man verliebt ist.«

»Das merkst du von allein.«

»Woran denn?«

»Wenn du ihr an die Hüften greifen willst und dein Herz leicht ist wie eine Feder und wie verrückt pocht, und du immer in ihrer Nähe sein, sie erobern und ihr die Kleider vom Leib reißen möchtest. Wenn du ein Gedicht schreiben und jauchzen willst. Aber nimm dich in Acht vor den stattlichen Frauen, die nutzen dich aus und lassen dich dann im Stich.«

»Opa, ich will bestimmt keine stattliche Frau.«

»Gut so, Mädchen, gut so.«

»Ich meine, ich bin eine Frau, was sollte ich da mit einer anderen Frau?«

»Recht hast du, Mädchen, vollkommen Recht, solange sie nur kein Brocken ist.«

Opa war beim Sturz vom Apfelbaum wohl auch auf den Kopf gefallen. Ich räumte ein wenig auf und schrieb der Gemeindeschwester auf, was es zu tun gab. Dann ging ich durch den leeren Bauernhof, der so verlassen fast gespenstig aussah, seit Opa nun auch noch die Hühner hatte weggeben müssen. Ich machte mir Sorgen um seine Zukunft, doch das wäre nicht nötig gewesen, denn ein paar Wochen später fiel er aus dem Bett, und das so unglücklich, dass er sich das Genick brach. In mir brach auch etwas, das Herz oder zumindest ein Teil davon. Ich konnte mir ein Leben ohne Opa nicht vorstellen, es war, als würde mit ihm ein Teil meiner Kindheit sterben.

Während der Pfarrer bei der Abdankung unverständliches Zeugs predigte, sah ich vor meinem inneren Auge Episoden mit Opa vorüberziehen: Wie er mir die Standardtänze beibrachte und wir dabei mit dem Biedermeierschrank kollidierten; wie er mir alles über die Bienen zeigte; wie er mich weckte, als ein Kalb geboren wurde; wie er voller Freude meinen Mofabesen ausprobierte und mich tröstete, als der Besen abbrach. Mir flossen die Tränen wie Sturzbäche runter, während der Pfarrer in Gleichnissen redete, die für mich überhaupt nicht aufgingen. Aber was mich an dieser Beerdigung am meisten beeindruckte, war der Anblick meines Vaters: Endlich einmal ohne Overall, dafür in einen uralten schwarzen Anzug gezwängt, der ihm an allen Ecken und Enden zu klein war. Und als Krönung eine Krawatte, die er umgebunden hatte, als wollte er sich erhängen.

Als wir aus der Kirche traten, lief mir Montgolfier schwanzwedelnd entgegen, und auch sein Anblick sollte mir unvergesslich bleiben: die klugen Hundeaugen, die Lebensfreude, die er verbreitete. Es sollte mir in Erinnerung bleiben, weil er zwei Monate später ebenfalls starb. Eines Morgens lag er einfach tot in seinem Korb, vielleicht war es ein Hirnschlag gewesen, vielleicht Herzversagen.

Ich war nun siebzehn Jahre alt. Seit meinem dritten Lebensjahr war Montgolfier mein treuer Begleiter gewesen.

Mein Herz brach ein zweites Mal. Doch vorrangig musste ich mir überlegen, wo wir Montgolfier beerdigen sollten. Kobi sagte etwas von »Werkhof« und »entsorgen«, worauf er von unseren Blicken zum Schweigen gebracht wurde. Wir entschieden, dass das Rasenstück bei der Roßkastanie im Innenhof ein würdiger Platz sei. Morgens um drei gingen wir los und gruben ein Loch, das immer tiefer wurde, weil wir Montgolfier nicht reinbrachten. Als er starb, hatte er seine Viere von sich gestreckt gehabt und war schon steif gewesen, als ich ihn entdeckte. Nun waren diese Beine im Weg und das Loch wurde breiter und tiefer.

Als wir endlich mit Graben fertig waren, prallte Otto unabsichtlich auf Kobi, der daraufhin ins Grab stürzte. Kobi kraxelte fluchend aus der Grube und stieß Otto mit Wucht hinein. Ich begann laut zu heulen, Vater hielt mir den Mund zu und drohte den Männern, sie zu feuern, wenn sie sich weiter so daneben benahmen. Wir legten Montgolfier ins Loch, es war fürchterlich, denn seine Beine blieben ständig irgendwo hängen, und Papa musste mir den Mund noch fester zuhalten. Ich warf Montgolfier das Halsband und seinen letzten Knochen hinterher, dann deckten wir ihn mit Erde zu und setzten am Schluss die sorgfältig herausgestochenen Rasenstücke samt Steifmütterchen drauf.

Opa und der Hund fehlten mir an allen Ecken und Enden. Vater sülzte – wohl ausgelöst durch den Todesfall – noch mehr von Mutter, als wäre sie eine Göttin. Das ging mir so auf den Keks, dass ich am liebsten einen Göttinnen-Entmaterialisierer entwickelt hätte, um dieses Muttergesülze abzustellen. Ja, Papa nervte mich – sein ewiges Zigarrenrauchen, sein läppischer Overall, seine sonntägliche Jasserei, seine dummen Zucchini, sein dicker Bauch. Kobis Glasauge hätte ich am liebsten in hohem Bogen durch die Schlosserei geworfen und Ottos Zigaretten in kleine Stücke zerhackt. Wenn nicht bald etwas geschah, würde Schreckliches geschehen!

In meiner Verzweiflung und weil Sommer war, entschloss ich mich, mit Interrail Europa zu durchreisen, drei Wochen und allein. Papa sagte Nein, ich erwiderte: »Sag, was du willst, ich geh.« Kobi: »Was ist mit meinem Auge, wer putzt es dann?« Ich: »Ist mir Wurschtsalat.« Otto: »Das ist zu gefährlich!« Ich: »In einer Schlosserei aufzuwachsen ist gefährlich!« Als sie realisierten, dass sie mich von meinem Vorhaben nicht würden abbringen können, gaben sie mir gute Ratschläge: »Zwinkere nie einem fremden Mann zu«, »Gib nie einem fremden Mann deine Adresse«, »Geh nie mit einem fremden Mann in einen Hauseingang«, »Trage das Geld stets auf dem Bauch«, »Mädchen, geh nicht!« Sie schenkten mir ein Messer, ein Sackmesser, ein Stellmesser, ein Pfefferspray, eine Trillerpfeife, ein Buch über Selbstverteidigung, einen Kompass, eine Nagelschere (»Damit kannst du auch zustechen!«), Süßigkeiten, Trockenfleisch für eine Kompanie und ein Reisetagebuch. Ich packte das Tagebuch und das Sackmesser ein, den Rest stopfte ich unter mein Bett.

Die Männer ließen sich nicht davon abbringen, mich zum Bahnhof zu begleiten und Ratschläge zu erteilen (»Zwinkere nie einem fremden Mann zu«, »Gib nie einem fremden Mann deine Adresse«, »Geh nie mit einem fremden Mann«, bla bla bla). Sie zogen ihre Taschentücher aus den Hosentaschen und winkten mir zu, bis die rettende Kurve kam, welche die Nervensägen endlich, endlich, endlich zum Verschwinden brachte.

4

Louisa Llewellin erfand 1904 Handschuhe mit scharfen Stahlkrallen an den Fingerspitzen – zur Selbstverteidigung und für andere Zwecke.

Wer jemals mit Interrail unterwegs gewesen ist, weiß, wie das ist: Man sitzt ungefähr vierundzwanzig Stunden am Tag im Zug und kommt am Ende der Ferien toderschöpft nach Hause, ohne von den Ländern viel mehr als deren Bahnhöfe gesehen zu haben. Ich zum Beispiel fuhr nach London, hinüber nach Irland, zurück nach England, runter nach Bordeaux mit einem eintägigen Ausflug nach Paris. Von Bordeaux ging es nach Stockholm, durch den Balkan nach Athen. Ich sah wie gesagt eine Menge Bahnhöfe und Zugabteile, lernte stehend zu schlafen und den Urin zurückzuhalten, bis ich ein halbwegs passables Klo fand. Ich sah wunderschöne Landschaften an mir vorbeiziehen, die ich gern erforscht hätte, aber kaum war ich aus dem einen Zug gestiegen, zog es mich schon in den nächsten.

Ich stand mit offenem Mund in Piräus und bestaunte die riesigen Schiffe. Diese Eleganz und Wucht! Dieser wunderbare Gestank nach Motorenöl und Diesel! Dieses Motorenbrummen! Diese Ahnung von der weiten Welt! Ich taumelte an den Frachtschiffen entlang und konnte mich nicht satt sehen und hören an den Kränen, Containern, Schiffsformen, an der eigentümlichen Stille, die allgegenwärtig war, obschon die Motoren dröhnten. Einsamkeit lag über allem. Hier regierten Kisten und Container, große Schiffsleiber und Wellen, die vom ausgeflossenen Motorenöl ganz träge geworden waren. In mir regierte mittlerweile ein kolossaler Hunger, der mich zum belebten Hafen der Touristen zurücktrieb. Mit einem Suvlaki in der Hand suchte ich mir ein Schiff aus und tauchte unternehmungslustig in seinen Bauch, in dem bestimmt zehn Schweizer Schiffe Platz gefunden hätten. Als wir ausgelaufen waren, flanierte ich ans Heck, betrachtete das Fahrwasser und dachte über das Leben nach: Wie merkwürdig, überlegte ich – das Leben geht nur vorwärts. Nie rückwärts. Es gibt keine Möglichkeit, zu den Menschen und Tieren zurückzugehen, die man verloren hat; keine Möglichkeit, irgendetwas anders oder besser zu machen. Keine Möglichkeit, nochmals an die Party zu gehen und Myrtha zu einem zweiten Tanz aufzufordern. Keine Möglichkeit, die Hand nicht nur millimeterweit, sondern zentimeterweit hin- und herzubewegen. Keine Möglichkeit, Mama zu fragen, woher sie stammt, damit ich ihre Familie finden und kennen lernen konnte. Vater erzählte mir zwar tausend Geschichten, aber er weigerte sich standhaft, echte Informationen über meine indischen Verwandten herauszurücken. Er wollte nicht mal sagen, warum er mir nichts sagen wollte, stattdessen wurde er fuchsteufelswild, kaum dass ich ihn auf Mamas Familie ansprach.

Ich schlenderte zum Bug des Schiffes. Nach vorne schauend dachte ich darüber nach, dass das Leben vorwärts ging, man es aber nicht überholen konnte, um zu sehen, was sein würde. Würde ich meinen Traum erfüllen und das *Perpetuum Mobile* erfinden können – eine Maschine, die ewig läuft, ohne auch nur ein bisschen Energie zu verbrauchen? Mit solch einer Maschine wären alle Probleme dieser Welt gelöst, einzig die Ölscheichs würden sich schluchzend über ihre vergoldeten Rolls-Royce beugen. Aber das wäre mir Wurschtsalat.

Würde ich heiraten und Kinder kriegen? Würde ich Myrtha wiedersehen? Würde ich mich mit dem jungen Mann, der mir in auffallender Zufälligkeit durchs Schiff gefolgt war, etwas näher befassen?

Ich dachte an Papas Warnung – *gehe nie mit einem fremden Mann irgendwohin – und schon gar nicht in einen Hauseingang*. Ich beschloss, den jungen Mann kennen zu lernen. Dann wäre er nicht mehr fremd, und ich könnte tun, was immer ich wollte. Abgesehen davon hatte es hier sowieso keine Hauseingänge. Ich fand, dass es an der Zeit war, endlich etwas mehr über die Sache mit den Männern herauszufinden.

Ich trat neben ihn an die Reling und sagte: »Hello.« Damit hatten sich meine Englischkenntnisse schon weitgehend erschöpft. Er sagte »ciao«; dem folgte eine Menge italienischer Worte, von denen ich nur *bella* verstand. Ich antwortete ihm auf Schweizerdeutsch, stellte mir vor, dass wir uns über das schöne Schiff und die tolle Stimmung unterhielten. Seine Augen hatten ungefähr die Farbe des Himmels, jetzt, da es eindämmerte. Die Gesichtszüge waren weich, jedenfalls in diesem Licht; man hätte fast meinen können, dass er eine Frau war.

Er schien mit mir über etwas anderes gesprochen zu haben als ich mit ihm, denn er rückte bald näher, griff wie zufällig nach meinem Hintern, dann eher weniger zufällig, beugte sich zu mir und küsste mich – mit Zunge rein und so. Es war für mich der erste Kuss überhaupt. Er war nasser und glitschiger, als ich es mir vorgestellt hatte, wenn ich sie in Filmen küssen sah. Es war nicht schlecht, nein, ich fand nur, dass es in meinem Mund wenig Platz für zwei Zungen gab, vor allem wenn seine wie ein Hundeschwanz hin und her peitschte, die meinige nach hinten schob oder sich schwer darauf legte, als wäre sie ein Diwan.

Dann wühlte er in meinem Haar, er schien dort etwas zu suchen; bis ihm offenbar in den Sinn kam, dass er es an einem anderen Ort verloren hatte, weiter unten. Er fuhr unter mein T-Shirt und walkte meine Brüste. Er machte das ähnlich wie Opa, wenn er die Kuheuter massierte, bevor er mit dem Melken begann. Erwartete er, dass Milch kam? Ich überlegte mir, ob ich es mochte, dass er mit der Zunge peitschte und meinen Körper wie Knetmasse behandelte. Es war nicht nur schlecht, manchmal sogar angenehm, dann wieder, vor allem wenn er mich an die Reling drückte, ungemütlich.

Nachdem wir eine Weile so herumgemacht hatten, begann er an seiner Hose zu nesteln. Jetzt kam vermutlich – wie ich es immer noch gern ausdrückte – die Sache mit dem Stecker. Bei diesem Gedanken hätte ich gern gelacht, aber mit seiner Zunge in meinem Mund wurde nichts daraus. Er drückte mich nicht mehr an die Reling, dafür zog er mich in eine dunkle Ecke, die fast wie ein Hauseingang aussah, und setzte mich auf eine Art Sims. Mir kam wieder Papas Warnung in den Sinn. Glücklicherweise aber kannte ich Fammi Sega – so hieß der Italiener, glaub ich, jedenfalls hörte ich ihn die zwei Wörter mehrmals sagen.

Es gab Kleiderkonfusionen, dann klaubte Fammi einen Pariser hervor, worauf ich an eine Banane denken und um ein Haar wieder hätte lachen müssen. Dann tat es nicht besonders weh. Wenn in einem Film ein Mann und eine Frau übereinander herfallen, dann stöhnen und winden sie sich wie verrückt. Warum, wurde mir auch jetzt nicht klar. Ich kam mir eher wie eine Suppe vor, in der herumgerührt wurde. Als Fammi dann einen Gang zulegte, fühlte ich mich wie Milch, die unter einen Aufschäumer gerät. Dann kam mir plötzlich Montgolfier in den Sinn, keine Ahnung, warum. Ich gelobte mir (während mein Kopf wegen des Haurucks hin und her wippte), bei einem nächsten Mal meinem toten Hund sofort die Beine anzuwinkeln, bevor diese ganz steif würden und das Vergraben zu einem Desaster verkam. Meine Überlegungen wurden von einem leisen, knurrenden Aufstöhnen unterbrochen – offenbar war fertig Milch geschäumt. Fammi hielt einen Moment schwer atmend inne, dann ließ er von mir ab. Er zog seinen Stecker aus der Dose, wobei dieser Stecker nun eher wie eine locker gestopfte Kalbswurst aussah. Er streichelte mir übers Gesicht, während er sich eine Zigarette ansteckte. Er sagte »cara«, »bella« und »ciao«, drückte die Zigarette wieder aus und verschwand.

Das also war meine Entjungferung gewesen, und jetzt juckte es mich zwischen den Beinen. Ich fragte mich, wie andere Frauen diese Angelegenheit fanden, und wünschte mir eine Freundin, mit der ich darüber hätte sprechen können.

Zwei Stunden später hielt das Schiff vor Santorini. Massen von Rucksäcken stiegen aus. Ich stand oben an der Reling und entdeckte Fammi unter den Aussteigenden. Ich dachte: Da geht mein Entjungferer.

Geh in Frieden.

Und kehre nie mehr zurück.

Ich verbrachte die Nacht auf einer Stuhlreihe, dem Meeresrauschen lauschend und dem dumpfen Lärm der Schiffsmaschinen, in der Nase einen leichten Geruch nach Dieselöl. Bei Sonnenaufgang erwachte ich mit verspannten Muskeln und verklebten Augen. Das Meer war ruhig und sah an manchen Stellen wie leuchtender Orangensaft aus. Wir fuhren an einer kleinen, unbewohnten, sehr kantigen Insel vorbei. Da überfiel mich die Sehnsucht, bei dieser Insel anzulegen und dort für den Rest meines Lebens aufs Meer hinauszustarren. Ich fand das sehr dramatisch, wie ich so sitzen und innerhalb weniger Tage verdursten würde, getrieben von einer namenlosen Sehnsucht, die keinen Anfang und kein Ende hatte. Im Morgenlicht sah die Insel überirdisch schön aus, ich behielt sie so lange im Auge, bis sie nur noch ein kleiner Punkt am roten Horizont war. Und ich dachte, dass ein Teil von mir für immer auf dieser einsamen Insel bleiben würde, was ich eine solch überwältigende Vorstellung fand, dass mir Tränen in die Augen schossen. Dann dachte ich, dass ich dringend eine Dusche brauchte, bevor der Dreck von meiner Haut abzublättern begänne.

Im nächsten Hafen stieg ich aus. Die Insel war ziemlich klein, ich wusste ihren Namen nicht. Es gab zwei Dörfer: eines im Inneren der Insel und das andere am Hafen. Dort hatte es zwei Restaurants, eines am Anlegeplatz und eines am Strand.

Am Kai warteten ein paar Griechen, um uns Zimmer anzubieten. Ich hatte so viele Nächte im Zug verbracht, dass ich noch genügend Geld besaß, um mir ein Zimmer leisten zu können. Vertrauensvoll folgte ich einem kleinen Männchen, das mich weitläufig an Opa erinnerte, und diese Entscheidung sollte sich als goldrichtig erweisen. Manolis' Haus lag auf einer Anhöhe. Von meinem Zimmer aus sah ich auf eine einsame, felsige Küste und auf das Meer, das sich im dunstigen Horizont verlor. Auf der anderen Seite waren das Hafendorf und felsige Hügel zu sehen. Manolis war spindeldürr und hatte eine Knollennase, deren Poren so groß waren, dass man hätte Zahnstocher hineinstecken können, außerdem hatte er ein riesengroßes Herz. Er nahm mich sofort unter seine Fittiche, briet mir am Morgen gigantische Omeletts, die im Olivenöl schwammen und wunderbar schmeckten. Abends lud er mich zum Essen ein. Er klatschte mir großzügig Fische und Kartoffeln auf den Teller. Kaum hatte ich ein bisschen gegessen, warf er schon den nächsten Fisch nach. Als er mir am dritten Abend den tausendsten Fisch in meinen Teller geklatscht hatte, klatschte ich zurück, und er begriff endlich, dass ich kein Zoo-Otter war.

In Manolis' Haus wohnten zwei ältere Damen um die Vierzig, die sich ein Zimmer teilten. Sie taten mir Leid, weil sie offenbar nicht genug Geld hatten, um sich zwei Einzelzimmer leisten zu können – in ihrem Alter! Es waren Engländerinnen; die eine hatte rotes, halblanges Haar und trug einen Strohhut mit breiter Krempe, sie war unglaublich bleich. Die andere hatte kurzes braunes Haar, war schlank und biegsam. Ich musste die beiden immerzu beobachten. Wenn sie sich abends auf der Terrasse niederließen, um ein Spiel zu spielen oder zu lesen, machte ich es mir auch auf der Terrasse bequem, schrieb im Tagebuch, las oder beobachtete die beiden verstohlen. Zugegeben, ich machte vor allem letzteres. Mir fiel auf, dass sie sich oft in die Augen blickten, liebevoll, und manchmal streifte das Bein der einen das der anderen. Das war aufregend, mein Herz hüpfte, und als die Engländerinnen mich ansprachen, hüpfte es noch viel mehr. Sie merkten rasch, dass mein Englisch erbärmlich war. Da sprach mich die Kurzhaarige auf Deutsch an. Sie hatte ein Jahr in Hamburg gelebt, aus der Zeit stammten ihre Kenntnisse. Sie hieß Maud, die Rothaarige Sue und sie kamen aus London. Sie luden mich ein, mit ihnen Karten zu spielen. Als ich eingestand, dass ich dieses Spiel nicht kannte, lachten sie und brachten es mir bei. Sue hatte ähnlich grüne Augen wie ich, das fand Maud interessant. Sie schaute mir oft in die Augen, so dass ich verlegen wurde. Sie sagten, dass sie mich um meine karamellfarbene Haut beneideten – irgendwie fanden sie alles an mir erwähnenswert, als wäre ich schön oder so.

Am Abend vor ihrer Abreise luden sie mich zum Essen ein. Sie fragten mich, ob ich einen Freund hätte und was ich beruflich machte. Ich erzählte ihnen von Vater und seinen Männern, von »Curry«, Montgolfier und meiner technischen Begabung. Als ich von Mama erzählte, nickten sie verständnisvoll. Das heißt, zuerst nickte Maud, und nachdem sie es Sue übersetzt hatte, nickte auch Sue. Sue fragte ein zweites Mal, ob ich einen Freund hätte, was ich verneinte. Warum ich denn keinen hätte, wollte sie wissen. Ich zuckte mit den Schultern. Ob mir Männer denn nicht gefielen? Ich zuckte wieder mit den Schultern. Ob ich denn *Girls* lieber hätte? Ich wurde rot und sagte: »*I can't understood not.*«

»Du verstehst schon, tust du nicht?«, sagte Maud und lächelte eigenartig. Sie übersetzte für Sue, dann lächelte auch Sue eigenartig.

»Und ihr, mögt ihr keine Männer?«

Nachdem Maud übersetzt hatte, schauten sich die beiden an und grinsten.

Dieser Moment war aufregender, als wenn ich ein kaputtes Gerät in die Finger bekam. Ich starrte auf meinen Teller, auf den kleinen Rest *taramosalata*, auf diese zartrosa, weiche Masse, die nach Fisch schmeckte, aber auch süß und salzig, sehr fremd. Mein Herz stolperte.

»Willst du ein Dessert?«, fragte Maud, als wäre nichts gewesen.

Ich nickte nur.

»Vielleicht du solltest anschauen die Karte, um zu wählen zu können.«

Ich nahm die Karte, die mir Maud entgegenstreckte. Die beiden lächelten immer noch, und zwar so, als wüssten sie mehr über mich als ich selber. Ich wählte ein Nusseis, ich hätte aber gerade so gut ein Zitronensorbet bestellen können, das ich nicht mag, ich hätte es bestimmt nicht bemerkt, so aufgeregt war ich. Als wir zu Manolis Haus zurückgingen, nahm Maud Sues Hand und ließ sie nicht mehr los. Vielleicht wollte sie Sue stützen, weil der Weg dunkel und steinig war. Wir blieben stehen, um den Sternenhimmel zu bestaunen, es gab hier unglaublich viele Sterne, es hatte ja auch so unglaublich viel Himmel. Sue strich Maud über die Schultern, vielleicht hatte sie dort Fusseln. Wobei man das bei dem Licht eigentlich nicht sehen konnte. Wir gingen weiter, ich ein bisschen voraus. Als ich merkte, dass die zwei zurückblieben, drehte ich mich um und sah, dass sie sich küssten, so richtig. Da fand ich keine andere Begründung mehr für ihr Handeln als diese eine, dass sie so etwas wie ein Paar sein mussten. Ich schnappte nach Luft. Auf der Terrasse verabschiedete ich mich hastig von ihnen, stolperte ins Zimmer und kletterte aus dem Fenster gleich wieder hinaus. Auf der Anhöhe setzte ich mich, um mich zu beruhigen, aber die Distel, auf der ich mich niederließ, war überhaupt nicht beruhigend. Ich legte mich auf einen großen Stein, nahm zwischendurch einen Schluck von meiner lauwarmen Cola und fragte mich, auf welchem Stern Mutter lebte und ob sie mich hier liegen sehen konnte. Ich suchte Opas und Montgolfiers Stern und eigenartigerweise fühlte ich mich plötzlich sehr geborgen, umringt von meinen Liebsten. Es hatte wundervoll ausgesehen, wie die zwei Engländerinnen geküsst hatten. Es schien überhaupt nicht falsch zu sein, sondern genau richtig. Ich musste an Myrtha denken und spürte ein Gefühl in mir, das dunkel, aufregend und lockend war.

Nachdem Maud und Sue gegangen waren, hielt ich es

noch einen Tag auf der Insel aus, dann reiste ich auch ab, ging aufs Schiff und zurück in die Züge, die mich während der restlichen Ferientage kreuz und quer durch Europa trugen. Ich kam toderschöpft nach Hause, stolz, weil ich die Ferien allein gemeistert hatte, aber auch blödsinnig verwirrt. Vater, Otto und Kobi quetschten mich voller Freude an sich, bis ich platt wie eine Flunder war und wieder abreisen wollte. Otto wackelte mit den Ohren, was seine Zigaretten hin und her bewegte und womit er mich als Kind zum Lachen gebracht hatte, nur war ich kein Kind mehr. Nicht mal mehr eine Jungfrau. Kobi drückte mir sein Glasauge in die Hand, Vater biss so fest auf seine Zigarre, dass sie abbrach und er ewig spucken musste. Ich fragte mich, was Maud und Sue gerade taten – ob sie sich auch mit solch schrägen Typen abgeben mussten wie ich. Wohl nicht, bestimmt saßen sie in einem gediegenen Salon und hielten sich an den Händen, strichen einander die Fusseln von den Schultern oder küssten sich.

Wir fuhren mit Papas Laster nach Hause. Ich hatte das Fenster ganz heruntergekurbelt und genoss den Fahrtwind. Als wir an einer Ampel stehen blieben, schaute ich einem Autofahrer beim Nasebohren zu. Kobi erzählte einen schlüpfrigen Witz, der Autofahrer aß seinen Popel und ich fragte mich verzweifelt, ob es hier irgendwo einen Notausgang gab.

5

Zwei Kaffeerösterinnen, Sarah Guppy und Melitta Bentz, erfanden einen multifunktionalen Kessel, mit dem man nicht nur Tee und Kaffee zubereiten, sondern auch Eier kochen und den morgendlichen Toast warm halten konnte.

Ja, es gab einen Notausgang, zwei Jahre später: Ich zog von zu Hause aus, kaum dass ich mit der Lehre fertig war. Mein Vater sprach vier Wochen lang kein Wort mit mir. Erst als ihm Otto anhand einer Stadtkarte klar machen konnte, dass ich bloß eins Komma acht Zentimeter von ihm entfernt und im selben Quartier wohnen würde, lockerte er sein Schweigen. Er brummte, wenn ich ihn in der Schlosserei besuchte, und brummte, wenn ich wieder ging. Nicht dass ich ein Wort verstanden hätte, aber immerhin.

Zu meinem Schutz und meiner Unterhaltung schenkten mir die Männer einen Bergamaskenwelpen, ein grau-braun-rötliches Wollknäuel, bei dem man nicht genau wusste, was vorn und was hinten war, bis eine Katze auftauchte, da wusste man es haargenau – ich nehme jedenfalls nicht an, dass Hunde rückwärts laufen.

Ich taufte den Hund *Sumba*. Als Kind hatte ich mir mal ein UFO gebaut, das diesen Namen trug. Ich phantasierte damals, dass *Sumba* ein interplanetarischer qexrakoguloischer Name war und soviel hieß wie: *Das Spiegelei kommt.* Das Wollknäuel machte mir jedoch bald klar, was die wahre Bedeutung seines Namens war: *Ich jage Katzen und gehorche nicht.*

Sumba war eine Sie und umwerfend komisch. Sie bewegte sich wie ein Tollpatsch, aß wie ein Vögelein, und mein Staubsauger kollabierte bald wegen der vielen Haare auf

Boden, Bett und Sofa. Passanten brachen beim Anblick von Sumba in Begeisterungsstürme aus, streichelten und liebkosten sie, was sie voller Genuss über sich ergehen ließ.

Als Sumba nach Wochen immer noch keinen Hauch von Gehorsam zeigte, besuchte ich mit ihr eine Hundeschule. Die Lehrer beobachteten Sumba, dann seufzten sie und sagten: »Wir können nichts versprechen.«

Ich versuchte Sumba *Sitz*, *Platz* und *Fuß* näher zu bringen, während die anderen mit ihren Hunden schon Kunststücke einübten. Vergeblich. Wenn ich *Sitz* sagte, schaute sie mich treuherzig an und wedelte mit dem Schwanz, wenn ich *Platz* sagte, wedelte sie und schaute mich treuherzig an, wenn ich *Fuß* sagte, gähnte sie wedelnd und kratzte sich hinter dem Ohr.

Ich bin ein geduldiger Mensch, selten aufbrausend und so, aber als mich Sumba zum etwa zehntausendsten Mal auf der Jagd nach einer Katze durch Büsche gezerrt hatte und unbeeindruckt direkt vor Autos über die Straße rannte, verlor ich die Nerven und fluchte. Dank Kobi kenne ich eine Menge geschmackloser, ordinärer, vulgärer, primitiver und übler Flüche. Kobi konnte fluchen wie kein anderer – ausdauernd, phantasievoll und eineinhalb Minuten lang, ohne sich auch nur ein Mal zu wiederholen. Ich fluchte also wie so ein Bestecker oder wie immer man das sagt, und – Sumba gehorchte!

Ich schrie: »Du *verfluchte Schindmähre,* mach Platz« – und sie legte sich! Ich wetterte: »Komm bei Fuß, du *schlampige Hurendirne* – und sie ging brav direkt an meiner Seite! Ich rief: »Du *verdammter Sauhammel,* setz dich« – und sie setzte sich auf meinen Schuh (daneben wäre auch in Ordnung gewesen). Es war phantastisch! Die Reaktion meiner Umgebung hingegen weniger, man hielt mich für die größte (und lauteste) Tierquälerin diesseits des Flusses.

Die Jahre kamen, so wie sie auch gingen. Vater hätte es gern gesehen, wenn ich die Berufsmatur gemacht und Ingenieurin studiert hätte, aber über Büchern hocken ist nicht mein Ding. Ich nehme sie nur selten in die Hand, am liebsten zum Fliegenfangen. Ich schlage das Buch einladend auf, das Insekt kommt, klappe das Buch blitzschnell zu ... *Et voilà*!

Ich wollte meiner Lieblingsbeschäftigung nachgehen: Apparate flicken und neue erfinden. Maschinen sind unsere treuen Begleiter, sie tun fast alles für uns, nur schätzen wir das nicht: Gehen sie nicht so, wie wir wollen, fluchen, schlagen und treten wir sie oder werfen sie in hohem Bogen fort. Es ist ja bloß eine Maschine, denken wir, sie hat ja keine Seele. Aber woher wissen wir das so genau?! Spätestens dann, wenn Apparate intelligenter werden als wir – und dieser Augenblick kommt! –, werden wir über unsere Beziehung zu ihnen nachdenken müssen. Aber vielleicht ist es dann zu spät.

Als ein kleines Ladenlokal in unserem Quartier frei wurde, griff ich zu. Den Laden taufte ich *Emilias Reparaturladen aller Art*, er sollte sozusagen Zuflucht für Apparate werden. Er befand sich in dem Quartier, in dem ich auch wohne und das ich so sehr liebe. Früher lebte hier die Arbeiterschicht, nun waren Alternative und Künstler mit einer Menge ungezogener Kinder und rostiger Fahrräder eingezogen. Ausländer hatten Imbissläden eröffnet oder betrieben im Hinterhof eine Autowerkstätte. Die Witwen der Arbeiter humpelten mit einer Zigarette im Mundwinkel und dicken, braunen Stützstrümpfen durchs Quartier, und waren sie schlechter Laune, schlugen sie mit dem Regenschirm nach den Kindern. Die Jugendlichen lungerten alles Mögliche paffend und einander schubsend auf dem Schulplatz und klebten ihre Kaugummis unter die Wippe. Die Alkoholiker philosophierten in der Kneipe *Um die Ecke*, vor sich ein Bierglas, dessen Inhalt genau besehen wie Morgenpipi aussah, unter ihnen eine Frau mit ihrem staubwedelähnlichen Hund. Der Staubwedel schiss überall hin, was das Frauchen dank der Promille nicht bemerkte. Sah sie doch mal ein Häufchen, dann gleich doppelt, was so verwirrend war, dass sie beide liegen ließ.

Ich begann in meinem Laden Kurse für jene Sorte Frau zu geben, die beim Anblick von Kabeln, Schraubenziehern und Motoren hysterische Anfälle kriegt. Da die meisten Frauen zu dieser Reaktion neigen, waren die Kurse gut besucht. Ich verstörte mit dem Unterricht gelegentlich die Liebesbeziehung einer Teilnehmerin. Im Verlauf des Kurses dämmerte es der einen oder anderen nämlich, dass sie ihren Mann nicht mehr brauchte, wenn sie selber Glühbirnen wechseln und Löcher bohren konnte. Ich hatte mir erhofft, in den Kursen Freundinnen zu finden. Die Teilnehmerinnen betrachteten mich jedoch als eine Art Göttin und blieben in respektvollem Abstand zu mir, nur weil ich wusste, an welchem Ende man einen Schraubenzieher in die Hand nehmen muss.

Gelegentlich hatte ich was mit Männern. Mit einigen war es beinahe angenehm, mit anderen eher nicht, einem hatte ich ein Veilchen verpasst. Warum ein solches Geschrei um den Sex gemacht wurde, verstand ich immer noch nicht. Eines Nachts träumte ich von den Engländerinnen. Sie saßen auf der griechischen Terrasse und taten weit mehr, als einander Fusseln von den Schultern zu streichen. Ich war danach den ganzen Tag über zu nichts zu gebrauchen.

An der Erfindermesse in Genf lernte ich Ian kennen. Er stammte aus Manchester, hatte die letzten Jahre in Hannover gelebt und sah sehr britisch aus – bleich, mit fast keiner Lippe. Wir verstanden uns auf Anhieb, er war schwer in Ordnung und besaß einen rabenschwarzen Humor, außerdem freundete er sich sofort mit Sumba an. Diese Beziehung war nach meinem Geschmack: Ich sah Ian zwei oder drei Mal im Jahr, wir unterhielten uns vorwiegend über Technik und hatten recht angenehmen Sex (soviel ich weiß, hatte ich einmal sogar einen Orgasmus).

Aber sonst geschah in meinem Leben eigentlich nicht viel. Erwähnenswert ist, dass ein neuer Nachbar neben mir einzog und bald zu einem guten Freund wurde. Ich sah ihn das erste Mal, als er beim Einziehen vor einer Menge Kisten stand, die fast den ganzen Treppenabsatz füllten, und sich am Kopf kratzte. Als er mich gewahrte, versuchte er erfolglos, die Kisten von meiner Wohnungstür wegzuschieben. Verlegen lächelnd zuckte er mit den Schultern. Wie er so vor meiner Tür stand, nickte er schüchtern und lief aus unerfindlichen Gründen rot an. Ich lächelte zurück und sagte: »Hallo, neuer Nachbar.« Der Strich in der Landschaft deutete auf die Kisten: »D-die kommen noch heute Abend weg, versprochen!«

Er hieß Paul Leuzinger, aber da er sich der Poesie verschrieben hatte, nannte er sich Rilke2. Er verlud bei der Post Pakete. In den Pausen kritzelte er Gedichte, die sehr schwer verständlich waren. Er reihte – wie mir schien – wahllos x-beliebige Wörter aneinander. Rilke2 verliebte sich augenblicklich in mich, er hatte diese nutzlose Begabung, sich in die falschen Frauen zu verlieben. Und sogar wenn es die richtigen gewesen wären – sobald er den Mund auftat und verliebt losstotterte, vermasselte er es. Außerdem war er nicht gerade das, was man einen Schönling hätte nennen können: Er war furchtbar dünn, mit einer riesigen Nase und einem Vogelnest auf dem Kopf.

Vater hatte mir in der Schlosserei einen Raum für ein Atelier frei gemacht. Dort lag Sumba neben dem Ofen, den ich als krankes Kind einheizen durfte, und schaute gelangweilt zu, wie ich so genannte *Nutzlosmaschinen* konstruierte. Die sahen auf den ersten Blick wie Toaster, Mofa, Fön oder Waschmaschine aus. Wenn man aber auf den roten Knopf drückte, entpuppten sie ihr wahres Gesicht: Aus dem Toaster kam Musik und oben blubberten Seifenblasen heraus, mit dem Hometrainer konnte man Böden bohnern, der Fön war ein Ladyshave, die Waschmaschine klappte sich auseinander und verwandelte sich in eine Bar mit Beistelltischchen.

In unserem Quartier gab es einen umfunktionierten Kiosk, der als kleine Kunstgalerie diente und wo ich einmal meine Nutzlosmaschinen ausstellen konnte. An der Vernissage kannten mich plötzlich auch die, welche mich bisher nie gegrüßt oder mich einen bunten Vogel genannt hatten. Sie standen vor meinen Maschinen und diskutierten über deren kulturpolitische Bedeutung. Das ging mir wahnsinnig auf den Pfeffer! Meine Apparate sind Nutzlosdinger, nicht mehr und nicht weniger. Ich schüttete in meine vielen Colas einen guten Schuss Baccardi und verkaufte jeden meiner Apparate. Spätabends schleppten mich meine Männer nach Hause, das heißt, Kobi und Otto taten es, Vater rang derweil die Hände. Zu Hause war er so nett und schleifte mich direkt zur Kloschüssel.

6

Emma Smith entwarf einen multifunktionalen Schreibtisch für Blinde, um sie in die Lage zu versetzen, selbst zu schreiben.

Eines Tages wurde alles anders, ohne dass ich es bemerkte. Es geschah, und erst als es zu spät war, wurde mir klar, wann die Veränderung begonnen hatte.

Es war einer jener heißen Frühsommertage, da die frische Luft zum Kuren in die Berge geht und uns in einer Ozon-Dioxin-Suppe zurücklässt. Ich saß im Reparaturladen, umgeben von meinen Maschinen. Sumba lag mir zu Füßen und hechelte in atemberaubendem Tempo. Die Tür stand offen, damit so etwas wie kühlender Durchzug entstehen konnte. Ich saß über einen antiken Fön gebeugt, der meiner Nachbarin gehörte und an dem ich eine Gesamtrevision machte. Es war ein traumhaft schöner Fön: mit Elfenbeingriff, Chromstahlgehäuse – robust, schwer und zuverlässig. Ich schaute mich eben suchend nach einem Schraubenzieher um, als eine schwarzgekleidete Frau an meinem Schaufenster vorbeiging.

Wenn in Filmen etwas besonders Dramatisches, Bedeutungsvolles oder Schönes gezeigt wird, geschieht das manchmal in Zeitlupe. Es erhöht die Spannung gewaltig, wenn wir die letzten Sekunden vor dem alles entscheidenden letzten Schlag in einem Baseballmatch verlangsamt sehen; oder ein fröhlich winkendes Mädchen steigt schneckengleich ins Auto, wobei wir ahnen, dass ihr etwas Schreckliches passieren wird. Und sagt ein endloser Augenaufschlag nicht tausend Mal mehr als wildes Herumgeknutsche? Die Frau ging an meinem Schaufenster vorbei, und das eben irgendwie in Zeitlupentempo, obschon es ja kein Film war. Sumba hechelte, und der surrende Ventilator machte klack-klack-klack. Ich sah jede ihrer Haarspitzen messerscharf, die Umgebung spiegelte sich in den Gläsern ihrer Sonnenbrille, und Schatten glitten über ihre Schultern. Sie hielt ihren Kopf seltsam aufrecht, so als würde sie nirgends hinschauen – jedenfalls nicht in meine Auslage, die zwar ein bisschen chaotisch, aber doch spannend anzusehen war. Fand ich. Jetzt kam die Frau an meiner offen stehenden Tür vorbei. Da erst sah ich, dass sie in Begleitung eines Hundes war, der ein Führergeschirr trug. In der linken Hand hielt sie den Bügel des Geschirrs und in der anderen einen Blindenstock. Die Straße, an der mein Laden liegt, ist von Bäumen gesäumt, die Sonne malte durch das Geäst Flecken auf den Boden. Auch auf der Frau lagen gelbe Flecken, auf ihrer schwarzen Kleidung, auf dem Golden Retriever, der konzentriert neben ihr her ging. Ich schaute und schaute ewig, dabei waren nur Sekunden vergangen. Dann sah ich Sumbas Hintern um die Ecke verschwinden, den beiden auf den Fersen, und das eindeutig nicht in Zeitlupentempo. Während ich mehrmals »*Du schlampige Hurendirne!*« schrie, rannte ich hinaus auf die Straße.

Die Blinde blieb abrupt stehen, legte den Bügel auf den Rücken ihres Hundes und drehte sich betont langsam zu mir um. Zwischen ihren Augen bildete sich eine Falte, eine richtige Furche. »Sag mal, spinnst du?!«, sagte sie.

Da Sumba immer noch nicht zu mir gekommen war, rief ich nochmals »*Du schlampige Hurendirne*, komm jetzt endlich Fuß!« Zögernd ließ Sumba vom Blindenhund ab und trottete zu mir. »Ich hab' nicht dich gemeint, sondern meinen Hund«, erklärte ich. »Der gehorcht schlecht, eigentlich nur, wenn ich fluche.«

»Was?«

»Sie ist schwer erziehbar. Durch Zufall habe ich herausgefunden, dass sie auf Flüche anspricht.«

»Du machst Witze, oder?«

»Ich wollte, es wäre so.«

»Du willst behaupten, dass dein Hund zu mir käme, wenn ich« – sie hob die Stimme – »*du schlampige Hurendirne!* sagen würde?«

Sumba spitzte die Ohren, trottete zu der Frau und schnüffelte an ihrem Hosenbein, dann legte sie sich auf ihren Schuh. Als ich den verblüfften Gesichtsausdruck der Frau sah, begann ich zu lachen.

Die Frau war wie gesagt schwarz angezogen, hatte dunkelbraunes, nach hinten gegeltes Haar und eine schwarze Sonnenbrille. Sie sah ein bisschen wie *Trinity* aus dem Film *The Matrix* aus. Ihr Golden Retriever war ein schönes, kräftiges Tier mit klugen, aber auch ein bisschen ernsten Augen. Ich ging zu Sumba, packte sie am Halsband und sagte zu der Frau: »Tschuldigung, dass ich dich aufgehalten habe, ich halte meinen Hund jetzt fest. Übrigens, zwei Meter vor dir liegt Hundekacke – das ist bestimmt von dem Staubwedel –, am besten hältst du dich ganz links.«

Die blinde Frau schüttelte lächelnd den Kopf. Ich war es gewöhnt, dass die Menschen wegen mir den Kopf schüttelten. Ich wusste nur nicht, warum sie das taten. Wenigstens war ihr Kopfschütteln von einem bezaubernden Lächeln begleitet.

Eine Woche später um die gleiche Zeit kam die Blinde wieder vorbei. Noch bevor sie die Höhe der Türe erreichte, hatte Sumba den Hund schon gewittert und rappelte sich auf. Oh, nein, dachte ich, diesmal nicht!, und rief: »*Verdammter Sauhammel*, machst du wohl Sitz!«

Unentschlossen schaute mich Sumba an.

»*Ver-damm-ter Sau-ham-mel!*«

Zögernd setzte sie sich.

Die Frau bedeutete ihrem Hund ungleich dezenter sich zu setzen, was er sofort tat. Wieder legte sie den Bugel auf den Rücken des Hundes, wieder war es ein heißer Frühsommertag und wieder malte die Sonne gelbe Flecken auf ihre schwarzen Kleider. Die Frau drehte den Kopf ein wenig zur Tür. »*Sauhammel*, wenn ich mir das vorstelle – was für ein abstruses Tier das wäre! Ähnlich interessant wie *Hurendirne*.«

»Ich hab' die Ausdrücke von meinem Vater Nummer zwei, ihm kommt in dieser Hinsicht eine Menge in den Sinn.«

»Vater Nummer zwei? Du hast zwei Väter?«

»Drei. Das sind manchmal drei zuviel, vor allem wenn sie wieder vergessen haben, dass ich kein Kind mehr bin. Sie vergessen es andauernd.«

»Was machst du hier?«

»Na arbeiten. Und du?«

»Na vorbeigehen.«

»Aha.«

»Ja.«

»Ich würde dir einen Kaffee anbieten, aber mein Apparat ist bei einer Kundin, die mir ihren defekten gebracht und gejammert hat, es würde sie umbringen, so ohne Kaffeemaschine, da habe ich ihr meine ausgelehnt. Aber ich habe eine Menge Cola da. Wenn du willst.«

Sie schüttelte den Kopf: »Nicht nötig, ich muss weiter.« Dann nickte sie mir kurz zu und lächelte wieder hinreißend, während sie nach dem Bügel des Führergeschirrs tastete.

Eine Woche später, zur selben Zeit, stand die Frau erneut in meiner Tür. Ich war gerade dabei, Sumba klarzumachen, dass sie nicht im Laden herumschnüffeln, sondern Platz machen solle. Ich sagte ihr das wie ein normaler Hundebesitzer, sie gehorchte natürlich nicht. Also denn: »Du *verfluchte Schindmähre*, Platz sag ich, Platz!«

»Danke, ich wünsche dir auch einen schönen Tag«, die Blinde war wie aus dem Nichts aufgetaucht und lächelte schräg.

»Der Tag wäre wesentlich schöner, wenn ich einen Hund hätte, der auf ganz normale Art gehorchen würde. Ich heiße übrigens Emilia, und die Schindmähre neben mir ist ein prächtiger Bergamasker Hirtenhund mit Namen Sumba.«

»Sumba?«

»Ist ein interplanetarischer, qexrakoguloischer Name und

heißt soviel wie: *Das Spiegelei kommt*. Die wahre Bedeutung ihres Namens aber ist: *Ich jage Katzen und gehorche nicht*. Und wer seid ihr beide?« Ich tätschelte Sumba, während ich die Besucherin eingehend betrachtete.

»Mein Hund heißt Allegra und ich bin Zara mit Z.«

»Hat dir schon mal jemand gesagt, dass du wie *Trinity* aus *The Matrix* aussiehst?«, fragte ich, um mir gleich mit der flachen Hand an die Stirn zu schlagen. »Oh, du weißt natürlich nicht, wie *Trinity* aussieht! Schade! Es gibt übrigens einen supercoolen blinden Helden namens *Dare Devil*, der ist enorm stark, hat übersinnliche Fähigkeiten und so. Den Film solltest du dir mal anschauen.« Wieder schlug ich mir mit der flachen Hand auf die Stirn. »Uh, den kannst du natürlich auch nicht sehen. Verflixt, ich bin es nicht gewöhnt mit Leuten zu reden, die blind sind, und wenn ich so weitermache, kriege ich noch eine platte Stirn.«

»Tja, und ich bin es nicht gewöhnt, dass Hunde nur auf Flüche gehorchen«, sagte Zara grinsend, dann ging sie. Ich sah ihr hinterher, versuchte mir Sumba als Blindenhund vorzustellen und kriegte einen Lachanfall.

Am darauffolgenden Donnerstag fragte ich mich beim Morgenkaffee, ob Zara vorbeikommen würde. Aber dann begann ich zu arbeiten und vergaß wie immer die Zeit darüber. Ein Antiquitätenhändler hatte zwei Spieldosen zum Reparieren in Auftrag gegeben.

Auf einmal stand Zara in der Tür, Sumba trottete wedelnd zu Allegra. Zara, wie immer mit Sonnenbrille, sagte: »Bin ich hier richtig? Ich höre keine Flüche, richtig unheimlich. Und was ist, krieg' ich einen Kaffee?« Sie sagte das so, wie Menschen es tun, die wissen, dass sie nicht abgelehnt werden.

Ich nickte, dann kam mir in den Sinn, dass sie das nicht sehen konnte und sagte: »Ja, gerne, ich habe meine Kaffeemaschine wieder.«

»Toll! Wenn's geht, gern einen Espresso, schwarz. Kann ich mich irgendwo setzen?«

Ich hob einen Berg Krimskrams von einem Stuhl und

putzte die Sitzfläche. »Hier ist ein Stuhl, ehm, er steht – warte«, ich griff nach einem Metermaß –, »also er steht zwei Meter fünfunddreißig von dir entfernt.« In meiner Verlegenheit schlug ich mit dem Metermaß auf die Sitzfläche, was gar keine schlechte Idee zu sein schien, denn Zara steuerte ohne Umschweife auf den Stuhl zu. Als sie sich gesetzt hatte, grinste sie anerkennend. »Ich muss sagen, das war eine verdammt genaue Distanzangabe.« Ich holte den Kaffee.

Als ich zurückkam, tastete Zara ein antikes Nachttischlämpchen ab. »Wie muss ich mir deinen Laden vorstellen?« fragte sie, als sie mich kommen hörte.

Ich beschrieb ihr alles ganz genau, erklärte, dass ich morgens reparierte und am Nachmittag den Laden offen hatte. Dass ich Trödlerläden nach interessanten Geräten abklapperte und für mehrere Antiquitätengeschäfte der Reparaturservice sei, und dass ich Geräte behielt, die man nicht mehr flicken konnte, wegen der Ersatzteile. Zara nickte bedächtig, streichelte währenddessen Allegra über den Kopf. Sumba verfolgte das einige Zeit interessiert, dann trottete sie zu Zara und schubste mit ihrer Schnauze Zaras Hand.

»Oh, das muss Sumba sein – das arme Mädchen, das ständig Flüche über sich ergehen lassen muss.«

»Na hör mal, ich mache das ja nicht freiwillig«, ereiferte ich mich.

Zara tätschelte Sumbas Kopf noch einen Moment. Als sie sich wieder mir zuwandte, spielte ein kleines Lächeln um ihren Mund. Ihr Mund war beeindruckend, mit ihm schien sie all das auszudrücken, was sie mit den Augen nicht konnte. Er war immer in Bewegung, verbreitete sich zu einem Grinsen, konnte – wie ich später erfahren sollte – in Anspannung erstarren, schmal werden, wenn sie wütend, weich und sinnlich, wenn sie entspannt war. Lippen, die schier tanzten, wenn sie sprach, und auf denen sie gerne herumkaute. In einem Moment schön geschwungen, im anderen unordentlich wie ein hingeworfenes Tuch.

Sie sagte: »Ich habe bloß gescherzt.«

Verflixt, das hätte ich merken sollen!

Am nächsten Donnerstag erschien Zara, als ich gerade mit einem Kunden beschäftigt war, und ging einfach weiter. Ich hätte den Kunden am liebsten stehen lassen, um sie zurückzuholen, aber das konnte ich natürlich nicht. Wieder eine Woche später blieb sie zu einem Espresso. Ich erzählte ihr von meiner Kundschaft, von der Schlosserei und den Nutzlosgeräten. Sie schilderte mir, wie es in der Radioredaktion zuging, in der sie beschäftigt war, von ihrer Arbeit als Regisseurin von Hörspielen, erklärte mir, dass sie donnerstags in den Sprechunterricht ging, weil sie sich verbessern wollte.

Den Stuhl, auf dem sie saß, hielt ich frei und sauber.

Jeden Donnerstagmorgen erwachte ich mit dem Gedanken *Heute kommt Zara*, und Sumba erwachte mit dem Gedanken *wuff, wuff, wuff* (was soviel heißt wie: »Heute treff ich Allegra«), wir waren sofort hellwach und munter. Aber dann kamen sie zwei Wochen nicht, weil sie Urlaub machten. Ich legte wieder Geräte auf den Stuhl und ging am Sonntagnachmittag zu Vater jassen, was bei mir ein schlechtes Zeichen war.

Als die zwei Wochen vorüber waren, zog ich mich besonders schön an – meine japanische Seidenhose in glänzendem Lila und mit filigranen gelben Mustern, dazu meine tolle orange Baumwollbluse und die Lieblingsjeansjacke. Gekrönt wurde das Ganze durch meine spitzen Lederschuhe in einem sanften Himbeerrot. Es war natürlich Unsinn, mich extra hübsch anzuziehen, weil Zara mich ja nicht würde sehen können. Die Zeiger der Uhr bewegten sich an diesem Morgen wie gehbehinderte Schnecken. Glücklicherweise wirbelte am Mittag Felix herein. Er war ein zehnjähriger Junge mit den rötesten Haaren, die man sich vorstellen kann (weshalb er in der Schule *Rote Rübe* genannt wurde). Er wohnte mit seinen Eltern einen Stock unter mir, war ein aufgewecktes Bürschchen mit einer lästigen Faszination für alles, was mit Wasser zu tun hatte. Er musste mittags in der Schule bleiben, weil seine Eltern berufstätig waren. Meistens stahl er sich dort weg und besuchte mich, ging mit Sumba spazieren, oder ich zeigte ihm die Innereien eines Apparats. An diesem Mittag saß er bloß da und erzählte mir aufgeregt, dass der Lehrer in der Turnhalle eine Scheibe zerschlagen habe, als er ihnen vorführen wollte, wie man einen Ball nicht werfen sollte. Er konnte sich ewig nicht beruhigen, so lustig fand er das, und sein Gesicht rötete sich, was in Kombination mit seinen roten Haaren nicht vorteilhaft aussah. Eine Viertelstunde, nachdem er hinausgewirbelt war, erschien Zara. Kurz vorher dachte ich, dass sie eines Tages keine Sprechstunden mehr nehmen und dann fernbleiben würde. Das war wie ein Boxhieb in die Magengrube. Doch dann tauchte sie auf, ging am Schaufenster entlang ohne hereinzuschauen, und ich vergaß meine Ängste. Sie trat in den Türrahmen und klopfte. »Ist jemand da?«, fragte sie lächelnd.

Mein Herz pochte wie verrückt. »Natürlich! Willst du einen Espresso?«

Sie nickte und tastete sich zu ihrem Stuhl, den ich für sie wieder freigemacht hatte.

»Wie waren die Ferien?«

»Wundervoll. Wir lagen zwei Wochen am Strand!«

Wer war wohl *wir*? Ich hätte sie das gern gefragt, aber das wäre undiskret gewesen.

»Mit wem warst du in den Ferien?« – Na ja, fragen kann man immer.

»Mit Renée.«

Das musste ihr Freund sein. Aber konnte ich sie das fragen?

»Ist René dein Freund?« Ups, schon herausgerutscht.

»Renée ist eine Freundin, wir wohnen zusammen.«

Sie sagte *eine* Freundin, nicht *meine*.

»In der zweiten Woche kam auch noch Lottchen.«

»Mit ihr wohnst du auch zusammen?«

»Nein, sie ist Renées Freundin.«

Wie war das nun gemeint? Einfach Freundin oder so wie die Engländerinnen Sue und Maud?

»Unser Bungalow lag mitten in einem Pinienwald, es roch

einfach unglaublich! Der Weg führte ein Stück durch den Wald, dann an stachligem Gras entlang zum Strand. Der Sand war fein wie Puder und warm. Oh, und das Rauschen des Meeres! Und am Abend der Wind, der die Pinien zum Singen brachte! Und das würzige korsische Essen!«

»Ist Allegra auch mitgekommen?«

»Natürlich! Sie musste aber kaum arbeiten, das hat sie sich tausend Mal verdient.«

Während Zara erzählte, betrachtete ich sie gründlich, das kann man bei einem blinden Menschen ungehemmt tun. Sie passte nicht in meinen Laden. Sie sah wie aus dem Ei gepellt aus, mit glänzenden, eleganten Lederschuhen, einer coolen schwarzen Hose mit vielen Taschen und Reißverschlüssen; einer taillierten Bluse, die matt schimmerte und teuer aussah, dazu eine Fliegerlederjacke, natürlich schwarz. Wenn Zara sehen könnte, würde sie wohl nicht hier sitzen, sie hätte nicht mal ins Schaufenster geguckt.

Zara öffnete das Scheibchen ihrer Armbanduhr und befühlte die Zeiger. »Ich muss jetzt leider gehen.«

Leider hatte sie gesagt!

Sie stand auf und gab Allegra den Befehl, zu ihr zu kommen. »Schöne Woche!« Sie lächelte leicht.

Wie sie das wohl gemeint haben mochte? Dass sie mir eine schöne Woche wünschte, so wie man das halt tut? Oder meinte sie, dass es eine schöne Woche sein würde, weil wir uns wiedersehen würden? Oder weil wir uns *nicht* wiedersehen würden? Oder war diese Woche schön, weil wir uns getroffen hatten? Wie hat sie dieses *schön* gemeint – schön-schön, schön-hübsch, attraktiv oder einfach nett? Ach, ich wollte, sie hätte sich klarer ausgedrückt! Sie hätte zum Beispiel sagen können, dass sie sich auf unser nächstes Wiedersehen wahnsinnig freute. Sie hätte sagen können: »Gehen wir etwas trinken?« Ich hätte dann so getan, als schaute ich in meiner Agenda nach, sie hätte ja nicht sehen können, dass ich nichts dergleichen tat, dann hätte ich gesagt: »Am Freitag in einer Woche ginge es bei mir von sieben bis neun.« Das hätte sehr gut getönt, ihr wäre klar, dass ich sehr beschäftigt bin. Dann hätte sie erwidert: »Also, gut, Freitag in einer Woche um sieben Uhr.« Aber dann – wow, so cool! – würde ich einen kleinen Schrei ausstoßen und sagen: »Oh, ich kann an dem Freitag ja gar nicht. Hab' einen Termin, den ich noch nicht eingetragen hatte. Wie wär's mit Samstag?« Sie würde natürlich sofort ja sagen, weil sie mich unbedingt treffen wollte, vor allem jetzt, da sie begriff, wie begehrt ich war.

Manchmal träumte ich von ihr, wirre Träume. Einmal standen wir im Zirkus auf dem Seil. Niemand hatte Zara gesagt, dass das Netz fehlte, sie balancierte voller Vertrauen hinüber und kam auf der anderen Seite sicher an. Ich hingegen hatte den Boden mit der dünnen Schicht Sägemehl gesehen und begann zu zittern. Ich fiel nur deshalb nicht, weil Zara mit mir sprach und mich ruhig übers Seil lotste. Ein anderes Mal träumte ich, dass ich ein Insekt war und Zara ein Frosch, ein blinder natürlich. Und weil sie blind war, konnte sie mich nicht fangen, sie quakte frustriert, während sie dauernd gegen Steine und Baumstämme hüpfte.

Aber dann geschah ein Wunder: Am darauffolgenden Donnerstag sagte Zara: »Ich wollte dich fragen, ob du mal abends Zeit für mich hättest, ich möchte etwas mit dir besprechen.«

Und ich, cool, begehrt und termingefüllt wie ich war, stammelte: »Natürlich, ja, gerne – sicher! Ich-ich kann heute oder morgen Abend – wann immer du willst.«

Zara

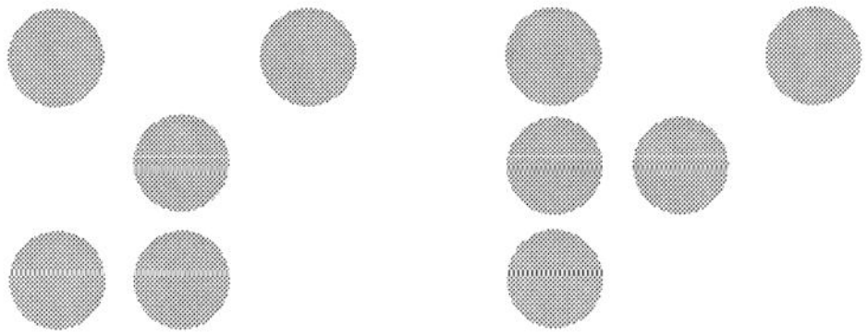

7

Warum, trotz allen Spiegeln, weiß man eigentlich nicht, wie man aussieht?
Arthur Schopenhauer

Arthur Schopenhauer besaß einen hässlichen Backenbart, nur zu gut kann ich mich an sein Bild erinnern. Es war mir in dem Buch *Die großen Denker des Abendlandes* aufgefallen, das ich in meiner schlimmen Zeit kurz vor der Erblindung gelesen hatte. Schopenhauer ist für mich einer der großartigsten Philosophen, der sich je über Sinn und Unsinn des Lebens Gedanken gemacht hat. Er war aber auch ein kolossaler Dummkopf, jedenfalls was die Frauen anging. Geprägt von einer komplizierten Beziehung zu seiner berühmten Mutter und gestraft mit zwei linken Händen, was das Hofieren anging, bastelte er aus seinem Männerfrust eine krude Philosophie über die Frau. Doch abgesehen von diesem fatalen Fauxpas war er scharfsinnig, weitsichtig und wunderbar pessimistisch. Er ließ sich als einer der ersten Europäer von buddhistischem und hinduistischem Gedankengut beeinflussen, er achtete Pudel als gleichwertige Wesen (wenn auch gleichwertiger als die Frau ...) und konnte seine Gedanken in eine klare, poetische Sprache fassen. Als ich ihn eines trübseligen Nachmittags entdeckte, war das eine kleine Offenbarung. Seine Worte wurden zu einem Anker in meiner blinden Welt, waren wie eine Hand, die mir den Rücken stützte.

Ja, mir gefiel sein bodenloser Pessimismus, seine Überzeugung, dass jedem Unglück ein neues folgt; dass das Leben eine unerträgliche Last ist, ein fortdauernd gehemmtes

Sterben, ein aufgeschobener Tod, voller Leere und Langeweile. Schopenhauer hätte mir bestimmt nicht einzureden versucht, dass meine Blindheit eine wertvolle Herausforderung sei und Sinn mache. Er hätte mir stattdessen dargelegt, dass alles unvollkommen und das Angenehme mit Unangenehmem durchmischt ist; dass jeder Genuss nur ein halber, jede Erleichterung der Keim zu neuen Beschwerden ist und uns letztlich jedes Hilfsmittel im Stich lässt. Er hätte mir erklärt, dass es nur einen angeborenen Irrtum gibt: Zu meinen, dass wir auf dieser Welt sind, um glücklich zu sein.

Ich mochte diese völlige Absenz von Schönfärberei – kein Du-bist-zwar-blind-aber-das-ist-eine-große-Chance-Gesülze, kein Das-ist-dein-Karma-Gelaber, kein Blinde-sind-besonders-weise-und-feinfühlig-Gequatsche!

Ich hatte mich in den letzten vierzehn Jahren recht gut mit meiner Blindheit arrangiert, doch kam es immer noch vor, dass sich mir diese eine Frage aufdrängte, die ich hasste und die mich trotzdem belästigte: Warum ich? Warum wurde gerade ich mit einer Augenkrankheit geboren, die zur Blindheit führt? Warum ich – und nicht zum Beispiel einer dieser Fundamentalisten, Diktatoren, Kinderschänder, Telefonverkäufer oder anderen Narren und lästigen Plagegeister?

Das ist eine müßige Frage, ich weiß – Terroristen aller Art haben nun einmal den Auftrag, die Welt zu einem schlechteren Ort zu machen; eine solch wichtige Aufgabe habe ich nicht. Abgesehen davon ist es eine selbstmörderische Frage, dumm und destruktiv, denn selbst wenn es eine Antwort gäbe, würde sie mich doch nicht wieder sehend machen.

Als ich einmal bei Emilia einen Espresso trank, hatte sie das Braille-Buch in meiner Tasche entdeckt und wollte wissen, was darin stand.

Ich erwiderte: »Antworten auf die Frage, was das Leben ist.«

Ich hörte, wie sie Werkzeuge auf dem Tisch ordnete und ein Gerät ins Regal stellte. »Ach, darauf gibt es Antworten?«, fragte sie mit einer solch entwaffnenden Unschuld und Neugierde, dass ich auf einmal wieder unsicher war, ob es tatsächlich Antworten darauf gab.

Sie sagte: »Lies mir doch mal was daraus vor.«

Ich griff nach dem Buch und blätterte darin. »Das Buch ist von Schopenhauer, und die Passage, die ich dir wiedergeben möchte, ist diese –« Ich begann jedoch nicht zu lesen, sondern zu rezitieren: »**Es ist wirklich unglaublich, wie nichtssagend und bedeutungsleer, von außen gesehn, und wie dumpf und besinnungslos, von innen empfunden, das Leben der allermeisten Menschen dahinfließt. Es ist ein mattes Sehnen und Quälen, ein träumerisches Taumeln durch die vier Lebensalter hindurch zum Tode, unter Begleitung einer Reihe trivialer Gedanken.**«

»Wow, du kannst das auswendig?«

»Ich weiß einiges auswendig, das bringt mein Handicap mit sich.«

»War dieser Schropenbauer nicht ein Komponist oder so? Und lernst du immer die Gedanken von anderen auswendig?«

»Arthur Scho-pen-hau-er heißt er, er war ein Philosoph, der zur Zeit von Goethe gelebt hat. Ich zitiere ihn, weil er sehr gut ausdrückt, was ich empfinde.«

»Ein alter Knacker, der schon lange tot ist, soll beschreiben können, wie es in dir aussieht?«

»Gewissermaßen.«

»Ich kann mir nicht vorstellen, dass dieser Hopenschrauber –«

»Scho-pen-hau-er!«

»Wie auch immer – dass er Recht hat mit dem, was er sagt.«

»Ich schon.«

»Da könntest du dich ja gleich erhängen.«

»Durchaus.«

»Du lernst etwas auswendig, das dich in den Selbstmord treiben könnte? Ist das blöd!«

»Was lernst du denn auswendig?«

»Nichts. Es gibt nichts, was ich immer wieder herunterleiern möchte.«

Emilia fehlte zweifelsohne der Respekt gegenüber großen

Denkern. Ich glaube, sie begriff gar nicht, wozu Philosophie gut war. Sie kannte offenbar die Abgründe nicht, die sich in einem auftun können, und wusste nicht, dass man verstehen will, warum es diese Abgründe gibt.

Der Abgrund zum Beispiel, nicht zu wissen, wie man aussieht. Jeder kann mein Gesicht sehen – einfach so im Vorbeigehen –, nur ich nicht (und natürlich auch nicht die anderen Blinden). Ich brauche eine Renée, die mir sagt, ob meine Frisur in Ordnung ist, die Kleider und Schuhe – keine Fussel, keine falsch zusammengeknöpfte Bluse, keine Essensreste zwischen den Zähnen, kein verschmierter Lippenstift. Wenn Renée nicht zu Hause war und meine Freundinnen Güne, Gürklein und Luzia, die im unteren Stock wohnten, ebenfalls nicht, brauchte ich doppelt so lange, bis ich mich zurechtgemacht hatte. Noch einmal alles nachprüfen, ein zweites, ein drittes Mal, besser zweimal Zahnseide benützen, lieber nochmals die Schuhe polieren und so weiter. Manchmal war und ist dieses Undsoweiter so umständlich, dass ich weinend daheim bleibe.

Das letzte Mal, als ich mich noch einigermaßen scharf gesehen hatte, war ich dreizehn Jahre alt gewesen. Mittlerweile gehe ich auf die Dreißig zu, und immer noch trage ich das Bild der Dreizehnjährigen in mir – mit Teeniepickelhaut, Flaschenbodenbrille und stecknadelgroßen Augen dahinter, und mit dieser abscheulichen Ponyfrisur, auf die ich wahnsinnig stolz gewesen bin. Ich hatte gewelltes Haar, aber Oma musste es mir nach dem Waschen immer mit der Bürste glatt fönen. Mutter, diese ehrgeizige Ziege, hätte nicht die Geduld dazu gehabt, sie war morgens noch vor meinem Bruder und mir fort, auf dem Weg in ihren beschissenen Konzern, wo sie als Anwältin arbeitete, und auch mein Vater, ein passionierter Architekt, war kaum jemals da. Die Tatsache, dass ich langsam erblindete, trieb meine Eltern offensichtlich aus dem Haus.

Glücklicherweise aber hatte ich Nana, meine Oma. Sie fönte mir die schönste Ponyfrisur, sie kochte den feinsten Porridge, machte mit meinem Bruder und mir Ausflüge, schleppte uns auf Vernissagen und ins Theater und hatte immer eine lustige Geschichte auf Lager. Sie war die einzige, der es im vollen Ausmaß bewusst war, dass ich blind würde, und die mich darauf vorbereitete. Nach dem Einkauf hieß sie mich die Nahrungsmittel wegräumen, damit ich sie problemlos finden konnte. Den Wäschekorb musste ich nach meinen Kleidungsstücken durchsuchen, die Unterwäsche zusammenlegen, die Socken sortieren und in meinen Schrank legen. Wenn ich meine Kleider mal ungeduldig wegstopfte, zog Nana sie wieder heraus und hieß mich die Wäsche ordentlich zusammenlegen und in den richtigen Fächern und Schubladen unterbringen. Meinem Bruder Raphael sah sie die Unordnung nach, bei mir aber bestand sie darauf, dass ich meine Schuhe in den Schuhschrank stellte und die Jacken an der Garderobe aufhängte. Erst viel später begriff ich, dass sie mich unerbittlich zur Ordnung erzog, weil Ordnung für einen blinden Menschen lebensnotwenig ist.

Ich trug die dicksten Brillengläser, die es gab, und brauchte zusätzlich ein Sehglas und beim Lesen eine Lupe – kurz, ich sah ziemlich bescheuert aus. Aber ich hatte von klein auf die Fähigkeit, Menschen für mich einzunehmen, Macht über sie zu gewinnen, sie um den Finger zu wickeln – je nachdem. So war ich immer im Mittelpunkt einer Gruppe zu finden und nicht am Rand, trotz meiner Sehbehinderung.

Mein Sehfeld wurde von Jahr zu Jahr enger, so als würde ich durch einen Korridor gehen, dessen Wände näher und näher zusammenrückten, ohne eine Möglichkeit, nach links oder rechts auszuscheren. Den Weg in die Schule fand ich nach wie vor. Ich kannte jede Unebenheit, die Bordsteinkanten, Grasabschnitte, die Unterführung mit ihrem hallenden Klang, den alten, rostigen Zaun, über den ich meine Hand tanzen ließ – das alles kannte ich wie meine eigene Westentasche. Doch je mehr mein Augenlicht schwand, desto fremder, ja furchterregender wurde die vertraute Welt. Am Rand meines Sichtkanals geisterten verschwommene, dunkle Monster mit schuppigen Leibern und hervorquellenden

Augen umher. Ich warf meinen Kopf hin und her, damit ich sie richtig ins Visier bekäme, aber da waren auf einmal nur noch Büsche, dafür an der Peripherie neue Monster. Mein Schulweg wurde langsam zu einer Geisterbahn, die ich angespannt vor Angst und Schrecken durchschritt.

Die Buchstaben an der Wandtafel, die ich noch mit dem Einglas hatte sehen können, rückten in die Ferne, und das Gedruckte in den Büchern löste sich auf wie Eiswürfel. Ich brauchte Lesebücher, die doppelt so groß wie die bisherigen waren und deshalb viele Bände umfassten. Ausgerüstet mit Lesebrille, Einglas und Lupe las ich in den Büchern, wissend und gleichzeitig dieses Wissen verdrängend, dass die Tage des Sehens gezählt waren.

Schließlich besaß ich nur noch ein schemenhaftes, seitliches Sehvermögen. Ich musste zur Decke schauen, wenn ich geradeaus sehen wollte, was ziemlich bekloppt ausgesehen haben muss! Nach dem Erwachen schwebten kleine, vage Formen in mein Blickfeld. Die blinden Flecken füllten sich mit winzigen Objekten und verwandelten meine Welt in ein irres Spiegelkabinett, in dem sich die Gegenstände verzerrten und in alle Richtungen wegrutschten.

Als ich ganz erblindete, kurz nach meinem vierzehnten Geburtstag, erfüllte mich das seltsamerweise mit bitterer Erleichterung. Am Tag meiner vollständigen Erblindung ging ich mit Nana einkaufen. Ich wusste, dass ich nichts mehr sah, aber ich ignorierte die Tatsache einfach. Nachdem Nana verfolgt hatte, wie ich in Regale knallte und über Einkaufskörbe stolperte, sagte sie: »Kannst du mir deinen Arm geben? Ich fühle mich heute etwas schwach auf den Beinen.« Erleichtert nahm ich ihren Arm und tat so, als würde ich sie stützen, während sie in Wahrheit doch mich führte.

Ja, so war Nana, sie hätte alles gemacht, damit ich mich nicht bloßgestellt oder verraten fühlte. Und weil sie immer alles für mich getan hatte, musste ich jetzt ihr eine Bitte erfüllen, auch wenn diese Bitte – nun ja – schon etwas verrückt war.

Sie hatte mich feierlich zu sich in die Altersresidenz *Terti anum* eingeladen, wo sie seit fünf Jahren lebte. Ich saß auf dem Sofa, während Nana erst mal Allegra ausgiebig tätschelte und ihr alberne Koseworte ins Ohr raunte. Schließlich setzte sie sich auf den Sessel mir gegenüber und begann: »Wie du weißt, werde ich bald fünfundachtzig. Nun hat man auch in diesem Alter noch Wünsche, und es scheint mir an der Zeit, mir einen lang gehegten zu erfüllen. Die Sache ist die«, sie räusperte sich, »ich möchte nächstes Jahr ein Theaterstück aufführen.«

»Ich wusste gar nicht, dass du in einer Theatergruppe bist!«, bemerkte ich erstaunt.

»Bin ich auch nicht, deshalb gründe ich jetzt eine eigene, zusammen mit ein paar Tertianern.«

»Aha. Und was werdet ihr spielen?«

»*Romeo und Julia.*«

»Was?!« Ich zuckte förmlich zusammen.

Nana blieb unbeeindruckt. »Ich wollte schon immer die Julia spielen. Aber da war der Krieg, die Heirat, die Töchter, und bevor ich mich versah, wart ihr Enkelkinder da. Heinrich, der natürlich dagegen gewesen wäre, ist tot, kurz: Es ist an der Zeit, meinen Traum zu verwirklichen, bevor ich die Karotten von unten anschauen muss.«

Ich wusste nicht, ob ich lachen oder weinen sollte.

»Jetzt zu dir, meine liebe Zara: Ich möchte, dass du Regie führst, und hör auf, ein solch entsetztes Gesicht zu machen!«

Ich stöhnte. »Wie soll ich Regie führen? Ich habe bekanntlich einen kleinen Defekt!«

»Du machst Hörspiele, da kannst du doch auch ein Theaterstück inszenieren«, sagte Nana.

»*Hör*spiele sind keine *Schau*spiele, Nana!«

»Dann finde jemanden, der das Schauen für dich übernimmt.«

»Im Theaterstück ist Julia ein Teenie – du verfehlst dieses Alter gerade mal um rund sieb-zig Jahre!«

»Na und?«, fragte Nana zwischen zwei Schlücken.

»Na und? *Na und?* Du bist viel zu alt, verstehst du, du

bist *überreif* für diese Rolle. Wenn du auf dem Balkon stehst und sagst: ›Romeo, o Romeo‹, krümmt sich das Publikum vor Lachen.«

»Das wäre doch schön! Nicht alle bringen die Zuschauer zum Lachen.«

»Von den anderen, hat da jemand Theatererfahrung?«

Nana nickte, ich wusste, dass sie nickte, denn ihre gesprayten Haare machten ein ulkiges, knisterndes Geräusch. Sie sagte: »Vier haben ein Abonnement fürs Stadttheater.«

»Na, das ist ja großartig! Um einen Berg erklimmen zu können, muss man ja auch nur ein paar Bergfilme gesehen haben!«

Nana redete unbeeindruckt weiter. »Hans spielte damals an seiner Abschlussfeier der Sekundarschule den Geißenpeter, Ida hat erst gerade beim Theaterstück ihres neunjährigen Enkels die Hexe gespielt, Franz trägt an der Weihnachtsfeier Sketches vor. Er ist sehr lustig.«

»Ein komödiantisches Talent ist ja auch genau das, was wir für *Romeo und Julia* brauchen«, meinte ich trocken.

Nana schlug auf das Beistelltischchen, die Tasse schepperte. »Zara – hilfst du mir oder hilfst du nicht? Ich kann auch jemand anderen fragen, aber dich hätte ich am liebsten, und hör endlich auf, ununterbrochen deinen Kopf zu schütteln.«

»...«

»Und einen schiefen Mund zu ziehen.«

»...«

»Und mach nicht eine solche Furche auf der Stirn.«

»Nana! Lass mich doch in Ruhe überlegen, wer mir bei dieser *Mission impossible* helfen könnte.«

Und mir kam Emilia in den Sinn, die verrückte Emilia in ihrem verrückten Laden, mit ihrem verrückten Hund. So viel Verrücktheit war geradezu ideal für ein solch verrücktes Projekt. »Ich weiß vielleicht jemanden. Emilia heißt sie, und wenn sie mitmacht, kannst du auf mich zählen.«

Daheim waren alle Hausbewohnerinnen bei den Zwillingen Güne und Gürkchen versammelt, es war Mittwochabend, Zeit für die dämliche *Sex and the City*-Serie. Die war eben fertig, als ich hereinkam.

»Der Sessel an Wand drei ist noch frei«, sagte Renée, »was wollte Nana nun von dir?«

Ich erzählte ihnen von dem Theaterprojekt. Die Frauen kreischten, als sie von Nanas Idee hörten. Gürklein klopfte mir auf die Schultern und sagte: »Da hast du dir ja etwas Nettes aufgehalst.«

»Ist das bekloppt!«, konstatierte Güne.

»Na ja, die Idee mag etwas verrückt sein, deswegen aber ist Nana noch lange nicht bekloppt«, erwiderte ich.

»Ist ja egal, durchziehen werdet ihr es sowieso nicht«, meinte Güne.

»Da kennst du meine Großmutter nicht! Die zieht das Ding durch, sie würde sich eher den Kopf abreißen als aufzugeben.«

»Hat mal eine einen Memory-Stick?«, fragte Luzia plötzlich, »muss noch was abspeichern.«

»Ihr werdet es nicht durchziehen«, insistierte Güne.

»Werden wir doch«, entgegnete ich.

»Okay, wetten wir?« Güne hörte sich kampfeslüstern an.

»Soll mir recht sein. Um was?«

»Es müsste ein Speichervolumen von einem Gigabyte haben«, begann Luzia wieder.

Nun mischte sich auch Renée ein: »Wenn du gewinnst, musst du ein Jahr lang nicht putzen. Wenn du verlierst, darfst du sechs Monate lang keinen Sex haben.«

»Okay«, sagte ich siegesgewiss und schlug ein.

»Was ist nun mit dem Memory-Stick?«, fragte Luzia ungeduldig.

Von wegen wir würden es nicht schaffen! Nana und ich schaffen das sehr wohl, gemeinsam sind wir unschlagbar, das war schon immer so. Ich hörte es ihrer Stimme an, wie sehr sie sich auf dieses Projekt freute, und das rührte mich! Ja, warum eigentlich nicht, ich könnte dabei wertvolle Erfahrungen für meine Radioarbeit sammeln, und sowieso: Ein Jahr lang nicht putzen, das wäre sehr, sehr gut!

8

Mit behutsamem Schritt und ängstlichem
Umherspähen verfolgt er seinen Weg:
Denn tausend Zufälle und tausend Feinde
lauern ihm auf.
Arthur Schopenhauer

Ich traf mich mit Emilia in meinem Lieblingscafé *Arte*. Als ich hereinkam, rief sie quer durch den Raum: »He, Zara, huhu, ich bin hier, hinten links in der Ecke« und trommelte auf den Tisch. Das war mir so peinlich, dass ich am liebsten rechtsumkehrt gemacht hätte. Aber abgesehen davon: Für die Ortung war der Lärm überaus praktisch.

»Du hättest mir entgegenkommen können, das hätte weitaus weniger Aufsehen erregt«, sagte ich, als ich Emilias Tisch erreichte.

»Na, hast du mich auf Anhieb gefunden oder nicht? Und übrigens bist du ja nicht invalid oder so«, erwiderte Emilia.

Perplex setzte ich mich. War ich das wirklich nicht?!

Während ich Allegra vom Geschirr befreite, sprudelte Emilia los: »Pikfeiner Schuppen, ich muss schon sagen! Ich war noch nie hier – hast du die Preise gesehen? Dafür könnte ich in einer anderen Kneipe eine Cola plus Sandwich kriegen. Dann diese Bilder – sei froh, dass du blind bist! Die sehen aus, als habe sich der Künstler erst Farbbeutel umgebunden, anschließend in den Kopf geschossen und sei dann auf die Leinwand gefallen. Nun, wahrscheinlich hat er sich doch nicht erschossen, sonst gäbe es ja nur eines dieser Bilder, was allerdings kein Verlust wäre.«

Ich überlegte mir, ob ich nicht doch noch rechtsumkehrt machen sollte.

Als wir die Hunde unter dem kleinen Tisch verstaut hatten, kam der Kellner und nahm die Bestellung entgegen. Ich hatte vorgehabt, Emilia zu einem Prosecco einzuladen, aber sie wollte lieber eine Cola. Da bestellte ich mir einen Espresso.

Kaum war der Kellner gegangen, sagte Emilia: »Der sieht aus, als habe er zum Frühstück einen Stecken verschluckt, da würde ich wohl auch ein solch grimmiges Gesicht machen.«

Ich fragte mich, was die dümmere Idee gewesen war: dieses Café vorgeschlagen zu haben oder Emilia für die Mitarbeit beim Theaterprojekt anfragen zu wollen! Als ich meinen Espresso fertig getrunken hatte, fragte mich Emilia, ob sie Kaffeelöffel und Zucker haben dürfe. Ich hörte, dass sie den Löffel mehrmals auf den Tisch legte und wieder aufnahm. Sie brummte etwas, das ich nicht verstehen konnte, dann griff sie auch noch nach der Untertasse.

»Sag mal, was soll das werden?«

»Moment noch.«

Sie tat eine Reihe von Dingen, auf die ich mir keinen Reim machen konnte. Dann sagte sie: »Darf ich vorstellen: der *Arte*-Katapult.« Ich hörte ein lautes, metallisch klirrendes Plopp und dann Emilias Lachen – »Yeah, fast!«

Ich stützte betont langsam meinen Kopf aufs Kinn. »Und was soll das?!«

»Ein Katapult. Mit dem Löffelchen wird das Zuckerstück in die Luft katapultiert. Ziel ist es, die Tasse zu treffen. Versuch mal.«

»Spinnst du?«

»Och, nicht mehr als sonst, aber probier's trotzdem.« Sie nahm meine linke Hand und führte sie zur Tasse, »hier ist das Ziel«, meine rechte Hand zog sie zum Tellerchen-Löffelchen-Gebilde, »da der Katapult.« Dann legte sie mir den Zucker in die Hand. »Und nun los!«

»Du vergisst, dass ich ein Handicap habe«, wandte ich ein.

»Na, meinst du, wenn man sehen kann, trifft man besser? Beim Katapultieren kommt es auf den richtigen Druck an und nur darauf.«

Also befühlte ich mit der einen Hand den Katapult und mit der anderen Hand die Kaffeetasse, und mich überkam eine kleine Aufregung, ein klitzekleiner Ehrgeiz, die Tasse zu treffen. Ich schlug auf den Löffel.

»Fast«, lachte Emilia, »gleich nochmal!«

Ich probierte es ein zweites Mal, und obschon das ein blödes Unterfangen war, pochte mein Herz etwas schneller.

»Ist rechts ausgeschert – nochmals!« Emilia legte meine Hand auf das Zuckerstück. Ihre Hand war warm und kräftig.

Griff zur Tasse, Löffel ausrichten, Zucker drauflegen, katapultieren.

»Tor! Tor! – Du hast getroffen!«, schrie Emilia. Um uns herum wurde es merklich stiller im Café. Na toll, vermutlich schaute jetzt der ganze Laden zu uns!

Aber so war es: Wir spielten Katapult. Ich verbesserte meine Trefferquote kontinuierlich, auch als wir die Distanzen veränderten. Als ich gerade in einer Gewinnerphase war, erinnerte sich Emilia daran, warum wir hier saßen.

»Du wolltest etwas mit mir besprechen, darum sind wir ja in dieser« – sie begann zu kichern – »Schickimicki-Depro-Kneipe.«

»Emilia, du wirst es nicht glauben, aber ich habe längst begriffen, dass du es hier öd findest.«

»Nun, öd ist ni–«

»Emilia, bitte, lassen wir das.«

Ich erzählte ihr von meiner Oma und ihrer Theateridee. Als ich sagte, dass Nana *Romeo und Julia* aufführen wollte, hatte ich Gelächter oder zumindest eine freche Bemerkung erwartet, aber nein, Emilia fand die Idee »affencool«! Da fragte ich sie, ob sie Lust habe, mitzumachen, neben mir zu sitzen, mir das Geschehen auf der Bühne zu kommentieren und vielleicht das Bühnenbild und vor allem die Technik mitzugestalten. Sie lachte erfreut auf und sagte, sie habe zwar null Ahnung von Theater, aber wenn ich fände, das mache nichts, und solange es für sie was zu tun gäbe: ja durchaus, sie habe Lust!

Ich wusste plötzlich nicht, ob ich darüber erfreut sein sollte. So wie ich auch nicht wusste, warum ich jeden Donnerstag nach dem Sprechunterricht bei Emilia vorbeischaute. Nun gut, dass sie fluchen musste, damit ihr Hund gehorchte, war schon sehr lustig, und ihr Laden, der mir sehr chaotisch, aber auch kreativ vorkam, ebenfalls. Sie war eindeutig anders als alle, die ich kannte – frisch von der Leber weg, unverblümt und manchmal kindlich. Aber ob das für eine Zusammenarbeit von Vorteil sein würde?

Ich besann mich auf Schopenhauer, der gesagt hat, dass ein guter Vorrat an Resignation überaus wichtig als Wegzehrung für die Lebensreise ist. Oder anders ausgedrückt: Geht man von der schlechtesten Variante aus, kann man unter Umständen mit einer angenehmen Überraschung rechnen.

Nach dem Treffen machte ich mich mit Allegra auf den Heimweg. Allegra war seit einem halben Jahr bei mir und mein erster Blindenhund überhaupt. Heute frage ich mich, warum ich mich so lange gegen einen Hund gesträubt hatte. Gegen diese Freude und Erleichterung.

Wenn man blind ist, hegt man ein Grauen vor den kleinen und großen Hindernissen der Stadt: vor Bordsteinkanten, Stufen, Fahrradfahrern, unaufmerksamen Kindern, Erwachsenen am Handy, Bettlern, Stangen, Kehrrichtsäcken, Pet-Flaschen, Tramschienen, Ladengestellen, Löchern und nochmals Löchern. Mein Blindenstock hatte einen Teil dieser Angst gebannt, aber die Kämpf-oder-flieh-Haltung war anstrengender Bestandteil meines Alltags geblieben.

Doch nun war da Allegra – mit ihrer dressierten Begabung zum intelligenten Ungehorsam. Die abwägt, ob mein Entschluss, über die Straße zu gehen, in Ordnung ist oder nicht und nach allem Ausschau hält, was verletzen könnte. Ihr Geschirr aus Stahl lässt keinen Spielraum zwischen uns. Wenn Allegra anhält oder mich vor einer Gefahr wegzieht, muss ich folgen, im Vertrauen darauf, dass sie das Richtige tut. Ich steuere, sie führt und korrigiert den Kurs. So funktioniert unser Team. Und mit jedem Tag besser.

Ich bin fasziniert davon, wie unbeirrt die Hündin ihren Weg geht. Sie führt mich durch unübersichtliche Baustellen, ohne sich von Baggern oder Presslufthämmern stören zu lassen. Sie geht an spielenden und schreienden Kindern vorbei, an Ghettoblastern und Joggern. Sie ignoriert weggeworfene Sandwichreste ebenso wie die Leckerbissen alter Frauen. Sie meistert überfüllte Bahnhöfe und laute Bars.

Und manchmal, wenn ich neben Allegra gehe und die Hundemarke klingeln höre, die Pfoten, die über Asphalt, Steinplatten oder Holzböden klacken, und wenn ich befreit einatme, weil ich mich sicher, zugleich aber auch frei fühle, muss ich an Felicia denken, und ein bitterer Schmerz breitet sich in meinem Brustkorb aus. Ich hatte es mir abgewöhnt, an Felicia zu denken. Es ist zu lange her, und es ist sinnlos, an etwas zu denken, das nicht mehr ist. Was Schmerzen verursacht, muss man vergessen, alter Mist gehört auf den Misthaufen und alte Tränen weggeschnäuzt. Was war, ist vorbei, vergessen, verwunden.

Mit Allegra jedoch muss ich an Felicia denken, denn damals in ihrer Begleitung, an ihrem Arm hatte ich mich ähnlich frei, sicher und glücklich gefühlt wie jetzt mit Allegra. Diese Tatsache schnürt mir die Kehle zu und verursacht einen Kloß in meinem Bauch, einem Stein nicht unähnlich.

Als ich Nana mitteilte, dass Emilia und ich in ihrem Projekt mitmachen würden, geriet sie so aus dem Häuschen, dass sie eine halbe Stunde ohne Punkt und Komma referierte. Sie malte aus, wie toll es sein würde, das Publikum in Rage zu versetzen – Bescheidenheit hatte noch nie zur Grundausstattung ihres Charakters gehört. Sie verbot mir, an den Proben zu rauchen, und wehe, ich würde mit Emilia etwas Ungehöriges anfangen. Emilia sei bestimmt keine solche, und ich solle sie nicht verderben. Ich legte den Telefonhörer auf die Tischplatte und beugte mich von Zeit zu Zeit runter, um »Ja, ja« zu sagen.

Ein paar Tage später trafen wir uns bei Nana in der Altersresidenz *Tertianum* für die erste Theatersitzung. Ich wartete vor der Residenz auf Emilia. Schon von weitem konnte ich sie hören, sie pfiff, begleitet vom Pling-pling der Fahnenstange, laut und teilweise falsch Queen's *We are the Champions*.

Nicht gerade *up to date*, dachte ich.

Emilia hielt quietschend an. »Deine arme Oma – dass sie hier leben muss! Der Park sieht aus wie aus Plastik, und dieser Waschbeton ist ja – pfui Teufel! Die Insassen sind zu bedauern!«

»So schlimm wird's wohl kaum sein.«

»Wer von uns kann es sehen und beurteilen – du oder ich?!«

»Das war jetzt aber wirklich nicht nett!«

»Mag sein. Aber wahr.«

Ich verdrehte hinter meiner Sonnenbrille die Augen.

Wir fuhren mit dem Lift in die oberste Etage, wo uns eine aufgeregte Nana empfing. Emilia und sie begrüßten sich und waren sofort hin und weg voneinander – ich konnte förmlich ein herzliches Knistern zwischen den beiden spüren.

»Liebes Fräulein Schneefeld«, begann Oma.

»Nana, wie oft muss ich dir noch sagen, dass es heute keine Fräuleins mehr gibt!«

»Papperlapapp, ich war auch ein Fräulein, bevor ich heiratete und zur Frau Herzog wurde. Oder sind Sie verheiratet, Fräulein Schneefeld?«

»Nein, nein«, lachte Emilia, »mein Freund lebt in Manchester, und dort soll er auch bleiben. Abgesehen davon stört es mich nicht, wenn ältere Menschen *Fräulein* zu mir sagen, die sind halt damit aufgewachsen.«

»Hörst du, Zara!«, triumphierte Nana. »Aber lasst uns beginnen. Ich dachte mir, dass wir uns ein bis zwei Mal die Woche am Abend treffen und einen Sonntag im Monat. Wir werden dann eine umwerfende Premiere auf den Tisch legen. Zara, du kannst deine Beziehungen spielen lassen, damit das Fernsehen einen Beitrag über uns in ›Schweiz aktuell‹ machen wird.«

Ich verschluckte mich. Nana wollte wieder mal mit riesengroßer Kelle anrühren, sie war einfach unmöglich! Ich würde garantiert nicht zwei Mal die Woche im Tertianum antanzen, das konnte sie sich ins Silberhaar schmieren. Und über die Sonntage würde ich auch mit ihr verhandeln müssen – die Samstagabende gehören meinen Eroberungszügen und deren nächtlichen Folgen. Nana unterbreitete uns ihre Ideen für die Kostüme, erklärte, dass sie unbedingt das Fernsehen einladen wollte und schwärmte davon, wie ihre Freundin Trudi vor Neid erblassen würde, bis ich sie daran erinnerte, dass wir *ganz am Anfang* beginnen und zuerst ein Ensemble zusammenkriegen sollten.

Als ich nach der Besprechung zu Hause die Treppen hochstieg, hörte ich aus unserer Wohnung Elvis singen. Renée war leider ein fanatischer und ausdauernder Fan von Elvis Presley und seit acht Jahren meine Mitbewohnerin sowie beständigste Freundin. Aus unerfindlichen Gründen ist sie immun gegenüber meiner erotischen Ausstrahlung, wohl deshalb sind wir immer noch Freundinnen. Als Mister Gott die Gene der Leichtigkeit und Anmut verteilt hat, schlief Renée oder lag im Koma – sie ist lärmig wie ein Bulldozer auf Füßen, was das Wohnen mit ihr gewaltig vereinfacht: Dank ihrer geräuschvollen Art weiß ich immer genau, wo sie sich gerade aufhält. In der Szene nennt man sie eine *Truckerlesbe*, womit das gängige Klischee einer Frauen liebenden Frau am Steuer eines Lastwagens gemeint ist – vierschrötig, kurzhaarig, ein halber Mann und bärenstark. In der Realität sind Lastwagenfahrerinnen sehr viel zarter und weiblicher, und es ist fraglich, wie viele der so genannten Truckerlesben jemals einen Laster von innen gesehen haben, aber belassen wir es bei dem schönen Klischee. Übrigens ist Renée sowieso keine Truckerlesbe, sie ist vielmehr ein Schaf in einem Truckerlesbenpelz – eins fünfundachtzig groß, viereckig gebaut, stark und hölzern, aber mit einem Herzen so weich und weit wie ein Wattebauschmeer. Ich hörte sie im Wohnzimmer auf dem Ledersofa herumächzen. Sie las also. Allegra raste ins Wohnzimmer und begrüßte sie freudig.

Ich hängte das Führergeschirr und den Blindenstock an ihre Haken und freute mich auf das kleine Glück, mich frei bewegen zu können. Dass das möglich ist, setzt penible Ordnung voraus. Jeder Gegenstand hat seinen Ort und muss auch wieder dorthin zurückgelegt werden. Achtlos abgestellte Boxen und Tragetaschen sind tabu, ebenso ohne mein Wissen verschobene Möbel, Pflanzen und Stehlampen. Das verlangt viel Disziplin von Renée; sie behauptet jedoch, es sei ihr so in Fleisch und Blut übergegangen, dass sie schon gar nicht mehr anders könne. Renées Freundin Lottchen hatte die strenge Regelung in unserem Haushalt weniger im Griff. Wenn sie auf Besuch war, bescherte mir ihre Schlampigkeit regelmäßig saftige Beulen. Als Strafe musste sie eine Haushaltsarbeit erledigen, das war unsere Abmachung. Ich gebe es zu, manchmal täuschte ich nur vor, gestolpert zu sein.

Renée folgte mir in die Küche, wo ich Wasser für Spaghettis aufsetzte. Sie sagte beiläufig: »Eine Paulina hat heute angerufen, sie tönte ziemlich verzweifelt. Ob du sie zurückrufen könntest.«

»Scheiße, wie ist die denn zu meiner Telefonnummer gekommen? Ich hasse diese Nachspiele!«

»Na ja, es gibt wohl kaum eine zweite Zara Zohren im Telefonbuch. Paulina – ist das die kleine Blonde von letztem Samstag?«

Ich nickte nur grimmig, während ich das Tupperware-Döschen öffnete. Ich las, was darauf stand und schnupperte daran. »Riecht gut, die Sauce.« Der Stoff, der unseren Haushalt zusammenhält, ist nicht nur Ordnung, sondern auch der Apparat, mit welchem man Aufkleber in Brailleschrift fertigen kann. Damit informiert mich Renée, was in einem Behälter, einer Flasche oder Kiste ist. Sie schreibt zum Beispiel: *Tomatensauce* oder: *Kartoffel-Karotten-Blumenkohl-Gratin* oder: *Plätzchen von Mutti – Hände weg!*

»Könntest nicht du diese Paulina anrufen und ihr sagen, dass ich nach Honolulu ausgewandert bin, um dort eine Blindenschule zu eröffnen? Nein, besser noch, sag ihr, ich sei in ein Baustellenloch gefallen, hätte eine Flasche mit Ameisensäure für Rotwein gehalten oder so.«

Renée zündete sich eine Zigarette an.

»Sei lieb und hilf mir!«

Sie stand auf, um sich ein Bier aus dem Kühlschrank zu holen, dann setzte sie sich wieder kolossal lärmig hin und öffnete die Flasche. »Ich helfe dir Frauen erobern! Ich bin doch nicht auch noch dafür verantwortlich, sie für dich zu ›entsorgen‹! Wann geht dir das endlich in deinen Schädel?«

»Nur noch dieses eine Mal, bitte.«

»Das sagst du immer!«

»Bitte!«

Glücklicherweise kann Renée eine Bitte einfach nicht abschlagen.

Sie brummte.

»Bit-te ...«

Schweigend trank sie ihr Bier.

»B-i-t-t-e, meine liebste Freundin!«

»Ich kann ihr doch nicht sagen, du seist nach Honolulu ausgewandert oder gestorben! Sie wird dich an der nächsten Disco wieder sehen!«

Gleich hatte ich sie soweit! Ich rieb mir innerlich die Hände und schmeichelte: »Dir kommt schon was in den Sinn.«

»Das ist das letzte Mal, das allerletzte Mal! Kapiert?«

Ich nickte eilfertig, während ich die Spaghettis ins kochende Wasser gleiten ließ, die Bratpfanne auf den Herd stellte und etwas Öl hineinschüttete.

Es ist wohl an der Zeit, ein Wort über mein Liebesleben zu verlieren, denn Telefonanrufe von irgendwelchen Paulinas kommen in unserem Haushalt ab und zu vor.

Einmal lagen Renée, Lottchen und ich spätabends angetrunken im Wohnzimmer auf dem Teppich und sprachen über Frauen, was Lottchens und mein Lieblingsthema ist. Renée würde lieber über Elvis oder Oldtimer diskutieren, aber damit steht sie allein auf weiter Flur.

»Zara, weißt du, wie man Weiber wie dich beschreiben würde?«, begann Lottchen mit schwerer Zunge.

Ich schüttelte den Kopf, wobei ich in meinem weinseligen Zustand mit dem Kopf eine Acht zeichnete.

»Du bist wie der Honig, nach dem Bärenweibchen gieren; wie die Kerze, in der die Mottenfrauen verbrutzeln; wie der Abgrund, in den sich Lemmingdamen stürzen.«

Lottchen wurde poetisch, wenn sie getrunken hatte.

»Kurz, du bedeutest für diese Frauen die Hölle!«

Lottchen wurde aber auch grundlos frech. Ich winkte ab, wieder in Form einer Acht.

Lottchen lachte. »Ich übertreibe? Dein Rekord liegt bei fünf Frauen in einer Woche und dreien gleichzeitig; heute bist du zwar nicht mehr ganz so wild, aber immer noch wirst du nervös, wenn du drei Mal mit derselben ausgehst.«

»Ach was, halb so schlimm!«

»So? Wenn ich die Strichliste betrachte, die wir über deine Eroberungen führen, sehe ich das anders! Ich darf mich mit dir in keiner Disco mehr blicken lassen, weil zu viele Frauen herumstreunen, die wegen dir wütend und verletzt sind und deinen angeblich exisi...«, sie nahm einen neuen Anlauf, um ihre Zunge rundzukriegen, »ex-qui-siten Handfertigkeiten nachweinen.«

»Meine Handfertigkeiten sind nicht nur angeblich exquisit!«

»Das werde ich wohl nie selber testen. Übrigens habe ich einen Artikel gelesen, der mir endlich klar gemacht hat, warum du so bist, wie du bist – ich meine so sexsüchtig. Die Wissenschaft will herausgefunden haben, dass der Mensch rund achtzig Prozent seiner Energie fürs Sehen verbraucht. Du hast also verdammt viel Energie über! Diesen Überschuss brauchst du natürlich erst mal fürs ewige Suchen nach allem und jedem. Klar, auch zum Verheilen von Beulen. Den größten Teil aber, den hortest du bestimmt in deinen Geschlechtsorganen! Zara – die weibliche Antwort auf die Gigolos und Don Juans der Weltgeschichte!«

In meiner gespielten Verzweiflung wandte ich mich an

Renée: »He du, hilf mir doch, Lottchen ist wieder gemein zu mir!«

»Das kannst du sie noch lange bitten, sie schläft.«

»Dann ist das also nicht Allegra, die –«

»Nein, es ist Renée, die schnarcht. Traurig, aber wahr.«

Worauf wir in Gelächter ausbrachen.

Zugegeben, ganz Unrecht hatte Lottchen mit ihrer Behauptung, dass ich eine Casanova sei, nicht. Ich weiß tatsächlich, wie man eine Frau verführt. Ich zeige mich von der galanten Seite, bin aufmerksam, witzig, interessiert und flirte, bis ich buchstäblich spüren kann, dass mein Gegenüber errötet. Es heißt ja, dass gut prüfen solle, wer sich ewig bindet. Ich bin der Meinung, dass ebenso gut prüfen soll, wer ein leichtes Abenteuer sucht, denn es wäre doch schrecklich, wenn das Abenteuer zu einem Besuch im Briefmarkenmuseum verkommen würde!

Mein bilderloses Leben macht nicht übermäßig Spaß, Sex aber schon. Er ersetzt mir Sonnenuntergänge, Augenkontakte, den Regenbogen oder ein Feuerwerk. Er gibt mir das Gefühl, am Leben zu sein, wirklich lebendig, in Kontakt, er entschädigt mich für vieles, was für mich nicht mehr sein kann.

Um herauszufinden, welche Frau mich interessieren könnte, spanne ich Renée ein. In Discos stehe ich mit ihr an der Bar und lasse mir die Frauen schildern. Renée ist fantastisch darin, die Schönheiten einer Frau zu beschreiben. Wenn ich eigenhändig mit einer anbändle, informiert Renée mich im Vorbeigehen über das Aussehen. Flache Hand auf die rechte Schulter bedeutet: super, bleib dran! Flache Hand auf die linke Schulter: suboptimal, aber nicht uninteressant. Faust in die Seite: *See you later, aligator*!

Ich fragte mich, ob Renée beim Anblick von Emilia die Hand auf meine Schulter gelegt oder mich geboxt hätte. Emilia besaß eine schöne, weiche, melodiöse Stimme, was mit ein Grund war, warum ich so oft in ihrem Laden vorbeischaute. Und sie hatte langes Haar, das mir oft genug ins Gesicht wehte, wenn sie lachte oder den Kopf aufgeregt hin und her warf. Aber sonst? Ich wusste es nicht. Ich fand sie zu verrückt, als dass ich mich weiter für sie interessiert hätte.

Lottchen hatte mich einmal gefragt, woher ich wissen will, ob die Frauen, die Renée für mich ausguckt, mir auch gefallen? Schönheit und Aussehen seien ja sehr relative Ausdrücke. Sie hatte natürlich Recht. Renée zum Beispiel beschrieb Lottchen als »schönste, nein allerschönste, ach niedlichste Frau, mit den wunderschönsten Augen, ach und die Haare, wunderschön!« Luzia, die unter uns wohnte, eine Italienerin der zweiten Generation mit einer ausgeprägten Tomatenallergie und einer ebenso ausgeprägten Vorliebe für Computer, beschrieb mir Lottchen als blonden Bodenfeger mit Stupsnase und zu großem Po. Luzia mochte Lottchen nicht besonders. Die Zwillinge Güne und Gürkchen, die neben Luzia wohnten, sagten unisono: »Klein, sehr klein, etwa ein Meter fünfzig. Das sieht neben der großen Renée so was von schräg aus!«

Güne: »Dunkelblaue Augen.«

Gürkchen: »Nein, braune Augen.«

»Lottchen hat eindeutig dunkelblaue Augen!«

»Nie im Leben, die sind braun.«

Und während sie stritten, fragte ich mich, wer alles in diesem Raum blind war.

Der erste Satz in Schopenhauers Hauptwerk lautet: **Die Welt ist meine Vorstellung.** Die Wahrheit dieses Satzes zeigt sich mir immer wieder, wenn mir mehrere Menschen dasselbe beschreiben. Man könnte meinen, sie reden von ganz unterschiedlichen Dingen! Renée, Güne und Gürklein, Luzia, Lottchen und ich machten einmal eine Reise ins Burgund. Wir standen vor einer Kathedrale.

»Wow!«

»Gigantisch!«

»Seht mal dort drüben der Typ, heiße Ware.« Das war Gürklein.

»Ein bisschen viel Taubendreck.«

»Wenn man bedenkt, dass sie Jahrhunderte lang daran gebaut haben!«

»Ich such mal ein Internetcafé«, Luzia zottelte ab.

»Schaut mal dort oben, die Fratze – klasse!«

Ich schlug ungeduldig mit dem Stock auf den Boden. Lottchen erbarmte sich meiner und begann die Kathedrale so genau zu beschreiben, dass ich vor Langeweile schier umkippte. Renée führte mich hinein, es roch etwas moderig und nach Weihrauch. Die Bänke ächzten, wenn sich jemand darauf setzte, die Luft war muffig, zugleich auch angenehm kühl. Ich lauschte dem Klacken meiner Schuhe (alle meine Schuhe sind mit kleinen Eisen beschlagen. Das Klacken und sein Widerhall verraten mir eine Menge über Größe und Beschaffenheit eines Raums). Ich berührte das Weihwasser und den kühlen Stein des Beckens, ich hörte die Menschen reden, lauschte dem Nachhall ihres Flüsterns. Renée legte meine Hand auf die Füße einer Heiligenstatue, ich ertastete die Zehennägel, die gemeißelten Adern, die Fesseln und muskulösen Waden, spürte beim Vorbeigehen die Kerzen, die für geliebte Menschen angezündet worden waren, und zündete eine für Felicia an. Als wir wieder hinaustraten, umfing die Sommerhitze meine abgekühlte Haut und brachte den getrockneten Schweiß wieder zum Fließen.

Luzia war zurückgekommen, sie hatte kein Internetcafé gefunden. Ich sagte zu ihr: »Luzia, beschreib du mir die Kathedrale, die anderen wissen nichts Rechtes zu sagen.«

Und während diese anderen maulten, dass sie sehr wohl etwas Rechtes beschrieben hätten, hakte sich Luzia bei mir unter und begann. Sie, die den Computer brauchte wie Menschen die Luft zum Atmen, rückverwandelte sich in die Tochter ihrer eingewanderten katholischen Eltern: »Stell dir was Erhabenes vor – Beethovens Neunte, einen exzellenten Fünfgänger oder so. Und jetzt stell dir was sehr Großes vor und etwas Stilles. Denk an einen Moment von Entzücken und Glück. Vermisch es miteinander. Und bau es mit Steinquadern nach – wahnsinnig hohe, spitz zulaufende Tore und Fenster, filigrane Türmchen, Köpfe, die heruntergaffen. Im Prinzip ist es ein in Stein gehauenes Gebet zu Gott.«

Ich war sprachlos. War das wirklich unsere Hackerin, die eben gesprochen hatte?

9

Wenn man auch noch so alt wird, so fühlt man doch im Innern sich ganz und gar als denselben, der man war, als man jung, ja, als man noch ein Kind war.
Arthur Schopenhauer

Wir nahmen das Theaterprojekt in Angriff – ach was, *Romeo und Julia* nahm uns in Angriff, packte uns und sollte unser Leben für immer verändern.

Einige Mitglieder des Ensembles kannte ich schon. Zum Beispiel Ida Spitz, steinreiches Mitglied einer Uhrenfabrikantendynastie und geizig wie eine hoffnungslos verkalkte Duschbrause. Oder Claire Savant, die für die Sauberkeit lebte wie die Nonne für Jesus Christus. Sie streifte jeden Morgen durch den Park, ein Hundetütchen über die Hand gestülpt und weitere in der Handtasche verstaut. Oder der pensionierte Metzger Franz Schweingruber, der ein passionierter Liebhaber von Fleisch jeglicher Art war.

Ich sollte erfahren, dass hinter den Falten der Tertianer, der weichen, nachgiebigen Haut, hinter den kratzigen Stimmen, dem schlurfenden Gang, hinter großzügig aufgetragenem Parfum oder Aftershave, hinter ältlichen Ausdünstungen und vielen Klagen immer noch der junge Mensch oder das Kind lebte, die sie einmal gewesen waren.

Die Vernetzungen und Verstrickungen im Tertianum waren vielgestaltig und kompliziert wie überall, wo Menschen miteinander zu tun haben. Da im Hause wesentlich mehr Frauen als Männer lebten, waren die Vernetzungen und Verstrickungen besonders delikat und die Tuscheleien zahlreich. Sie tuschelten auch hinter meinem Rücken, aber da ältere Damen mehrheitlich nicht mehr so gut hören, fielen die Tuscheleien gut vernehmbar aus:

»Schau, da kommt Helen Herzogs Enkelin!«

»Die Arme ist ja vollständig blind, dabei wäre sie doch recht hübsch.«

»Warum ist sie bloß immer schwarz gekleidet?«

»Soweit ich weiß, hat sie keinen Freund, die Arme – ja, wer will schon eine blinde Frau?«

»Hartes Schicksal.«

Einmal konnte ich es mir nicht verkneifen und drehte mich um. »Es gibt durchaus Männer, die mich möchten, aber ich will sie nicht«, sagte ich lässig. Ich hätte gerne ihre Gesichter gesehen. Die atemlose Stille, die sich im Korridor breit machte, war aber auch aufschlussreich.

Nana konnte es auf den Tod nicht ausstehen, wenn ich mein Lesbischsein öffentlich machte. Und noch weniger konnte sie es ausstehen, dass ich überhaupt lesbisch war. »Es reicht schon, dass du blind bist, warum musst du dich gleich zur doppelten Außenseiterin machen?! Und abgesehen davon ist es nicht *comme il faut*, als Frau mit einer Frau«, meckerte sie.

Es war sinnlos, mit ihr darüber zu diskutieren. Immer mal wieder versuchte sie mich mit dem Enkel einer anderen Tertianerin zu verkuppeln, aber zu meinem Glück nahmen die Enkel gerne Reißaus vor blinden Bräuten.

Das erste Theatertreffen fand im Untergeschoss des Tertianums statt, wo sich ein großer Aufenthaltsraum mit Bühne befindet. Emilia kam zu spät, was sie nicht davon abhielt, ein Liedchen zu pfeifen. Sie lobte als erstes die Makramees, die offenbar in großen Mengen an den Wänden hingen. Als sie sich endlich gesetzt hatte, bat ich sie, mir zu sagen, wie viele Tertianer gekommen waren.

Emilia zählte, brach ab, fing wieder von vorn an, es dauerte ewig. Vielleicht konnte sie gar nicht zählen?!

»Nur ungefähr!«

»Einundzwanzig Komma fünf.«

»Was?!«

»Ein Weiblein fegt kreuz und quer durch den Raum und bringt mich durcheinander.«

»Das ist bestimmt Frau Mösli.«

»Jetzt rast sie auf uns zu!«

Ja, es war Frau Mösli, deren Stimme wie ein rostiges Gartentor tönte und die mich dauernd am Ärmel zupfte, wenn sie mit mir sprach. Sie war körperlich noch sehr rüstig, im Kopf weniger. Sie krächzte: »Zarilein, mit der Sonnenbrille siehst du hier doch nichts! Hast du den Herrn dort drüben gesehen – genau mein Typ«, sie kicherte, mich weiter am Ärmel zupfend, »er hat mir schon mehrmals zugezwinkert, es darf nur mein Herbert nicht merken.« Ihr Herbert war seit zwanzig Jahren tot, aber ich würde ihr das bestimmt nicht sagen – diesen Fehler hatte ich einmal gemacht: Da hatte sie eine Stunde lang geflennt und getobt, dann war alles wieder vergessen.

Nana schwebte in einer Parfumwolke an uns vorbei auf die Bühne. Sie bat um Ruhe und setzte zu einer Rede an, die engagiert und sehr, sehr lang war. Emilia flüsterte mir ins Ohr, dass zwei Tertianer eingenickt waren. Ich roch Emilia das erste Mal. Ich roch kein Parfum, ich konnte Reste von ihrem Deo ausmachen, Spuren von Zahnpastaminze, einen Hauch Hund und ein Haarshampoo, vermutlich mit Lavendel drin. Dazwischen, darunter und darüber nahm ich den Geruch ihres Körpers wahr, der mir überaus gefiel. Er erinnerte mich an einen Nachmittag im Süden, als ich in einer Wiese stand, die übersät war mit gelb blühenden Büschen und weißen, roten und violetten Blumen. Emilia roch, als hätten sich die Hoffnungen eines Jahres hier eingefunden.

Als Nana mit ihrer Rede zu Ende war, erörterte ich den Tertianern die Verwicklungen und Entwicklungen des Dramas. Als ich bei der Hochzeitsnacht angelangt war, rief Rosy Gerster: »Jetzt kommt meine Lieblingsstelle, wo Romeo sagt: ›Ist das die Eule oder der Specht – es ist die Eule, wir können weiterschlafen‹.«

»Das waren doch nicht die Eule und der Specht, sondern die Nachtigall und der Spatz«, wandte eine Frau ein, die ich nicht kannte.

»Mein Herbert sagt immer, besser eine Tanne auf dem Dach als ein Spatz, der darauf scheißt«, krächzte Frau Mösli. Man begann durcheinander zu plappern, bis Emilia sagte: »Nun, in meinem Buch steht: **Willst du schon gehen? Es ist noch gar nicht Tag: Es war die Nachtigall und nicht die Lerche.**«

Ein erleichtertes »Ah ja, die Nachtigall und die Lerche«, ging durch den Raum, Frau Mösli rief: »Spatzen gefallen mir aber besser!«

Nana führte Emilia und mich in einen Nebenraum, wo wir uns mit jedem Schauspielanwärter allein unterhalten würden. Emilias Aufgabe war es, mir visuelle Feedbacks zu geben, aber sie war nicht sonderlich gut darin: »Rosy Gersters Schuhe haben einen interessanten Verschluss. Keine Ahnung, ob das nur eine Attraktion ist oder echt. Wenn es echt ist, wow!«

»*Attraktion*? Du meinst wohl Attrappe! Wie genau sehen die Schuhe aus?«

»Wie ich schon sagte: Die Schnalle ist kompliziert.«

»Die Kleider, wie sehen die aus?«

»Ist doch egal, im Theaterstück werden sie ja andere tragen.«

»Emilia!«, zischte ich.

»Na ja, sie trägt eine rosa Bluse, die es im Oberweitenbereich fast auseinander sprengt. Ehm, der Büstenhalter zeichnet sich durch die Bluse ab, aber man sieht ihn sowieso, wenn man in ihren Ausschnitt schaut.«

»Farbe, Form?«

»Des Ausschnittes?«

»Des Büstenhalters natürlich!«

»Pink mit einer Menge Rüschchen, ziemlich aufreizend für Männer.«

»Für Frauen nicht?« Ich fuhr mir grinsend durch die Haare.

»Ich, ich weiß – was?«

»Egal, nennen wir sie *Pink-Rosy.*«

Die nächste Kandidatin hieß Mathilda Taubenau. Emilia raunte mir zu: »Sie ist ziemlich klein und die Coiffeuse hat ihren Haaren viel Violett zugetraut.«

Bevor wir etwas hätten sagen können, fragte, nein, schrie die Frau: »*Was* haben Sie gesagt?«

»Frau Taubenau, welche Figur möchten Sie gern sein?«

»Oh ja, ich nehme gern ein Glas Wein, aber sagen Sie es nicht meinem Mann, er sieht das nicht gern.«

Nana hatte mich gewarnt: Frau Taubenau hörte ohne Hörgerät sozusagen nichts, aber sie trug es selten, es ruiniere ihre Attraktivität und sie könne das nicht riskieren, weil sonst ihr Mann fremdgehe.

Bis um zehn Uhr hatten wir mit der Hälfte der Anwesenden gesprochen. Hätte Hans Reimer (»Hu, ist der mager und trägt doch tatsächlich einen Frack!«) nicht darauf bestanden, sein vierzehnstrophiges Gedicht vollständig vorzutragen, wären es mehr gewesen.

»Uh, ich bin geschafft!«, stöhnte Emilia.

Vom Tertianum aus hatten Emilia und ich den gleichen Heimweg bis zu einem kleinen Platz, der neben einem Robinsonspielplatz lag, weshalb man hier meist das Geschrei und Lachen der Kinder hören konnte. Ich hakte mich bei Emilia unter und ließ den Hund frei laufen. Emilia glühte, als wäre sie ein frisch eingeheizter Ofen. Sie pfiff ein mir unbekanntes Lied.

»Was pfeifst du da?«

»Das *Sempacherlied.*«

»Kenn ich nicht.«

»**Lass hören aus alter Zeit von kühner Ahnen Heldenstreit, von Speerwucht und wildem Schwertkampf, von Schlachtstaub und heißem Blutdampf. Wir singen heut' ein heilig Lied, es gilt dem Helden Winkelried**«, sang Emilia aus vollem Halse.

»Wie bitte?!«

»Das hat mir Vater früher vor dem Einschlafen gesungen.«

»Und dein Opa war wohl Wilhelm Tell?«

»Nein, der hieß Fridolin, er war Bauer und der beste Opa von allen.«

Ich grinste.

»Oh, du hast wohl einen Witz gemacht?«

Ich nickte.

Auf dem Platz blieben wir eine Weile stehen, und das sollte zu unserem Ritual werden. Emilia erzählte mir, dass in der Nähe oft ein weißer Ferrari parkiert war, in dem ein Ehepaar saß und hinten ein Hund mit einer rosa Schleife im Fell. Ständig seien die da, erklärte Emilia, sie säßen in ihrem Protzkarren und würden den Passanten beim Vorbeigehen zuschauen. Manchmal würden sie Hamburger und Pommes essen, welche die Frau in der Imbissstube ein Block weiter gekauft hatte. Immer wenn wir in den folgenden Monaten bei dem Platz ankamen, sollte Emilia als erstes sagen: »Sie sind da!« oder: »Sie sind noch nicht da!« Anschließend erging sie sich in Überlegungen, was das Ehepaar dort suchte. Vielleicht waren sie von einer Kinderschlepperbande und hielten Ausschau nach geeigneten Opfern! Oder sie waren von der Mafia und trieben Schutzgeld vom Robinsonbetreiber ein, dieser Spielplatz sei bestimmt ein Umschlagplatz für Kokain! Oder der Mann war todkrank und er wollte in seiner restlichen Zeit Betrieb um sich herum. Die Frau sehe aus, als würde sie lieber in einer Bar an einem Bloody Mary nippen.

Ich gebe es zu: Je mehr Schauermärchen Emilia auftischte (Pädophilie, Terroristenring, Geldwäscherei, Organhandel usw.), desto mehr begann ich mich für diese Geschichten zu erwärmen, bis ich beim Erfinden mithalf.

Zweites Ensembletreffen. Warum, fragte ich mich, hatte Shakespeare nicht ein Theaterstück für *zwei* Ammen schreiben können?

Ida Spitz und Hilde Tanner hätten nicht unterschiedlicher sein können. »Ida ist klein und dürr«, beschrieb Emilia sie mir, »wenn man sie kopfüber in einen Baum hängen würde, wüsste man nicht, welches die knorrigen Äste sind und welches Ida. Sie trägt dicke braune Strümpfe, die um die Waden schlottern, dazu große, weiße Turnschuhe und einen schlichten Rock. Du sagst, dass sie das millionenschwere Mitglied einer Uhrenfabrikantenfamilie ist? Unglaublich!«

»Man merkt es an ihrer Sprechweise, dass sie aus besseren Kreisen kommt, achte mal drauf.«

»Hilde könnte man ohne weiteres als Biedermeierschrank verkaufen. Sie trägt ihr fülliges, weißes Haar offen. Wenn sie sich bewegt, tut sie es erstaunlich leicht und anmutig. Ida Spitz hingegen wirkt eher wie ein Rumpelstilzchen.«

»Okay, nennen wir sie Schrank-Hilde und Stilzchen-Ida.«

Kaum war Schrank-Hilde in unserem Vorsprechraum und erklärte, dass sie gerne die Amme spielen würde, stürmte Ida-Stilzchen herein und verkündete, dass es nur eine Person gäbe, die die Amme spielen dürfe, und das sei sie. Darauf erklärte Schrank-Hilde, wenn jemand an der Türe horche, eigne er sich bestimmt nicht für die Rolle der Amme, sondern sei ein intrigantes Huhn. Dass sie nicht lache, erwiderte Ida verächtlich, Hilde sei diejenige, die indiskret sei – indiskreter als Harald Juhnke! Der sei doch nicht indiskret gewesen, sondern ständig betrunken, entgegnete Hilde, und im *Goldenen Blatt* habe sie gelesen, dass er gegen Ende seines Lebens nicht mehr richtig im Kopf war. Wie auch immer, sagte Ida, sie spiele die Amme. Nein sie, entgegnete Hilde.

Nun waren wir in unserer ersten Pattsituation, und es würde viel diplomatisches Fingerspitzengefühl brauchen, um da wieder rauszukommen. Während ich noch darüber nachdachte, wie wir jetzt vorgehen sollten, platzte Emilia heraus: »Hören Sie auf zu streiten, keine von Ihnen kriegt die Rolle. Oder meinen Sie, dass wir diejenige belohnen, die lauter streitet oder gemeiner ist? Ich weiß nicht, wie es Zara geht, aber die Amme soll bestimmt nicht von einem Zankapfel gespielt werden.«

Ich nickte nur – perplex und beeindruckt zugleich.

Totenstille.

»Aber«, warfen Ida und Hilde gleichzeitig ein.

»Nichts aber«, sagte Emilia.

Die zwei Damen verstummten.

In diesem Moment raste Frau Mösli herein und krächzte: »Wann spielen wir endlich den Schwanensee?«

Während Emilia lachte, stützte ich den Kopf in die Hand und überlegte, in was ich mich eigentlich hineingeritten hatte. War das hier die Klapsmühle, oder was? Emilia stieß mich in die Seite, so dass mir das Kinn vom Handteller rutschte und fast auf den Tisch aufschlug. »Echt der Hammer hier, findest du nicht?!«, sagte sie und wehte mir ihr Haar ins Gesicht.

Wirklich der Hammer – ich könnte gequält aufheulen vor lauter Wonne!

10

Die Erfindungen geschehen meistens durch bloßes Tappen und Probieren: Die Theorie einer jeden wird hinterher gedacht.
Arthur Schopenhauer

Nachdem die Proben im Tertianum angelaufen waren, stellten Emilia und ich fest, dass wir uns gelegentlich auch außerhalb der Probeabende treffen mussten, um Regie und Inszenierung zu besprechen. Ursprünglich war es vorgesehen gewesen, dass mir Emilia die visuellen Eindrücke vermitteln und Ideen für das Bühnenbild und die Technik beisteuern würde. Aber sie mischte sich bald in die Regie ein, obschon sie keine Ahnung davon hatte. Sie konnte einfach nicht auf ihrem Mund sitzen, und da sie durchaus gute Ideen hatte, war sie bald die Co-Regisseurin. Für Besprechungen trafen wir uns meist in einem Café oder bei einem Spaziergang. Als wir sämtliche Szenen des ersten Akts durchgehen wollten, besuchte ich sie zu Hause. Mir wäre es bei mir lieber gewesen, aber Renées Eltern waren zu Besuch, und weil die ebenfalls geschlafen hatten, als der liebe Gott die Gene der Anmut und Stille verteilt hatte, war es bei ihren Besuchen immer sehr laut.

Emilia hatte sich Mühe gegeben und mögliche Stolperfallen aus dem Weg geräumt, aber sie konnte ja nicht die ganze Wohnung wegpacken. Gleich an der Tür hatte sie meine Hand genommen, an ihre Seite gepresst und geleitete mich nun vorsichtig durch den Korridor Richtung Wohnzimmer. Unterwegs beschrieb sie mir die Hindernisse. »Am Boden, die Wand entlang, laufen die Schienen einer Modelleisenbahn. Ich habe sie Felix geschenkt, aber da er sie bei sich nicht aufstellen darf, steht sie bei mir.« – »Hier ist die Garderobe, die übrigens per Knopfdruck hoch und runter fährt. Willst du mir deine Jacke geben?« – »Kopf einziehen! Da hängt Felixens Flugzeug-Mobile aus Konservendosen.« – »Achtung, Sumbas Korb.«

Sie führte mich zum Sofa und legte meine Hand auf die Rückenlehne. Bevor sie mich losließ, strich sie über meinen Handrücken, ganz selbstverständlich. Ich mochte die Berührung, sie war beiläufig und so sanft. Das Sofa bestand aus zwei Autositzen, welche sie auf einen Sockel geschweißt hatte und die individuell verstellbar waren.

»Du kannst die Lehnen mit dem Hebel betätigen. Oder du klatschst zwei Mal in die Hände.«

Ich setzte mich vorsichtig und klatschte zwei Mal. Aber die Lehne bewegte sich nicht, dafür glitt ein Metallarm aus der Seitenlehne und zog sich gleich wieder zurück.

»Nein, nein«, kicherte Emilia, »keine Pause zwischen den Klatschern, sonst werden sie als zwei einzelne Klatscher interpretiert. Mit einmal Klatschen bewegst du den Aschenbecher.«

»Wofür ist denn der? Du rauchst ja gar nicht, und so wie es hier riecht, auch niemand sonst!«

»Eine Spielerei halt«, erwiderte Emilia. – »Komm«, sie zog mich in die Küche, »darauf bin ich besonders stolz: meine Kaffeemaschine.« Sie legte meine Hände auf eine Maschine, die Tinguely und Luginbühl gemeinsam hätten kreiert haben können: Sechs verschieden große Zahnräder, eine Kurbel, ein Wassertank, ein uraltes Mahlwerk und ein Schaufensterpuppenarm waren kunstvoll miteinander verbunden und ergaben zusammen ein Monstrum von irrsinnigen Ausmaßen. Ich tastete die Maschine gründlich ab, bis Emilia meine Hand zur Kurbel führte. Vorsichtig setzte ich sie in Schwung. Die Räder gerieten in Bewegung, Kaffeebohnen fielen ins Mahlwerk, währenddessen wurde das Wasser erwärmt, der Schaufensterpuppenarm drückte auf den Kolben. Ich drehte und drehte, ich drehte ewig lange.

Aber es lohnte sich – Emilia hielt mir schließlich eine duftende Tasse unter die Nase. »Kaffee, durch deine Kraft zubereitet! Trink mal!« Ich nahm einen Schluck und fand, dass das der beste Kaffee war, den ich jemals getrunken hatte. Eine Weile noch betastete ich die Maschine. »Das ist was anderes als die üblichen langweiligen Kaffeebrauer!«

Emilia gab Affenlaute von sich, worauf sich die Schranktüren öffneten – gleich alle miteinander, ich bekam eine in die Seite. »Mhm, daran muss ich noch arbeiten«, entschuldigte sie sich.

»Sag mal, wie viele solcher Apparate hast du?«

»Fünfzehn bis zwanzig, ich weiß es nicht genau.«

Wir gingen zurück ins Wohnzimmer. Ich klatschte, bis sich der Sessel in die bequemste Position schob. Emilia pfiff eine kurze Melodie, worauf der CD-Player sich anstellte.

In diesem Moment wurde die Wohnungstür geöffnet und zugeschmettert, jemand raste herein und rief: »Das also ist Zara?! Aber die sieht ja völlig normal aus, außer dass sie bei dem Pisswetter eine Sonnenbrille trägt!«

Emilia stellte mir Felix vor. Ich streckte ihm die Hand entgegen, aber statt sie zu nehmen, schlug er auf meine Handfläche. »Und jetzt schlag auf meine«, sagte er herausfordernd. Ich schlug und traf seine Finger, was ihn offensichtlich entzückte, denn er lachte hell auf. »Sag mal, siehst du wirklich nichts oder schummelst du bloß?«

Ich grinste, »ich schummle nicht, Ehrenwort.«

»Und warum siehst du nichts?«

»Weil die Augen krank waren.«

»Wie heißt denn das, was du hast, und konntest du früher sehen?«

»*Retinoschisis*, das ist eine sehr seltene Augenkrankheit, bei der sich die Netzhäute im Zentrum der Pupille abzulösen beginnen. Und ja, ich konnte sehen, aber nie besonders gut, ich hatte Brillen, dick wie Flaschenböden, und mit der Zeit brauchte ich zusätzlich eine Lupe.«

»Dann ist eine Sonnenbrille bestimmt angenehmer, die ist leichter als eine Flaschenbodenbrille«, sagte Felix. Er überlegte kurz, »aber warum trägst du denn die Sonnenbrille?«

»Deshalb.«

»Schön blöd, dass du in der Schule schlecht gesehen hast, so konntest du ja gar nicht abschreiben, oder?«

»Ich habe mir das noch nie überlegt, aber du hast Recht.«

»Ziehst du die Brille mal ab?«

»Vergiss es.«

»Hör mal Felix, du solltest jetzt gehen, wir müssen arbeiten«, sagte Emilia.

Er grummelte etwas Unverständliches und trat den Rückzug an.

»Er ist süß, der Junge«, sagte ich.

»Was bei diesen Eltern erstaunlich ist.«

»Was ist mit denen?«

»Tagsüber arbeiten sie, am Abend streiten sie sich. Felix flüchtet oft zu mir. Ich verstehe nicht, warum man ums Verrecken ein Kind haben will, obschon man keine Zeit und Liebe dafür hat.« Sie seufzte.

Ich schüttelte den Kopf und stieß dabei an ein Etwas rechts von mir, das leicht nachgab. »Was zum Teufel ...?«

»Es ist eine Kopfstütze, die ich benütze, wenn ich beim Fernsehen müde werde. In bestimmten Intervallen vibriert sie, so schlafe ich nicht ein.«

Ich befühlte die Stütze, sie war angenehm weich gepolstert und durch einen Arm an der Wand befestigt. »Du könntest ja auch ins Bett gehen, wenn du müde bist, anstatt ein solches Monstrum zu bauen«, meinte ich skeptisch.

»Ich mich von der Müdigkeit bestimmen lassen?! Nie und nimmer!«, rief Emilia entsetzt.

Wir machten uns an die Arbeit. Manchmal klatschte ich in die Hände, pfiff oder gab Laute von mir und wartete gespannt darauf, ob etwas geschehen würde. Zweimal ging die Musik an, einmal rammte der Aschenbecher meinen Oberarm, der Sessel ging nach oben und die Lehne nach hinten, einmal rief Emilia: »Schalt das Licht wieder ein, ich kann nichts mehr sehen!«, worauf ich nur grinste. Dann war ein surrendes Geräusch aus dem Nebenzimmer zu vernehmen. »Was war das?«, fragte ich neugierig.

»Mein Bett. Du hast es in Sitzposition gebracht.«

Keine Frage: Emilias praktischer Sinn war einzigartig! Wenn es ein Problem gab, dachte sie schon an die Lösung, die meistens unorthodox und fast immer hilfreich war. Sie hatte dauernd Ideen, wie man diese und jene Unannehmlichkeit beheben könnte. Und meine Blindheit – die sie bestimmt zu den großen Unannehmlichkeiten zählte – brachte ihr Hirn auf Hochtouren. Nur vergaß sie in ihrem Erfindungseifer manchmal ein kleines Detail: Die Frage nämlich, ob ich mir diese Erfindungen auch wirklich wünschte.

Es war im Oktober, als sie mir die erste Konstruktion bescherte. An einem Dienstag fing sie mich vor meinem Hauseingang ab und erklärte mir, dass Allegra zu Hause bleiben könne, sie hätte eine Überraschung für mich. Erst wollte ich keine Überraschung, aber Emilia redete so lange auf mich ein, dass ich Allegra schließlich in die Wohnung zurückbrachte, nicht ohne schlimme Vergeltungsmaßnahmen anzudrohen, falls die Überraschung eine Zumutung wäre. Emilia sagte »Ach was!« und führte mich zu ihrer Kreation. »Schau mal!« Sie legte meine Hand auf eine Stange, die zu einem Sattel führte, zu einer zweiten Stange und einem zweiten Sattel. Ein Tandem!

»Hab ich aus zwei alten Fahrrädern zusammengeschweißt«, erklärte Emilia stolz. Sie bedeutete mir, mich hinten draufzusetzen, genauer gesagt, sie schob mich mit Nachdruck dorthin. Ich schüttelte so vehement den Kopf, dass mir beinahe die Brille davonflog. »Danke, ich gehe zu Fuß oder rufe ein Taxi – aber bestimmt fahre ich nicht mit diesem fragwürdigen Dingsda, das in der ersten Kurve auseinander bricht.«

Emilia schubste mich sanft. »Bist du eine Memme!«

Worauf ich fauchte: »Fuck, es ist wohl logisch, dass ich zurückhaltend bin, schließlich bin ich [illegible]«

»Ja, bla bla blind bist du – aber was hat das mit Tandemfahren zu tun? Du musst ja nicht vorn sitzen und steuern!«

Das ließ ich natürlich nicht auf mir beruhen! Ich schob mich mit zusammengebissenen Zähnen auf den Sattel, wobei ich mich gern übergeben hätte, so sehr fürchtete ich mich. Emilia schrie: »Los!« Das Tandem zitterte und schlingerte. »Zara, in die Pedale treten!« Irgendwann zitterte und schlingerte das Ding nicht mehr so arg, und wir fuhren die Straße entlang. Emilia pfiff *We are the Champions*, ich klammerte mich an die Lenkstange und pedalte wie verrückt. Wann war ich das letzte Mal auf einem Fahrrad gesessen? Emilia informierte mich, wenn es rauf, runter oder geradeaus ging, und als ich eben Vertrauen schöpfte, kippten wir beim Warten vor einer Ampel einfach um. Autos fuhren an uns vorbei, ich blieb liegen, spontan hatte ich beschlossen, tot zu sein.

Emilia, die es offensichtlich nicht mit dem Helfersyndrom hatte, stellte das Tandem wieder auf. »Ich kann allein weiterfahren und dich problemlos hier liegen lassen«, sagte sie nur.

Ich hasste sie, aber als wir später einen Hang runterrasten, wurde ich trunken vom Geschwindigkeitsrausch. Der Fahrtwind malte mir ein Grinsen aufs Gesicht, und ich war einen Moment lang auf eine für mich unbekannte Weise einfach nur glücklich.

Mit der zweiten Erfindung beglückte sie mich einen knappen Monat später. Als wir uns zum dritten Mal zu einer kleinen Tandemtour trafen, fuhr sie mit mir zu einer Turnhalle und drückte mir dort einen Schläger in die Hand.

»Was soll ich damit?«, fragte ich irritiert.

»Wir spielen Federball. Na, jedenfalls so was ähnliches.«

Emilia schlug auf etwas ein, das kreischend auf mich zuflog. Ich duckte mich überrascht. Emilia lachte hell auf. »Der Ball quietscht nicht, um dich zu verscheuchen, sondern damit du hörst, wo er ist«, erklärte sie.

»Vergiss es, das geht nicht!«

»Wie willst du das wissen, wenn du es noch nicht versucht hast?«

»Es ist unmöglich.«

»Okay, zeig mir, dass es unmöglich ist.« Ich hörte, wie sie den Ball aufhob und ein paar Mal in die Luft warf. »Und jetzt schlage ich ihn zu dir«, rief sie, und bevor ich etwas hätte erwidern können, lärmte der Ball in meine Richtung. Ich wedelte mit dem Schläger und traf das Geschoss, wobei mir der Schläger aus der Hand fiel.

»Yeah, du hast ihn berührt!«, jubelte Emilia.

»Er hat mich beinahe niedergestreckt, das hat er!«, maulte ich.

»Meine Güte, bist du eine Memme! Reiß dich zusammen und spiel – oder habe ich für nichts an dem Ball herumgetüftelt?«

»Erstens habe ich dich nicht darum gebeten und zweitens lese ich gewiss keinen Ball auf.«

Emilia machte ein murrendes Geräusch und kam zu mir gerannt. »Okay, ich lese die Bälle auf. Aber zuerst zeige ich dir, wie man einen Schläger hält.« Sie reichte mir den Griff, trat hinter mich und umschloss mit ihren Händen die meine, drehte den Schläger so, dass er sich in der richtigen Position befand. Ich spürte ihren Atem in meinem Nacken und dann eine kleine Gänsehaut, die mir den Rücken hinab schwärmte. Und während sie mir zeigte, wie der Schläger richtig zu bewegen sei, berührte ihr Busen meinen Rücken. Ich ließ mich schweigend führen, die Weichheit und Fülle ihrer Brüste genießend; dann plötzlich hielt Emilia inne, als hätte sie bemerkt, dass ich nicht bei der Sache war – jedenfalls nicht bei dieser! Sie sagte einen Moment lang nichts und tat auch nichts, dann ließ sie meine Hand abrupt los, murmelte »Ja, so musst du ihn bewegen« und ging in ihr Feld hinüber.

Emilia musste viele Bälle aufheben, einige meiner Lieblingsflüche anhören und mich mehrmals davon abhalten, das Weite zu suchen. Sie schrie, lachte, feuerte mich an und jubelte, wenn ich einen Ball traf. Allegra rannte aufgeregt hinter dem Ball her, Sumba trabte um uns herum. Sie versuchte erfolglos, die Herde näher zusammenzubringen. Genetisch gesehen war sie ein Hirtenhund, wie mir Emilia erklärt hatte, der musste alles zusammentreiben. Mir wurde vom Rennen heiß, das Herz pochte bis zum Hals, pochte in meinen Ohren, pumpte das Blut kraftvoll durch meine Adern. Das fühlte sich gut an, schade nur, dass ich bald einen Erschöpfungstod erleiden würde. Als es eindunkelte, wollte Emilia aufhören, denn sie konnte den Lichtschalter der Turnhalle nicht finden. Da lachte ich nur spöttisch: »Wir spielen weiter – der Ball quietscht, wo ist das Problem, oder bist du etwa eine Memme?«

Gegen dieses Argument konnte sie nichts einwenden. Wir fuhren fort, und Emilia musste noch mehr Bälle auflesen.

Es blieb nicht bei diesen zwei Erfindungen, natürlich! An einem Sonntag Ende Januar schlug Emilia vor, einen Ausflug auf den Hausberg zu machen, mit der Begründung – ja, mit welcher Begründung eigentlich? Sie gab keine ab, sondern sagte einfach: »Komm, wir fahren rauf.« Es war wunderschönes Wetter, die Luft eisig kalt, und alles verschneit. Neben uns drängte sich die halbe Stadt ins Bähnchen und führte allerlei Gerät mit sich. Emilia erklärte mir, dass die Kinder mit Schlitten ausgerüstet waren, die rüstigen Alten Wanderstöcke trugen und bei den Eltern eine Kamera vor der Nase klebte. Emilia hatte alle Hände voll zu tun, um die Hunde vor unbedachten Füßen und mich vor Rucksäcken zu schützen, die auf dick gepolsterten Rücken in Vergessenheit geraten waren. Ein Mädchen zupfte mich an der Jacke. »Wie heißt dein Hund?«, fragte es.

»Allegra, sie ist eine Dame.«

Das Mädchen zupfte mich wieder, »ich heiße Nina. Warum ist Allegra angezogen wie ein Pferd, das eine Kutsche zieht?«

»Weil sie mich zieht oder besser gesagt, sie führt mich.«

»Warum denn?«

»Weil ich nichts sehen kann.«

»Gar nichts? Auch nicht meinen schönen neuen Bobschlitten mit der Micky Maus drauf?«

»Auch den nicht, aber wenn du ihn mir genau beschreibst, sehe ich ihn innerlich.« Da beschrieb mir Nina den Bob, den Teddybären, den sie mit dabei hatte, ihre Eltern, die Landschaft, einen »komischen, bärtigen Mann« und die Sprungschanze, die offenbar eben sichtbar wurde. Als mich Allegra aus der Bahn und die Treppe hinaufführte, hüpfte Nina neben mir, weiter plappernd und beschreibend, was sie sah, bis die Eltern sie wegzogen, was sie mit lautem Geschrei quittierte.

Ich tätschelte Allegra. »Was trägst du mit dir?«, fragte ich Emilia, als sie – wie sie behauptet hatte – vom Klo zurückkam. Ich war mir nicht sicher, ob sie wirklich dort gewesen war.

»Ich? Nichts, meinen Rucksack, nichts sonst.«

»Du atmest so schwer.«

»Ich bin gerannt.«

Ich glaubte ihr nicht, aber mein Gefühl sagte mir, dass ich früh genug erfahren würde, was sie im Schilde führte. »Beschreib mir die Aussicht«, bat ich sie.

»Die Alpen sind gestochen scharf«, Emilia nahm meinen Arm und zeichnete mit ihm die Silhouette der Gipfel nach. »Die Berge haben ihre Falten herausgeputzt und warten auf ihre Verabredung. Auf der anderen Seite«, sie drehte mich nach links, »sieht man den Jura, es ist eine phantastische Sicht, dunkles Blau am Himmel, alles ist überpudert, es glitzert überall. Ich habe übrigens eine Überraschung für dich«, platzte sie heraus.

»Wusste ich doch, dass etwas im Busch ist!«, stöhnte ich. »Was für eine Furzidee ist es diesmal?«

»Sag deinem Hund, er soll mir folgen.« Emilia ging Richtung Hang, wo Kinder schlittelten und Ski fuhren. Oben angekommen, ließ sie sich auf einer Bank nieder.

»Sag jetzt endlich, was deine Überraschung ist, sonst wirst du mich diesen Hang hinabwandern sehen«, schimpfte ich, während ich mich neben Emilia auf die Bank setzte.

»Wir werden diesen Hang runtersegeln«, erklärte sie aufgeregt. »Und zwar auf Tandemskiern, die ich eigens dafür angefertigt habe. Es ist wie auf dem Fahrrad: Ich bin vorne und steuere, und du kannst die Fahrt genießen.«

»Du spinnst!«

»Du fährst gern Tandem«, sagte Emilia.

»Das hättest du wohl gern.«

»Du lächelst während der Fahrt.«

»Ich schneide eine Grimasse, weil ich leide.«

»Du lächelst.«

»Du phantasierst. Und auch wenn ich lächeln würde, was ich nicht tue, so heißt das nicht, dass ich auf Tandemskiern den Hang runterfahren will.«

»Du weißt ja gar nicht, wie das ist.«

»Nimmt mich auch nicht Wunder.«

»Du bist eine Memme.«

»Bin ich nicht.«

»Bist du doch. Sonst würdest du einen Versuch riskieren.«

»Mir ist das einfach zu blöd.«

»Sag ich ja: Memme.«

Ich beugte mich verärgert über Allegra und befreite sie vom Geschirr, worauf sie mit Sumba davon stieb.

»Gib mir die Skistiefel«, zischte ich. Ich schmiss meine Schuhe in den Schnee. Emilia half mir mit den Schnallen, sie gab mir die Stöcke und führte mich zu den Skiern, die sie auf einer ebenen Stelle hingelegt hatte. Ich umklammerte die Griffe meiner Stöcke, während ich an die Skier festgemacht wurde.

»Ich bin auch in der Bindung«, erklärte Emilia bald darauf. »Wir bewegen uns rechts – links – rechts – links vorwärts.« – »Es geht ein kleines bisschen hinunter, Achtung, Beine auseinander!« Ich stieß einen entsetzten Schrei aus und umschlang Emilia von hinten, worauf sie erschrocken rief: »Lass mich los, Zara, lass mich los, so geht das nicht, benutz die Skistöcke!« Doch ich war nicht mehr zugänglich für vernünftige Anweisungen, ich kreischte und drückte, worauf auch Emilia schrie und nach Luft rang. Wir wurden langsam schneller und noch schneller, bis wir kopfüber in den Schnee stürzten. Die Hunde kamen übermütig dahergerast und versuchten uns das Gesicht abzulecken.

Ich rückte meine Brille zurecht. Und lag schweigend da. Emilia krabbelte zu mir. »Alles in Ordnung?«, fragte sie unsicher.

»Nun«, ich schüttelte Schnee von meinem Ärmel, »meine Damen und Herren, lassen Sie uns heute über das Prinzip der Ordnung sprechen. Wenn Sie die Anordnung meiner Beine und Füße betrachten, werden Sie zu dem Schluss kommen, dass diese suboptimal ist. Lassen Sie uns zudem über die Idee einer Emilia S. nachdenken, mit einer sehuntüchtigen Zara Z. Ski zu fahren. Über diese irrwitzige Idee wohlbemerkt.«

Emilia fiel plötzlich lachend neben mir in den Schnee und sagte: »Was bist du süß!«

Ich hatte weiterdozieren wollen, nur blieb mir die Spucke weg. »Was?«, stieß ich verblüfft aus.

»Du bist süß, wie du daliegst und in deiner Verzweiflung Reden hältst.« Sie machte sich an meiner Skibindung zu schaffen. »Ein Glück, dass du dir nichts verknackst hast, die Bindung würde sich vermutlich nicht einmal in einer Steinlawine lösen.« Sie brachte meine Beine in eine anatomisch vertretbare Position und packte meine Hand. »Komm, süße Tandemskifahrerin, ich helfe dir auf.«

Verdattert ließ ich mich von Emilia hochziehen. Bevor ich es mich versah, klopfte Emilia mir den Schnee von den Kleidern. »Ich stelle mal die Skier unter, dann können wir ins Restaurant gehen.«

Da griff ich dorthin, wo ich Emilias Arm vermutete. »Du gibst nach einer einzigen Fahrt schon auf? So kenne ich dich gar nicht! Lass es uns nochmal versuchen.« Fragen Sie mich nicht, warum ich das sagte, aber ich sagte es.

Emilia war hocherfreut. »Okay, gerne, versuchen wir es nochmal!« Sie legte sich meine Hand auf ihre Schulter, pfiff den Hunden und zog los. Nicht dass Sumba dem Pfeifen gefolgt wäre, aber sie folgte Allegra, die auf den Pfiff reagiert hatte.

Wir fuhren ungezählte Male den Hang hinunter, immer geradeaus. Passanten feuerten uns an. Die Hunde waren übermütig, wir wurden es auch, dann tranken wir im Restaurant kichernd eine heiße Schokolade. Emilia nahm meine kalten Hände in die ihren und wärmte sie auf, indem sie sie mit ihren Fingern umschlossen hielt.

»Warum hast du immer solch warme Hände?«

»Keine Ahnung, ich kenne nichts anderes.«

Sie ließ mich erst frei, als ich ebenfalls warme Hände hatte, bis dahin sagten wir plötzlich nicht mehr so viel, als wäre es uns peinlich mit den Händen – und doch änderten weder sie noch ich etwas daran.

Am nächsten Morgen erwachte ich mit triefender Nase, und der Hals schmerzte höllisch. Ich blieb im Bett, und als es mir gegen Abend eher noch schlechter ging, rief ich Emilia an, um mich für die Dienstagsprobe abzumelden. Als sich Emilia mit »Schdeefeld« meldete, stieß ich ein schmerzhaftes Lachen aus: »Disch had's also auch erwipfd, ha ha.«

»Das is überhaup nich luschdig, beine Dase ist total verstopfd!«, sagte Emilia erbost.

»Oh, doch!«, erwiderte ich schnaufend, »bein beschiffener Dag is damid geredded.«

Emilia tat beleidigt, »das is also – haaatschiii!«

»Gsundheid.«

»Gna, gna – also das is der Dank dafür, dass du einen dollen Sonndag erlebd hasd?«

Bald schon tauschten wir ultimative Hausrezepte gegen Erkältung aus. Ich wollte jedoch nicht glauben, dass Emilias Geheimtipp, die Brust mit heißem Zitronensaft einzureiben und *Vicks* in Wasser aufzulösen und zu trinken, wirklich helfen würde. – Umgekehrt wäre es wohl sinnvoller, meinte ich.

»Hasd du's schon mal versuchd?«, fragte sie vorwurfsvoll.

»Dein, und ich werd's bestimmt« – schnürf – »dicht.«

»Memme.«

»Fang nich schon wieder damid an!«

»Meine Daschndücher gehen aus.«

»Du brauchsd Daschndücher? Has du noch keine Dasenputzmaschine erfunden? Du erfindesd doch für jede Lebenslage was«, ich kicherte, so gut es ging.

Wir diskutierten über Kinderkrankheiten und Unfälle. Emilia erzählte, dass sie beim Reparieren schon öfters elektrische Schläge erlitten habe, worauf ich sagte, dass ich nun endlich verstehe, warum sie eine Spinnerin sei. Darauf schnorchelte Emilia verächtlich und behauptete, dass die Welt dereinst nicht wegen der Spinner untergehen werde, sondern wegen der Menschen, die ihr Leben ablaufen ließen, als wäre es eine Spule, die man einfach so abrollen konnte. Aber so sei das Leben nicht. Worauf ich wissen wollte, was Emilias Ansicht nach denn das Leben sei. Emilia zögerte kurz, dann sagte sie: »Eine unaufgeräumde Werkstadd mit Unmengen von Maderialien, Werkzeugen, Farben und mit einem urgemüdlichen Sofa in der Ecke.« Dann wollte sie von mir eine Definition des Lebens.

»Schobenhauer had es so gesagd: **Das Leben selbsd isd ein Meer voller Klippen und Strudel, die der Mensch** –«

»Ich will nichd wissen, was Schrobenbauer gesagt had.«

»Scho-ben-hau-er!«

»Dann hald Schobenhauer. Wenn ich wissen möchte, was *er* gesagd had, ruf ich *ihn* an.«

»Wie ich dir gesagd habe: Der isd schon lange dod.«

»Na, umso schlimmer, dass du ihn sediersd.«

»Zidiersd.«

»Ach Zara, du häddesd Lehrerin werden sollen! Sag mir jetzt, was isd für dich das Leben?«

Ich dachte nach, lange. »Sehr dunkel«, sagte ich schließlich.

Da meinte Emilia trocken: »Hoffentlich dönt diese Dunkelheid wenigstens schön.« Wir wechselten abrupt das Thema, wir spürten wohl beide, dass sich hinter dieser Frage Abgründe auftun könnten.

In den folgenden Tagen telefonierten wir mehrmals miteinander. Emilias Schnupfen klang bereits wieder ab, dafür hatte sie nun Fieber und Gelenkschmerzen. Meine Erkältung war um einen Reizhusten angewachsen. »Wir könnten die kommende Probe besprechen«, schlug ich beim nächsten Anruf vor.

»Dir ist es langweilig, gib's zu«, erwiderte Emilia.

»Ja, mir ist es dreckslangweilig! Ich kann nicht lesen! Man kann Braille-Bücher nicht gut im Bett lesen, die sind so groß und schwer, das erschlägt dich. Und mit meinen schweißnassen Fingern würde ich sowieso die Seiten ruinieren.«

»Was ist mit Hörbüchern?«

»Ein ideales Einschlafmittel.«

»Nun, das ist doch perfekt, wer krank ist, muss viel schlafen. Wenn ich als Kind krank war, schlief ich in der Schlosserei, das war schön.«

»Mich schoben meine Eltern zu Nana ab, sie hatten wegen ihrer Karriere keine Zeit für kranke Kinder. Nana stopfte mich mit Vitaminen und pflanzlichen Medikamenten voll, es gab Wadenwickel, Halswickel, Brustwickel, Essigsöcklein – ich sah wie eine ägyptische Mumie aus.«

Emilia lachte. »Sag mir, Tutanchamun, was macht Allegra?«

»Sie seufzt und wartet sehnsüchtig darauf, dass eine der Frauen mit ihr spazieren geht. – Ich hasse es krank zu sein«, stieß ich plötzlich mit brüchiger Stimme hervor, »ich fühle mich doppelt eingekapselt – als wäre ich eine lebende Tote. Der Körper ist ein verdammtes Gefängnis – welcher Idiot nur hat den erfunden?! Eingekerkert in nutzloses Fleisch. Zwei kleine Netzhäutchen, die sich von der Pupille lösen, und man sieht nichts mehr, ein paar Tage ohne Wasser, fünf Minuten ohne Sauerstoff, und wir sind Geschichte, eine kaum lesbare Fußnote in einem riesigen Buch, das niemand liest. Wir wissen nicht, woher wir kommen und wohin wir gehen. Wir kennen den Sinn unseres Schicksals nicht oder doch: Es gibt gar keinen! Ich finde – ach was. Ich finde nichts. Ich leg jetzt besser auf.«

Bevor ich das tun konnte, hörte ich Emilia sagen: »Du hast Recht, es ist schon sehr unpraktisch, nichts sehen zu können – ich möchte jedenfalls nicht mit dir tauschen.«

Wie aufbauend!

»Opa besaß zwei Hunde, die Gebrüder Lumpi und Bimbo. Als sie etwa sechs Monate alt waren, kam Bimbo unter Opas Traktor, man musste ihm ein Bein amputieren. Da rannte er halt mit drei Beinen herum, und das Verrückte war, dass er ein super Mäusejäger war und einen sehr fröhlichen Charakter hatte. Lumpi hingegen war ein richtig fauler Hund, den hätte eine Maus auch dann nicht interessiert, wenn man sie ihm in den Mund geschoben hätte. Es war erheblich lustiger mit Bimbo als mit Lumpi.«

Sie vergleicht mich mit einem dreibeinigen Hund!

»Du bist gewissermaßen ein Handy ohne Kamera. Mein Freund Ian schickt mir manchmal via Handy Fotos aus Manchester, aber ich sage dir, da sieht man kaum etwas.«

Sie vergleicht mich mit einem Handy ohne Kamera!

»Das Ärgerliche ist, dass du blind bleibst, egal ob du das toll findest oder nicht, egal ob du dich dagegen auflehnst oder nicht, egal ob du dich selber bemitleidest oder nicht. Aber –«

»Dafür kann ich Dinge, die du nie könntest«, fiel ich ihr ins Wort.

»Zum Beispiel?«

»Zum Beispiel – Leute immer an ihrer Stimme wiedererkennen.«

»Tatsächlich?« Emilia klang skeptisch.

»Jede Wette.«

»Naja ehrlich gesagt, bezweifle ich, dass die Blindheit dein größtes Problem ist. Ich glaube eher, dein Problem ist, dass du eine Memme bist.«

Stille. Bleib ganz ruhig, Zara. Irgendwann gewöhnst du dich noch an ihre Art.

In etwa einer Million Jahren.

»Bist du noch dran, Zara?«

»Du nimmst schon kein Blatt vor den Mund.«

»Ich habe ja auch kein Brett auf dem Kopf.«

»*Vor* dem Kopf.«

»Ja, dann halt Brett vor dem Kopf – oh, das ist tatsächlich logischer.«

»Du machst mir das Leben nicht eben einfacher!«

»Aber interessanter schon, oder nicht?«

»Emilia, ich hasse dich!«

Schweigen. Nein, mehr als das: eingefrorene Stille. Ich konnte buchstäblich spüren, wie sich das Telefonkabel auf dem Weg von Emilia zu mir mit Eis überzog.

»Emilia, hallo! Ich habe einen Scherz gemacht.«

Immer noch Schweigen.

»Was ist denn los mit dir?!«

Mit einer ungewohnt dünnen Stimme stieß sie hervor: »Ich bin es gewöhnt, dass mich Mädchen hassen.«

»Ich bin kein Mädchen.«

»Auch die Mütter – sie wollten mich ins Heim schicken.«

»Ich bin keine Mutter.«

»Ja, das ist wahr. Du bist eine Frau.«

»Und die hassen dich auch?«

»Ich weiß nicht.«

»Emilia, ich habe gescherzt. Ich bin doch eine Freundin«, ich musste husten. War ich das? »Und wir zwei sind ein gutes Regieteam!«

»Sind wir das?«

Noch nie hatte ich Emilia so unsicher und verletzlich erlebt! Ich sagte bloß: »Yep.«

Nach dem Telefonat saß ich eine Weile einfach nur da. Ich überlegte mir, warum Emilia so merkwürdig reagiert hatte. Und ich überlegte mir, ob ich für sie tatsächlich eine Freundin war. Und sie für mich? Ich wusste es nicht so recht. Vermutlich war sie einfach nur meine Co-Regisseurin.

Bestimmt hatte sie wundervolle Hände.

11

Jeder trägt eine Maske
und spielt eine Rolle.
Arthur Schopenhauer

Langsam schmolzen die Schneereste am Straßenrand. Der Februar brachte Wind und Regen aus dem Westen. Ich mochte den Westwind, denn dort, wo ich logierte, bedeutete er frische Luft. Ich lebte zum Entsetzen meiner gut situierten Eltern in einem schäbigen Quartier, wo früher Bahnarbeiter gewohnt hatten und jetzt ein bunter Kulturmix eingezogen war. Die Luft war meist erfüllt von Kindergeschrei, vom Lärm frisierter Mofas, von Rap-Musik aus Ghettoblastern und lauten Disputen – ich mag das, denn der Raum wird für mich dadurch eher greifbar. Das Quartier befand sich auf einer kleinen Anhöhe, neben der Kehrichtverbrennungsanlage und dem Krematorium. Wenn der Nordwind blies, verteilte er allerlei Verbranntes über die Häuser und machte die Erde fruchtbar für kräftige Hanfpflanzen mit klebrigen Blüten, die erstklassiges Gras lieferten. Das Quartier grenzte im Westen an den Güterbahnhof, und bei Westwind war es, als geschähe das quietschende Rangieren direkt vor der Tür.

Der fünfte Probemonat begann. Die Senioren waren motiviert und bei der Sache, aber es stellte sich heraus, dass sie mit dem Auswendiglernen der Texte nicht gut vorankamen. So genau sich die Damen und Herren an die alten Zeiten erinnern konnten, so schlecht wollten ihnen die Shakespearetexte in den Kopf. Herr Reimer (wir nannten ihn »Frack-Reimer«) hatte am Anfang noch damit geprahlt, *Schillers Glocke* von der ersten bis zur letzten Strophe auswendig zu wissen, aber als er seinen Text dauernd durcheinander brachte, wurde er kleinlaut. Nana blühte als Julia auf wie eine Rosenknospe. Ihre Rolle streifte sie gar nicht mehr ab, in gewisser Weise stand sie unentwegt auf einem imaginären Balkon und rief: »**O Romeo, Romeo! Warum bist du Romeo!**« Emilia behauptete, Nana sehe inzwischen mindestens zwanzig Jahre jünger aus. Und Franz Schweingruber, unser Metzger, entpuppte sich als hinreißender Romeo.

Das Theater hatte mich in den letzten Wochen unerwartet stark in Beschlag genommen. Seit der Silvesternacht lebte ich keusch, und das war eindeutig zu lang! Ich entschied, Maßnahmen einzuleiten. Am Freitagabend würde ich zu später Stunde in einer Frauendisco Musik auflegen. Dass es eine Frauendisco war, traf sich gut, so ausgehungert, wie ich war.

Freitagabend stand ich mit Renée an der Bar und hörte mir ihre Kommentare zu den anwesenden Frauen an: »Hmm, die kennst du. – Die hattest du schon. – Bei der ging's schief. – Nein, die ist nicht dein Typ. – Oh, die willst du bestimmt nie wieder! – Diese, mhmm, nein doch nicht. – Die und die und die hattest du, hoppla, wie die dich anschauen! Zara, es ist Zeit, die Stadt zu wechseln.«

Ich lehnte lässig am Tresen und trank unbeeindruckt mein Bier. »Ach was, du musst dich nur ein wenig anstrengen, du entdeckst bestimmt eine schöne Willige.«

»Ich kann nicht zaubern. Was nicht da ist, ist nicht da.«

»Dann schau besser hin.«

Lottchen zwängte sich zwischen uns. »Von weitem könnte man meinen, ihr würdet ein wichtiges sozialpolitisches Thema besprechen – von wegen! Ihr betreibt niederträchtige Fleischschau! Wie lange noch muss Renée andere Frauen begutachten? Mich macht das nervös, und ich will endlich mit ihr tanzen!«

Ich öffnete das Glas meines Zifferblatts und befühlte die Zeiger. »Dein Wunsch geht in Erfüllung, es wird langsam Zeit für mich.«

Bald legte sich Lottchen meine Hand auf die Schulter und geleitete mich zum DJ-Pult. »Dann heiz mal ein, Zara-

Baby!« Sie gab mir einen Klaps auf den Hintern und kehrte zu Renée zurück. Lottchen reichte Renée etwa bis Brusthöhe, was Lottchen wunderbar fand. »Gibt es eine schönere Aussicht?«, hatte sie mal mit verzückter Stimme erklärt.

»Na ja, vielleicht für dich – ich seh bloß einen Scheitel«, hatte Renée gebrummt.

Ich machte mich ans Plattenauflegen, eine meiner liebsten Beschäftigungen überhaupt – mal abgesehen von Sex. Wenn ich hinter dem Mischpult stehe, vergesse ich die Welt um mich herum und werde gleichzeitig und seltsamerweise ein Teil von ihr. Ich habe einen siebten Sinn für die Stimmung im Raum und dafür, was dieser Raum braucht, um zu explodieren. Meine Übergänge sind legendär, die Auswahl der Musik treffe ich intuitiv und spontan. Gleichgültig wie gut oder schlecht gelaunt ich bin, meine Musik macht die Tanzenden selig – als DJane besitze ich magische Energie, was mein erotisches Potenzial enorm erhöht. Die richtige Scheibe finde ich mit einem Griff: Jede meiner CDs ist mit Brailleschrift versehen, oben links, die Reihenfolge der Stücke auf der CD weiß ich auswendig.

An diesem Abend erlagen mir die Frauen schon nach wenigen Stücken, so was merke ich an den Vibrationen meiner Eierstöcke und des Holzbodens. Ich fühlte mich bald berauscht und blendend, ja unwiderstehlich. Nach meinem Auftritt kehrte ich mit Renée an die Bar zurück. Renée bestellte uns ein Bier und sagte dann: »Ich habe übrigens eine Frau entdeckt, die etwas für dich sein könnte. Ehrlich gesagt, habe ich lange nicht mehr eine solch Schöne gesehen.«

Ich rieb mir die Hände. »Red schon!«

»Sie ist vor etwa einer Stunde aufgetaucht. Mittelgroß, ziemlich schlank, vermutlich schöner Busen. Blue Jeans, rotes T-Shirt, langes, dunkles Haar, das sie etwas wirr hochgesteckt hat, sie scheint ein südlicher Typ zu sein. Welch hübsches Gesicht sie hat! Also, wenn Lottchen nicht wäre … Sie ist allein, steht an einer Saule und beobachtet die

Frauen. Hat vorhin kurz getanzt. Nun ja, sie tanzt etwas eigenwillig, mit absurden Verrenkungen, aber trotzdem, die wäre was für dich.«

Ich rieb mir nochmals die Hände. »Ist sie schon an der Bar gewesen?«

»Ja, sie hat aber längst ausgetrunken.«

So warteten wir wie die Katzen vor dem Mauseloch. Eine halbe Stunde später ging die Frau wieder zur Bar. Renée schob mich unauffällig neben sie und entfernte sich. Ich hörte das Lachen meiner Lieblingsbardame und rief: »He, Pedretti, gibst du mir noch ein Bier?« Das war nun das fünfte. Schon drückte sie mir eines in die Hand – die gute Seele. Ich nahm einen Schluck und stellte die Flasche absichtlich weit weg von mir. Als ich wieder danach greifen wollte, tat ich so, als würde ich sie nicht finden und wandte mich an meine Nachbarin: »Tschuldigung, könntest du mir mein Bier reichen? Ich finde es nicht.« Ich hatte meinen Oberarm mit dem Blindenzeichen, das ich aus Jux an Discos trage, gut sichtbar positioniert. »Ich möchte nichts umschütten«, entschuldigte ich mich charmant lächelnd.

»So, so«, sagte die Frau nur und drückte mir die Flasche in die Hand. Sie hatte eine Stimme, die Tom Waits Konkurrenz hätte machen können – heiser und kratzig. Ich bedankte mich und wollte von ihr wissen, ob sie öfter hierher komme. Die Frau sagte nein, und ich fragte, warum nicht, und die Frau antwortete, warum sollte sie? Ja, es sei doch toll hier, erwiderte ich. Ob sie denn von hier sei, wollte ich wissen, und die Frau sagte, durchaus – meine Güte, ihre Stimme tönte, als hätte man ihr die Stimmbänder angesägt! Die Frau fand die Musik zu laut, so könne man nicht miteinander reden. Aber, sagte ich, die Musik müsse laut sein, man sei doch hier, um zu tanzen. Ich hätte übrigens vorhin aufgelegt. Ja, ja, sagte die Frau, das habe sie gesehen. Warum ich nicht tanze, wollte sie wissen.

Das sei ja wohl verständlich.

Nein, sei es nicht.

»Ich habe doch ein Handicap.« Nun ja, ich hätte schon

tanzen können, aber ich würde eine schlechte Figur abgeben, deshalb tanzte ich nie.

»Aha, dein Knöchel ist also verstaucht?«, wollte die Frau wissen.

»Wie kommst du denn darauf?«

Die Frau begutachtete offenbar meinen Knöchel. »Nein, er sieht nicht geschwollen aus.«

»Er ist ja auch nicht geschwollen!«

»Na, dann kannst du auch tanzen.«

Ich verdrehte die Augen. »Ich kann nicht tanzen, weil ich blind bin. Ich heiße übrigens Zara.«

Die Frau stellte sich nach kurzem Zögern mit Sarita vor. »Ich kann bei dem Licht auch nicht viel sehen. Aber die Glieder verrenken kannst du bestimmt, also lass uns tanzen.«

Bevor ich mein übliches »Nie und nimmer« von mir geben konnte, hatte mich Sarita schon gepackt und an den Rand der Tanzfläche gezogen. »Du musst ja nicht durch den ganzen Raum tanzen. Ein bisschen Hüfteschwenken ist cool.«

Als ich das Wort *cool* hörte, war ich unerklärlicherweise beschwichtigt und begann mich vorsichtig zur Musik zu bewegen. Ich kann nicht sagen, warum ich meine Regel brach und tanzte. Vielleicht hatte ich zu viel getrunken (bestimmt!). Vielleicht lag es an Saritas Unerschrockenheit meiner Blindheit gegenüber. Vielleicht hatte ich nicht mehr alle Tassen im Schrank. Gewiss traf letzteres zu. Der Boden hatte ein paar tiefe Rillen, ich hatte Angst, dort lächerlich hineinzustolpern. Vorsichtshalber steckte ich mir eine persönliche Tanzfläche von eineinhalb Metern Durchmesser ab, von der Rille zu dem kleinen Loch, von dem zertretenen Plastikbecher zur Holzsäule. Sarita blieb immer nahe bei mir, fast in Körperkontakt, was mir eine große Hilfe war. Und während wir uns gemeinsam zur Musik bewegten, drängte sich mir das Gefühl auf, dass ich diese Sarita von irgendwoher kannte, aber ich hatte keine Ahnung woher.

»Und jetzt lass uns zusammen tanzen«, sagte sie.

»Zu *Mousse T.*, spinnst du?«

»Aber ja doch«, Sarita packte mich an den Händen und zog mich zu sich. »Ich führe«, setzte sie unnötigerweise hinzu.

Sie tat es um Säulen herum und an Tanzenden vorbei und immer mal wieder auf meine Füße. Sarita stieß ein heiseres Lachen aus, ich wusste nicht, wie mir geschah, aber als ich ihren Busen spürte, rieb ich mir erneut die Hände, diesmal innerlich. Nach dem Tanzen gingen wir an die Bar zurück, ich wechselte von Bier zu Caipirinha, genoss, wie diese säuerliche Frische mir prickelnd die Kehle hinunterrann.

»Kennen wir uns von irgendwoher?«, fragte ich sie, »du kommst mir bekannt vor.« Ich war näher zu ihr gerückt, damit sie mich in dem Lärm verstehen konnte. Wir berührten uns an der Schulter, ich tat, als würde ich das nicht merken und wartete ihre Antwort ab. Wenn man jemanden verführen will, spielt der Körperkontakt eine wichtige Rolle. In dieser Hinsicht ist meine Blindheit von großem Vorteil – ich kann berühren, so oft ich will, unter dem Vorwand, Orientierung zu suchen. Eine flüchtige unschuldige Berührung im richtigen Augenblick bewirkt Wunder.

Es konnte nur ein Missgeschick sein, dass Sarita in diesem Moment von mir abrückte. Sie sagte: »Nöö.«

»Was nöö?«

»Wir haben uns noch nie gesehen.« Sie trank das Glas leer. »Ich muss jetzt, tschüss.«

Sie wollte gehen! Aber nicht doch, man verließ keine Zara Zohren-Donna-Juanna, wenn die erst einmal Interesse zeigte! Aber so war es, ich konnte Sarita nicht überzeugen zu bleiben. So entschloss ich mich ebenfalls aufzubrechen. Welcher Zufall, da konnten wir ja gemeinsam gehen! Ha, dachte ich und rieb mir wieder innerlich die Hände. Doch kaum waren wir draußen, sagte Sarita, dass hier ihr Fahrrad stünde, und sie wünsche eine schöne Nacht.

Ich hörte schlagartig auf, virtuell meine Hände zu reiben. Wie ein begossener Pudel stand ich da und stammelte: »Was, du gehst – einfach so?«

»…«

»Gib mir wenigstens einen Abschiedskuss.«

»Ich kenne dich doch gar nicht.«

»Wir haben miteinander getanzt, und miteinander geredet haben wir auch.«

Sarita zögerte, aber schließlich kam sie doch näher. Sie hatte eindeutig zu viel Parfum aufgetragen, ich konnte nichts anderes riechen. Weiche Lippen legten sich auf meine Wange, waren eine Ahnung nur. Vorsichtig, doch flink wie eine Echse drehte ich mein Gesicht diesem Mund zu, es war ein stilles Gleiten, bis unsere Lippen aufeinander zu liegen kamen. Sie stockte, als wollte sie sich zurückziehen, blieb aber. Ich ließ den Blindenstock zu Boden gleiten und nahm Saritas Gesicht in meine Hände. Sanfte Küsse auf geschlossene Lippen, geschlossene Lippen, die sich leicht öffneten. Sich etwas mehr öffneten und schließlich Einlass gewährten. Sie hatte eine süße, frische Zunge, glatt und vorsichtig – und überaus aufregend!

Ich rückte näher und noch näher, bis es nicht mehr näher ging, weil ich eine Daunenjacke trug und Sarita offensichtlich auch eine, das gab mir ein Gefühl wie auf einer Matratze, nur leider lag sie nicht unter uns, sondern dazwischen. Blitze zuckten durch meine Blicklosigkeit, selten geschieht das, nur in besonderen Momenten, und dieser Moment war so einer. Denn irgendwie – ja, warum eigentlich? – hatte ich weiche Knie.

Sarita entzog sich. »Ich muss gehen«, sagte sie mit ihrer unglaublich rauen Stimme, die ich sehr erotisch fand.

»Sag mir einen begründeten Grund, der Grund genug wäre, grundlos einen Abgang zu machen«, stotterte ich. Das war nicht der intelligenteste Satz meines Lebens. Aber kann man mit weichen Knien und viel Promille im Blut intelligent reden?

»Ich muss.«

»Der Mensch muss nicht müssen.«

»Ich kenne dich nicht.«

»Ich heiße Zara und lege Musik auf.«

»Du kennst mich nicht.«

»Du heißt Sarita, hast eine umwerfende Stimme und kannst gut tanzen.« Nun ja, letzteres war etwas übertrieben.

Zu meinem Entsetzen hörte ich, dass Sarita ihr Fahrrad aufschloss. Fieberhaft überlegte ich, was ich jetzt tun könnte. »Musst du auch über die Brücke? Wenn ja, könntest du mich begleiten.«

Sarita überlegte. »Na ja, es ist nicht ganz meine Richtung, aber auch kein großer Umweg.« Sie hielt mir ihren Arm hin. Es war ganz einfach, neben ihr zu gehen, so als würde ich das schon seit Jahren tun, und sie sagte nichts, was dumm gewesen wäre, hysterisch oder daneben – nun gut, sie sagte an sich nicht besonders viel.

Als wir vor meiner Wohnung standen, fragte sie mich, ob ich allein zurecht käme, und ich log. Behauptete, dass meine Nachbarn die Treppe oft vollstellten und ich über das Gerümpel stolperte. So kam sie mit mir hoch. Vor der Wohnungstüre bot ich ihr einen Kaffee oder Tee an, zum Aufwärmen.

»Wenn schon, lieber eine Schokolade«, sagte sie.

Renée und Allegra waren bei Lottchen, das machten wir so, wenn ich meinen Donna Juanna-Abend hatte. Ich machte Milch heiß, Sarita stand schweigend daneben. Ich erklärte ihr, wo sie den Kakao und die Teelöffel finden konnte. Ihr Parfum hing schwer im Raum, ich würde den Duft noch tagelang in der Wohnung haben. Sarita rumorte in Schrank und Schublade, kam zu mir, um sich die Milch einzugießen. Sie schaufelte Kakao hinein, dann hörte ich dieses helle Geräusch, das entsteht, wenn man einen Teelöffel in einer Tasse rührt. Sie nahm einen Schluck und stellte die Tasse ab. Wir hatten beide die Jacke ausgezogen, und obschon die Heizung seit Stunden auf Nachttemperatur eingestellt war, war mir heiß. Saritas Hitze strahlte bis zu mir. Ich fragte mich, mit welcher Taktik ich vorgehen könnte, um bei ihr zu landen. Sarita rutschte etwas näher zu mir. Sehr gut. Und plötzlich, einfach so – ohne die geringste Vorankündigung – fiel sie über mich her. Ein Überfall, der weder erschreckend noch unangenehm war, im Gegenteil. Ihr Kuss war so heiß wie sie selber, er war dringlich, eine Explosion, wie etwas, das lange aufgeschoben worden war und jetzt mit aller Leidenschaft eingeholt werden musste. In diesem Augenblick wusste ich, dass ich sie noch nie geküsst hatte, daran hätte ich mich erinnert! Und ich dachte, was soll's, vielleicht kenne ich sie von irgendwoher, vielleicht nicht. Ist auch egal. Ich ergriff die Gunst der Stunde, denn diese Lippen versprachen viel. Zu meinen weichen Knien gesellte sich süßer Schwindel. Ich küsste sie, sie küsste mich, wir küssten einander, wir rangen nach Atem, ich suchte nach Halt. Ich hätte ihr gern auf der Stelle die Kleider vom Leib gerissen, aber dann zog ich Sarita doch lieber rückwärts aus der Küche, durch den Korridor ins Wohnzimmer. Sie zündete kein Licht an und dafür war ich ihr dankbar. Ich zog sie auf mein Sofa und so heftig ich zog, so heftig schob sie, also lagen wir null Komma nichts aufeinander. Und während wir uns küssten und die Hände wie von selber unter die Kleider glitten, mir Sarita in den Hals biss und ich stöhnte, ihr das T-Shirt vom Leib riss und sie mir hastig die Bluse aufknöpfte, überlegte ich, was an dieser Frau so besonders war. Etwas war besonders – eindeutig. Aber was? Ich wusste es nicht. Einen klitzekleinen Moment lang roch ich, was wohl zu Saritas Körper gehörte. Aber es war bloß ein Hauch, nur wenige Moleküle hatten sich in meine Nase verirrt. Kurz flackerte ein Erkennen auf, aber meine Hirnwindungen waren von Alkohol und Lust überflutet, die Ahnung wurde weggeschwemmt. Und sowieso, mittlerweile wollte ich diese Frau unbedingt, selbst wenn es Margret Thatcher gewesen wäre. Ich zog sie in mein Schlafzimmer, packte sie im Nacken, zog sie heran und ließ mich in den Strudel reißen.

Dann starb ich langsam den einzigen Tod, den zu sterben sich lohnte: Ich starb vor Entzücken und Wonne. Und wenn ich es recht bedachte, war dieses Entzücken so betörend und diese Wonne so intensiv wie seit Felicia nicht mehr.

Emilia/Zara

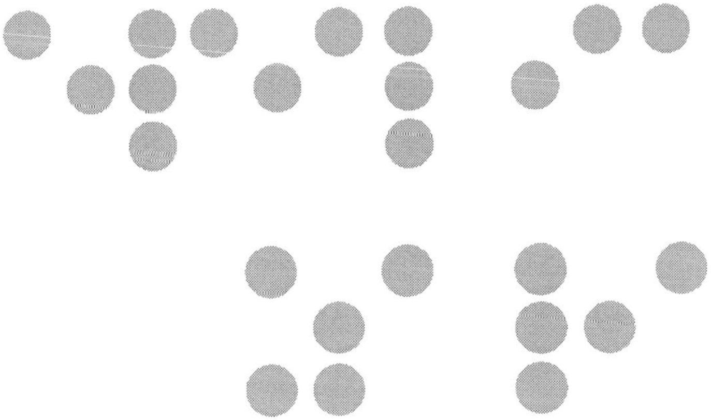

12

Weltausstellung 1851 in London: Ausstellerin Mrs. E. Barnston-Parnell präsentiert eine Erfindung, mit der man aus unedlen Metallen Gold gewinnen kann.

Am Sonntagmorgen rief mich Vater an. Um sieben Uhr! Er tat dies nicht aus bösem Willen, sondern weil er um sieben Uhr morgens längst wach war und weil ich für ihn ewig die kleine Göre blieb, die morgens auf sein Bett hechtet und ein Tohuwabohu veranstaltet.

»Emilia, ich habe es geschafft! Lass uns in einer halben Stunde im Schrebergarten sein!«

Die quietschfidele Rackertochter krächzte frisch wie der Morgentau in den Hörer: »Wiiiiiiiviiiel Uuuuhr issesss – ?!«

»Fünf nach sieben. Treffen wir uns also zwanzig vor acht.«

»Vaaaterrr!«

»Liebes, was ist?«

»Siiieben Uuuhr mooorgens! Soonntag! Und duuunkel! Das ist es!« Mühsam rappelte ich mich hoch. »Es ist gestern spät geworden, ich will *schlafen*, kapiert! Wir treffen uns um zwölf, frühestens! – Und wehe, du hast mich für nichts hinbestellt!« Ich knallte den Hörer auf den Apparat und riss das Kabel aus der Steckdose, dann zog ich das Duvet über den Kopf, so wie es die dummen Frauen in manchen Filmen tun. Sie sind allein zu Hause, ein Serienmörder dringt ein, und ihnen fällt nichts Besseres ein, als drei Mal schreiend an der Haustüre vorbeizurasen, um sich schließlich in der hintersten Ecke des Hauses unter eine Decke zu verkriechen. Der Mörder hat dann alle Zeit der Welt, um sie in Ruhe abzuschlachten, was ihm nur deshalb misslingt, weil in letzter Sekunde der Held auftaucht und die dumme Frau rettet. Unter uns gesagt: Er rettet sie nur, weil sie einen großen Busen hat, der Idiot hat nicht bemerkt, dass die Brüste aus Silikon sind.

Eine halbe Stunde später stürmte Felix in meine Wohnung, er war ein echter Racker und ging sonntagmorgens mit Sumba raus. Sumba, die im Korridor schläft, klopfte mit dem Schwanz freudig an die Schlafzimmertür. Nach einem lauten »Hallo, Hund, gehen wir Gassi!« verließ Felix mit Sumba die Wohnung, die Türe hinter sich zuschmetternd. Eine Stunde später drehte Rilke2 die Musik auf; vermutlich war er eben von der Muse geküsst worden. Mich hingegen küsste jetzt ein Raubtier.

Knurrend stand ich auf. Im Badezimmer schaute ich in den Spiegel; glücklicherweise konnte ich nicht sehen, wie verquollen meine Augen waren, so zugequollen waren sie. Ich gurgelte eine halbe Stunde mit Mundwasser und Olivenöl, um die Stimme von der lästigen Heiserkeit zu befreien, unter der ich seit gestern Morgen litt. Beim Duschen verbrannte ich mir den Bauch und seifte mich mit Hundeshampoo ein. Später in der Küche warf ich den Käse in den Mülleimer und legte die Folie ordentlich unter die Käseglocke. Felix kam mit Sumba zurück, als ich eben den Käse aus dem Kehrrichtsack fischte. Es regnete draußen, das sah man dem Küchenboden nun gut an.

Es würde vier Tote geben: zwei Männer, einen Jungen, einen Hund. Qualvoll langsam würden sie sterben, als erstes kämen die Stimmbänder und die Pfoten dran, dann Hautabziehen und so.

Gegen zwölf Uhr traf ich mit Sumba im Schrebergarten ein. Ich hatte so eine Ahnung, was mich erwarten würde. Vater stand vor dem Gewächshaus, das mit einem intelligenten Wasser-, Heiz- und Lichtsystem versorgt war (ich hatte es entwickelt), und winkte aufgeregt. Er drückte mich an sich und küsste mich auf die Stirn. »Ich habe es geschafft!«, nuschelte er fröhlich in seine Zigarre. (Es war auch schon vorgekommen, dass er vergaß, die Zigarre aus dem Mund zu nehmen, bevor er mich küsste, daher rührt die Narbe auf meiner Stirn.)

Wir traten ins geheizte Gewächshaus ein. Warme, feuchte Pflanzenluft schlug uns entgegen. Die Fläche war von Zucchinipflanzen bedeckt, die sich in unterschiedlichen Wachstumsstadien befanden, ausführlich beschriftet mit den Was, Wanns, Wies, Warums und Wielanges.

»Komm!« Vater winkte mich in den hintersten Winkel. »Hier wächst sie!«

Ich trat heran und guckte. Und guckte. Ich kniete mich nieder und guckte auf eine klitzekleine Zucchinifrucht. Die dunkelgelbe Blüte klebte noch an ihr. Ich stand wieder auf und drehte mich zu Vater um: »Dafür hast du mich um sieben Uhr morgens geweckt? Für dieses grüne Früchtchen mit der dunkelgelben Blüte? Deshalb opfere ich kostbare Stunden meiner freien Zeit – für dieses mick-ri-ge, *grüne* Früchtchen mit der dunkelgelben Blüte? Vater, das Ding ist grün, grün und nochmals grün!!«

»Ist nicht wahr«, entgegnete er. »Schau, was passiert, wenn mehr Licht hinzukommt.« Er nahm eine Taschenlampe aus dem Overall und zwängte sich neben mich. Er richtete den Lichtstrahl auf die Frucht. »Wenn das nicht rot ist, will ich Knienase heißen.«

Ich betrachtete die Frucht, die wegen der angestrahlten Blüte einen Hauch von Braun aufwies, und sagte: »Knienase, wann gibst du endlich auf?!«

»Die ist rot! Schau richtig hin!«

»Es kommt der Tag, an dem dir der Rasen rot vorkommt – oder meine Augen! Das einzige, was sich in all den Jahren deiner Züchtung verändert hat, ist deine Wahrnehmung der Farben Rot und Grün. Ich wünschte, du würdest endlich aufhören.«

»Du willst deine Mutter aufgeben und vergessen?!«

»Was heißt aufgeben, sie ist ja schon lange tot! Und vergessen habe ich sie tatsächlich, ich war drei, als sie starb – vergessen?!«

»Man muss das Gedenken an die Verstorbenen hoch halten.«

»Aber nicht so hoch, dass es einen erdrückt.«

»E-mi-li-a, ich verlange mehr Respekt gegenüber der Frau, die dir das Leben geschenkt hat!«

War es Zufall, dass ich an diesem Sonntagmittag das erste Mal völlig die Nerven verlor, was Vaters Obsession anbelangte? Dass ich nicht mehr bereit war, diese unsägliche Verehrung meiner Mutter wortlos hinzunehmen? Ich maulte mit heiserer Stimme: »Seit ich mich erinnern kann, tischst du mir irgendwelche absurden Geschichten über Mama auf und behältst sie damit für dich. Du willst doch gar nicht, dass ich ein Verhältnis zu ihr habe! Ich möchte endlich wissen, wer sie war! Ich will Kontakt zu ihren Verwandten! Dann schauen wir weiter. Du kannst dir gar nicht vorstellen, wie sehr ich deine Totenanbetung und deinen Zucchiniwahn satt habe! Satt, satt, satt habe ich es, satt! Find endlich eine neue Frau und lass Mutter in Frieden ruhen. Und wage es nie mehr – hörst du, *nie mehr*! –, mich am Sonntagmorgen um sieben Uhr zu wecken, ohne dass du einen triftigen Grund dazu hast. Ich meine einen, der nichts mit Zucchini zu tun hat!« Ich drehte mich auf dem Absatz um, fuchsteufelswild und verstört darüber, dass ich eben die heilige Grenze überschritten hatte. Aus dem Augenwinkel sah ich das blanke Entsetzen auf Vaters Gesicht.

Rasch durchquerte ich die Schrebergärten, die in dieser Jahreszeit verlassen, kahl und öde dalagen und mich hohläugig anstarrten. Mein Vater war der einzige, der täglich hierher kam und sein sinnloses Werk verrichtete. Ich kickte Steine weg, denen Sumba voller Elan nachjagte. Ich hatte soeben das getan, wozu ich nie mutig genug gewesen war, und jetzt, da ich es geschafft hatte, kam ich mir so ketzerisch vor wie Galileo, als der behauptete, dass die Erde rund ist. Und leider fühlte ich mich dabei ziemlich elend.

Als ich nach Hause kam, tat ich das Zweite, das schon lange fällig war: Ich schrieb Ian einen Brief, in dem ich ihm erklärte, dass ich die Beziehung mit ihm nicht mehr weiterführen wolle, *not any longer, I'm sorry*. Ich kratzte meine Englischkenntnisse zusammen, aber Ian würde vermutlich einen Lachanfall kriegen, wenn er den Brief las. Danach ging ich zu Sumbas Freude wieder hinaus, zum Briefkasten, über Gehsteige, auf denen wegen des Schnees, der mittlerweile geschmolzen war, feiner Kies verstreut lag. Die Steinchen verfingen sich in Sumbas Pfoten und würden, sobald wir in meine Wohnung zurückgekehrt waren, wieder herausfallen. Sumba hinterlegte wichtige Informationsspritzer und erschnüffelte die letzten Neuigkeiten aus dem Hundeland. Die Passanten hatten die Köpfe in ihre Mantelkragen gezogen und starrten mich grimmig an, als könnte ich etwas dafür, dass der Winter in diesen Breitengraden ein schlechter Witz ist. Nichts kann ich dafür, rein gar nichts! Meine Güte, war ich nervös und beschwingt, beschwingt und verwirrt, verwirrt und aufgewühlt! Als Sumba merkte, wohin es ging, rannte sie voraus. Es war der schlechteste Zeitpunkt, hierher zu kommen, aber mein Atelier befand sich nun mal in der väterlichen Schlosserei, und Vater würde heute bestimmt nicht mehr auftauchen, der jasste am Sonntagnachmittag bis spät in den Abend.

Ich zündete den Holzofen an. Sumba ließ sich auf ihrer Matte nieder, bald schnarchte sie leise. Ich holte den Schweißbrenner hervor und sah mich um. Ich hatte das brennende Bedürfnis zu bauen, bilden und konstruieren. In den letzten vierundzwanzig Stunden war mein Leben zweimal gewaltig erschüttert worden. Ich wollte mich in die Arbeit stürzen und das Gespräch mit meinem Vater vergessen. Aber mehr als das wollte ich vergessen, was gestern Nacht geschehen war. Dass ich gelogen und betrogen hatte. Dass ich, wie soll ich sagen, dass ich etwas Falsches gemacht, es sich aber so gut angefühlt hatte. Ich durchwühlte meinen Vorrat an Metallen, suchte Teile heraus, die zusammen etwas ergeben würden, das komplett falsch und doch richtig sein würde. Ich arbeitete lange an meiner wahren Lügenmaschine und merkte erst auf, als Sumba erwartungsvoll an der Türe kratzte.

Von der Schlosserei bis zu meiner Wohnung brauche ich zu Fuß normalerweise zehn Minuten. An diesem Abend benötigte ich zwei Stunden. Der Weg führte durch abgelegene Quartiere, über Brücken hinunter zum Fluss. Auf diesem Spaziergang tat ich zwei Dinge: Ich dachte an die letzte Nacht und ich versuchte letzte Nacht zu vergessen. Das war ein tollkühner Spagat, mir schmerzten bald die Sehnen und Bänder meiner Seele.

Was ich mir seit dem Tanz mit Myrtha insgeheim erträumt hatte, war in Erfüllung gegangen: Ich war mit einer Frau zusammen gewesen. Und nicht mit irgendeiner, sondern mit der Frau, die seit Monaten mein Herz zum Flattern brachte. Was heißt zum Flattern? Zum Tanzen, Pochen, Trommeln, Rasen! Ich warf Sumba einen Stecken und wartete darauf, dass sie ihn zurückbrachte, was nicht geschehen würde, denn diese Hündin hatte das Prinzip des Spiels nicht begriffen! Sie rannte mit dem Stecken fort, bis sie ein Plätzchen gefunden hatte, wo sie ihn in Ruhe an ihm kauen konnte.

Ich würde Zara übermorgen wiedersehen, bis dahin musste meine Heiserkeit auskuriert sein! Bis dahin würde diese Nacht nie gewesen sein. Niemand wusste, dass ich mit Zara zusammengewesen war und dass mein zweiter Vorname Sarita lautete, der Name meiner Mutter. Aber wenn der Betrug eines Tages doch auffliegen sollte, oh Schreck, ach du liebes bisschen! Genau deshalb durfte Zara nie davon erfahren. Nie, nie, nie! Ich nahm Sumba den Stecken aus dem Maul und warf ihn erneut. Wenn ich nie mehr an diese Nacht denken würde, würde sie vielleicht nicht stattgefunden haben. Ja, genau so würde es funktionieren: Ich würde mich auf diesem Spaziergang zum letzten Mal an diese Stunden erinnern dürfen, dann nie mehr.

Der Spaziergang wurde wahnsinnig lang, weil ich mich noch einmal daran erinnern wollte, wie anders – wundervoll – es mit Zara gewesen war, nicht zu vergleichen mit Ian oder gar Fammi. Mit den Männern war es ähnlich wie Fallschirmspringen gewesen, und man wusste nicht, ob der

Schirm überhaupt aufging. Mit Zara jedoch war es wie in einem Segelflugzeug mit ganz vielen Aufwinden. Wunderschönes Gleiten, lautlos, ganz nah bei der Sonne, und einmal direkt durch ein Feuerwerk – ohne Schaden zu nehmen.

Am Dienstagabend stand ich im Foyer des Tertianum. Die Empfangsdame lächelte mir zu. Sie hatte eine Zahnlücke wie Madonna, darauf konzentrierte ich mich; irgendwie beruhigte mich das. Meine Stimme hatte sich erholt, aber das war auch gerade das Einzige. Ich überlegte mir eben, ob man mit Knien, die einen Marsch zittern, noch davonrennen konnte, als Herr Schweingruber um die Ecke bog und mich galant ins Sous Sol begleitete.

Als ich Zara erblickte, war ich nicht mehr nervös, dafür rutschte mir mein Herz in die Hose und das Blut sackte ab. Ich war froh, dass Zara mein bleiches Gesicht nicht sehen konnte. Allegra führte sie zu unserem Tisch und legte die Schnauze auf den leeren Stuhl. Die Sitzfläche ertastend, setzte sich Zara. »Emilia ist vor mir da, welch Wunder!«, sagte sie grinsend. Ich erwiderte, ähm, Sumba hätte mal nicht getrödelt.

Wir hatten uns eine besondere Sitzordnung angewöhnt: Ich saß so neben Zara, dass ich ihr das Geschehen auf der Bühne ins Ohr flüstern konnte. An diesem Abend schob ich den Stuhl unwillkürlich weiter nach hinten.

Zara drehte sich zu mir um. »Ich verstehe dich nicht, sprich bitte lauter oder rück näher.«

Ich sprach lauter, aber jetzt verstanden die Schauspieler meine Kommentare. Zara wandte sich erneut um. Verärgert fragte sie mich, ob ich eine Allergie gegen sie entwickelt hätte oder was eigentlich los sei.

Ich rückte näher. Jetzt konnte ich ihr Parfum riechen. Das machte nichts besser, mein Herz begann wild zu klopfen, so laut, dass es Zara bestimmt hören konnte. Die jedoch konzentrierte sich auf das, was auf der Bühne gesprochen wurde.

»He, Emilia, was ist mit dir?!«

Ich hoffte, dass geruchlich nichts an mir war, was Zara

hätte an Sarita erinnern können. Ich räusperte mich. »Wir befinden uns im zweiten Akt, in der zweiten Szene in Capulets Garten. Julia tritt auf, die wie besprochen beim Reden durch den Garten geht.«

Nana sprach:

»... Zieh deinen Vorhang vor, Nacht, du der Liebe
Gehilfin; dass der Neugier Augen schlafen
und Romeo fliegt in diese meine Arme,
von Schwätzern ungenannt und ungesehn!
Liebende sehn genug, um sich zu finden,
bei ihrer Schönheit Schein. Und ist die Liebe
blind, passt ihr Nacht am besten: Komm Nacht, komm!«

Ich flüsterte: »Wie eine Königin schreitet sie auf und ab, das passt nicht. Sie sehnt sich doch nach Romeo, hofft und bangt.«

»Stimmt.« Zara drehte sich zu mir, worauf unsere Köpfe aneinander gestoßen wären, hätte ich meinen nicht schnell zurückgezogen. »Nana tönt, als würde sie über die Vor- und Nachteile eines Staubsaugers sprechen.«

Eben sagte Frau Herzog: »**Oh, ich habe einer Liebe Schloss gekauft!**«, als Zara sie unterbrach und ihr erklärte, dass sie die Szene anders spielen müsse. Julia sei jetzt mit Romeo verheiratet und warte verzweifelt auf eine Nachricht von ihm. Nana müsse das spürbar machen, mehr Inbrunst zeigen.

Nun war es so, dass Nana in ihrem langen Leben viel gelernt hatte, offenbar aber nicht den Umgang mit Kritik. Sie stampfte wütend mit ihren eleganten Schuhen auf und stemmte die Hände in die Hüfte. »Zara, was weißt gerade du über Inbrunst und tiefe Gefühle?«, wetterte sie.

Zara wandte sich wieder an mich, ich sah mein verzogenes Gesicht in ihren Brillengläsern. Lieber hätte ich Zaras Augen gesehen. Bestimmt waren sie braun.

»Ich habe unsere Nana-Diva langsam satt«, sagte Zara. »Versuch du doch mal, sie zur Räson zu bringen, ich habe heute nicht die Nerven dazu.« Sie machte ein düsteres Gesicht.

»Was hast du denn?«, fragte ich so beiläufig als möglich.

»Nichts.« Zara schlug den Deckel ihres Laptops zu und verschränkte die Arme.

Ich seufzte mein undeutliches Spiegelbild in Zaras Gläsern an und ging zur Bühne, wo Frau Herzog auf und ab stapfte. »Wir machen eine kurze Pause«, informierte ich die anderen Schauspieler. Zu Helen Herzog gewandt, sagte ich: »Frau Herzog, Sie wissen, dass ich Ihr Schauspiel schätze, ich finde, Sie geben eine großartige Julia ab. Trotzdem würde ich gerne mit Ihnen über diese Szene sprechen.«

»Ich will keine Pause und kein Gespräch – ich will weitermachen«, entgegnete Frau Herzog. Sie blieb trotzig mitten auf der Bühne stehen.

Ich schielte kurz zu Zara. Die streichelte in Gedanken versunken Allegra und Sumba. »Frau Herzog, ich möchte Ihnen eine ganz persönliche Frage stellen, die Sie natürlich nicht beantworten müssen.«

Helen Herzog schaute neugierig auf.

»Also, ähm, Sie sind in Ihrem Leben bestimmt mal wahnsinnig verliebt gewesen, so dass Sie sich mit jeder Faser Ihres Körpers nach dem Geliebten sehnten, in der Nacht nicht schlafen und sich am Tag nicht konzentrieren konnten! Das Herz schlug wie wild und der Magen war ein Krisengebiet.«

»Fräulein Schneefeld, aber was stellen Sie auch für Fragen. Natürlich kennt man so was!«

»Sie haben das mit Ihrem Mann erlebt, nehme ich an?«

»Machen Sie Witze? Da war der Krieg, die fünf Mädchen, und der Heinrich war kein einfacher, wegen ihm hab ich höchstens wachgelegen, weil er mir Probleme machte.«

»Dann waren Sie nie so richtig verliebt, ich meine –«

»*Was* meinen Sie? *Nichts* meinen Sie, keine Ahnung haben Sie! Fahren wir jetzt endlich fort?!«

»Versuchen Sie sich vorzustellen, dass Sie etwas so sehr möchten, dass ein Brennen in Ihrem Brustkasten entsteht; dass Sie nur noch an dieses Eine denken können; dass Ihr Herz überquillt; dass Sie hoffen und sich quälen, begehren und dürsten.« Ich brach ab. Frau Herzog stand wie versteinert da.

»Mädchen, reden Sie von sich oder von Julia?«, sagte sie mit gepresster Stimme. »Ich gehe jetzt kurz an ein Örtchen, muss mich frisch machen.«

Ich sah Nana hinterher. Bei alten Menschen meint man irgendwie, dass sie immer schon faltig, gebrechlich und schwach auf den Beinen gewesen sind. Man sieht sie vorbeihumpeln und vergisst, dass nicht nur ein Mensch mit schmerzender Hüfte vorbeigeht, sondern ein angefülltes Leben, und dass hinter der faltigen Fassade Erinnerungen an Leidenschaft, Hingabe, Enttäuschung und Sehnsucht fortbestehen.

Als Nana zurückkam, stieg sie wortlos auf die Bühne. Wir merkten bald, dass etwas geschehen war: Sie spielte anders – intensiv, sehnsuchtsvoll. Wir waren sprachlos.

»Was hast du mit ihr gemacht?«, fragte Zara ungläubig.

»Erinnerungen aufgefrischt«, antwortete ich und dachte, dass Zara die schönste Frau war, der ich jemals begegnet war und dass ich alles dafür geben würde, sie noch einmal zu küssen.

Na ja, und alles was das Küssen so nach sich zieht.

13

Wie unser Leib in die Gewänder,
so ist unser Geist in Lügen verhüllt.
Arthur Schopenhauer

Am Sonntagmorgen erwachte ich spät. Ich griff zur anderen Bettseite, aber die war leer. Totenstille. Ich rief Saritas Namen. Keine Antwort. Ich rief nochmals. Nichts. Ich stand auf und ging durch die Wohnung. Nichts!

Sarita war weg.

Ich war fassungslos. Wie konnte das sein? Noch nie war eine Liebhaberin sang- und klanglos verschwunden, im Gegenteil, sie ließen sich oft nur schwer vertreiben. Keine hatte mich je von sich aus verlassen, nicht mich! Motten entfernen sich nicht freiwillig vom Licht, ich war es, die sie verscheuchte.

Jawohl!

Ich machte mir einen Kaffee, worauf ich an Emilias grandiose Kaffeemaschine denken musste, die zu ertasten ein Erlebnis gewesen war. Nach dem Duschen trank ich einen zweiten Kaffee. Ich ging mit Allegra spazieren. Nahm einen dritten Kaffee und gab Allegra Futter. Zigarette. Einen Ristretto. Anschließend zitterten meine Hände wie verrückt. Immerhin konnte ich nun die ersten zwei klaren Gedanken fassen: *Meine Güte, diese Sarita*!, dachte ich. *Meine Güte, diese Nacht*! Es folgten ein Espresso und ein Brötchen. Und eine Zigarette.

Sarita war bestimmt noch nie mit einer Frau zusammen gewesen, so was hatte ich im Gespür. Aber meine Güte, wie unbekümmert, selbstsicher, neugierig und frei sie sich verhalten hatte, unglaublich! Es hatte mir schier die Sprache verschlagen.

Nur selten stimmt die Chemie zwischen zwei Körpern, keine wusste das besser als ich – ich habe genug Frauen gehabt. Letzte Nacht jedoch stimmte diese Chemie, sie verursachte Explosionen und Feuerwerke, nichts musste erraten und errungen werden. Die Leidenschaft verlangte keine Eintrittsgebühr, im Gegenteil, sie gab einen aus. Diese Runde geht auf mich, sagte die Leidenschaft, und die nächste auf mich, sagte die Intensität; ich will auch einen ausgeben, sagte die Ekstase, die zwar noch klein und sacht war, aber bald wachsen würde, in den nächsten Nächten, das war gewiss.

Ich nahm den Orangensaft aus dem Kühlschrank. Eines war klar: Ich wollte mehr von dieser Chemie, viel mehr! Sarita würde sich melden, anderenfalls würde ich mit Renée das Nachtleben durchkämmen, wir würden sie aufspüren, irgendwie. Ich goss Saft ins Glas. Dass Sarita gegangen war! Vermutlich musste sie ins Ehebett schleichen, es wäre nicht das erste Mal, dass eine meiner Liebhaberinnen das tun musste. Ich aß einen Schokoladenriegel und gleich noch einen zweiten. Bestimmt hatte Sarita eine Notiz hinterlassen, ja genau, eine Notiz! Renée würde die Notiz für mich finden und mir vorlesen! Ich leerte das Glas Orangensaft in einem Zug und knallte es auf den Tisch – Allegra zuckte zusammen –, der O-Saft schmeckte nach der Schokolade scheußlich. Dieses eine Mal interessierte mich eine Frau über das Morgengrauen hinaus, und was hatte ich davon? Nichts als Ärger. Ich zerknüllte wütend die Zigarettenschachtel.

Am Abend fand Renée ein kaffee- und nikotingepeitschtes Nervenbündel vor, das sie durch die Wohnung hetzte, damit sie eine Notiz dieser Sarita finden würde, aber sie fand nichts. Ich raufte mir die Haare, Renée verzog sich seufzend in ihr Zimmer. Wenn ich in dieser Stimmung war, verzog man sich am besten, außer man wollte sich die Laune gründlich verderben lassen.

Die Tage vergingen, Sarita meldete sich nicht. Die Wochen vergingen, aber die Frau, die ich wollte wie noch keine, war nicht aufzutreiben, in keiner Disco und in keiner Bar, obschon ich Renée nötigte, sich die Augen wundzugucken. Meine Gefühle wandelten sich von Ungeduld in Ärger, von Sehnsucht in Unmut und wurden schließlich zu stiller Verzweiflung. Ich war abserviert worden, ich, Donna Juanna mit den berüchtigten Handfertigkeiten! Es war unglaublich!

An einem Dienstagabend dann hatte Renée in der Nähe des Tertianums zu tun, und so machten wir aus, dass sie mich nach den Proben abholen würde. Sie setzte sich die letzte Viertelstunde in den Übungsraum, um uns zuzuschauen. Als das Licht anging, wartete sie bei der Tür auf mich. Renée erzählte mir später, dass ein weißhaariges Hutzelweibchen an ihr vorbeigerast und gleich wieder zurückgekommen sei. »Mein Herr, Sie sind so stattlich wie mein Herbert, hat Ihnen das schon jemand gesagt? Schade, dass Sie noch so jung sind«, krächzte es. Bevor Renée etwas erwidern konnte, raste es schon wieder davon.

Ich begrüßte Renée fröhlich und stellte ihr Emilia vor. »Das nun ist meine Regiepartnerin, von der ich dir erzählt habe.«

»Und hoffentlich nur Gutes«, ergänzte Emilia lachend, während sie Renées Hand schüttelte.

Renée sagte: »Aha, interessant!« Sie beteuerte: »Ja, die Alten spielen beachtenswert gut!« und: »Einen schönen Hund hast du, Emilia!« Sie sprach unglaublich hölzern und rang nach Worten. Nicht dass sie sonst ein rhetorisches Talent gewesen wäre, aber dieses Gestammel war doch etwas seltsam.

»Was ist los mit dir?«, fragte ich, als wir in Renées Oldtimer einstiegen. Sie sagte nur: »Ich glaube, ich spinne.«

»Na, endlich erkennst du das, wurde auch langsam Zeit.«

»Sarita war da.«

»Hä? Was?«

»Im Probenraum.«

»Hä? Was? Wo?«

»Sie saß links von dir.«

»Du spinnst wirklich! Da saß Emilia.«

»Ja, und wie es scheint, sind Emilia und Sarita ein und dieselbe Person!«

»Nein!«

»Zara! Die Frau neben dir war Sarita, ich bin mir ganz sicher.«

»Aber du hast Sarita in der Disco nur kurz gesehen, du täuschst dich bestimmt!«

»Ach so, deshalb lässt du mich seit Tagen nach ihr suchen, weil ich mich täuschen würde?! Es war Sarita, da wette ich meine Elvis-Sammlung drauf.«

»Dreh um. Wenden, Renée! Halt an, sag ich, halt sofort an, anhalten! Hältst du deine Klapperkiste endlich an?! Renée!!« Das Blut wich aus meinem Kopf, in meinen Ohren summte es.

»Sobald sich die Möglichkeit ergibt, stoppe ich meine Superkarre – und keinen Moment früher!«

Als Renée nach einer Ewigkeit anhielt, saß ich stumm und zitternd da. »Fahr mich bitte zu Emilia«, sagte ich mit gepresster Stimme. Ich konnte es nicht fassen.

Renée brummte zustimmend, startete den Motor und wendete den Wagen. Es gab nichts zu sagen. Ich bat sie, Allegra mit nach Hause zu nehmen. »Diesen Wutausbruch würde sie schlecht verkraften«, erklärte ich mit finsterem Gesicht.

Ich faltete den Blindenstock auseinander und stapfte zur Haustür. Da ich sie nur angelehnt fand, stieg ich die Treppen zu Emilias Wohnung hoch. Erster Stock, zweiter Stock – ich hörte gedämpft zwei Menschen miteinander streiten, das kam vermutlich aus Felixens Wohnung – dritter Stock. Oben setzte ich mich auf den Treppenabsatz und wartete. Emilia würde bestimmt bald mit dem Fahrrad eintreffen. Ja, das tat sie, schon hörte ich sie unten das Rad anketten. Pfeifend erklomm sie die Stufen. Simba veranstaltete ein freudiges Tohuwabohu, als sie mich gewahrte. Emilia hingegen fragte erstaunt, was ich hier mache.

»Du Luder.«

»Bitte?«

»Ich sagte: du Luder. Oder soll ich sagen: Sa-ri-ta!?«

»Ich-ich verstehe nicht.«

»Oh, das tust du sehr wohl – Renée hat dich erkannt.«

Emilia ging schweigend an mir vorbei und schloss die Wohnungstür auf. »Komm rein, wir reden besser drinnen«, sagte sie tonlos.

»Es wird kein Gespräch geben, nur Tote«, fauchte ich.

Das war der Auftakt zu einem Abend, über den man in fünfzig Jahren würde lachen können, wenn man alt, sehr weise und gleichmütig im Angesicht des Todes sein würde. Doch in den neunundvierzig Jahren davor verdrängte man ihn am besten.

An diesem Abend streckte ein erschrockener Felix den Kopf herein, um ihn gleich wieder zurückzuziehen, nicht ohne vorher Sumba mitzunehmen. Er alarmierte wohl Rilke2, denn auch der schaute herein. Nachdem jedoch mein Blindenstock an seinem Kopf vorbeizischte (ich war nicht ganz unbeteiligt an diesem Manöver), zog er sich ebenfalls zurück. Schließlich klopften Felixens Eltern an die Türe, sie beschwerten sich, dass sie bei dem Lärm ihr eigenes Wort nicht verstehen könnten. Kaum erfassten sie die Situation, verschwanden sie schleunigst.

Ich explodierte stakkatoartig. Emilia brauchte nur den Mund zu öffnen und »Ich-, aber-, was-, lass mich-, könntest-« zu sagen, schon schoss ich an die Decke: »Wie konntest du nur – du hast eine Hanswurst aus mir gemacht! Was fällt dir ein, meine Blindheit so zu missbrauchen? Betrügerin! Miststück! Was sollte das Ganze? Hat es dir wenigstens Freude gemacht? Das verzeihe ich dir nie!«

Und immer mal wieder: »Ich bringe dich um!«

Und einmal: »Ich muss aufs Klo. Wehe, du fliehst!«

Und dazwischen Emilias Einschübe: »Ich-, aber-, was-, ich-, lass mich-, könntest-«, die ich allesamt erbarmungslos abmurkste. Emilias Geräte spielten währenddessen verrückt – Sitze hoben und senkten sich, Schranktüren gingen auf, fünf Mal hörten wir den Anfang eines Musikstücks, das ich nicht kannte und auch nicht kennen lernen wollte.

Als mir das Ganze zu blöd wurde, stürmte ich aus der Wohnung und bestellte vom Handy aus ein Taxi. Im Auto ließ ich erschöpft des Taxifahrers Einschätzung zur Drogenpolitik über mich ergehen. Man konnte mit Fug und Recht behaupten, dass Emilias und meine Unterredung so fruchtlos wie unser alter Zwetschenbaum vom dem Haus gewesen war. Ach, ich hatte mir so sehr gewünscht, Sarita wiederzusehen, nun war mein Wunsch in Erfüllung gegangen – aber wie?! Die Frau, die mir solch schöne Stunden geschenkt hatte, hatte mir eben ganz grässliche beschert. Und auf einmal schoss eine Welle von Wut auf Güne und Gürkchen, die im Grunde so gemein wie Emilia waren, in mir hoch. Die Zwillinge hatten seit neuestem denselben Freund, aber der wusste es nicht, und das machte mich nun über alle Maßen rasend.

Zu Hause trommelte ich an die Wohnungstür der Zwillinge und stürmte an Güne vorbei in die Küche. »Ich will mit euch reden«, schrie ich, »ist Gürkchen auch da? Ich will mit euch reden!«

Die Zwillinge folgten mir in die Küche. »Was ist los, Zara?«, fragte Güne erstaunt.

»Erklärt es mir – ich hab's nie begriffen –, erklärt mir, warum ihr beide mit Hugo eine Beziehung habt, aber er das nicht weiß? Was ist so toll daran, einen Menschen zu verarschen? Warum macht ihr aus Hugo einen Hanswurst? Ich habe es nie begriffen, nun begreife ich es überhaupt gar nicht mehr. Was ist der Spaß daran, die Idee, der Witz, der Sinn? Wie kann es euch gefallen, seine Unwissenheit, seine Blindheit schamlos auszunutzen? Ich hab's nie lustig gefunden, nein, jetzt find ich es nur noch zum Kotzen. Antwortet mir: Warum tut ihr das?«

Die Zwillinge, die sich eben noch bei einer Folge von *Desperate Housewives* amüsiert hatten, waren sprachlos, was etwa so häufig vorkommt wie Bäume, an denen gleichzeitig Frühlingsknospen und Herbstlaub hängen.

»Ich warte«, laut trommelte ich gegen den Küchenschrank.

»Nun, äh –«, begann Güne.

»– das haben wir uns noch gar nie so richtig überlegt«, ergänzte Gürkchen.

»*Was* habt ihr?!«

»Na ja, uns hat Hugo gefallen, und wir hatten zu viel getrunken, da kamen wir auf die Idee, ihn zu teilen. Aber sag schon – was ist los mit dir? Du bist ja völlig von der Rolle!«

»Warum habt ihr Hugo nicht gefragt, ob er damit einverstanden ist? Ihr hättet fragen müssen, es ist eine Frage des Respekts.«

»Du willst uns einen Vortrag über Respekt halten?!« Güne lachte auf. »Mach dich nicht lächerlich! Wir haben zu viele verletzte Frauen erlebt, die verzweifelt an deine Wohnungstüre gehämmert haben. Kaltschnäuzig schickst du jede Frau in die Wüste, die es wagt, sich auf dich einzulassen. Ist das deine Definition von Respekt? Im Vergleich dazu ist unsere Hugo-Sache geradezu harmlos. – Und jetzt erzähl mal, was dich so rasend macht.«

14

Bertha Paatsch erfand eine Brotschneidemaschine, die das geschnittene Brot auch buttern konnte. Das geschah durch eine Vorrichtung mit allerlei Zahnrädern, Achsen, Zahnstangen, Kurbeln und Rutschen.

Nun hatte ich den Salat – Zara ignorierte mich! Sie sprach nur noch mit mir, wenn es um Theaterangelegenheiten ging, ansonsten tat sie so, als sei ich nicht vorhanden! Sie wäre noch zu ihrem schlimmsten Feind tausendmal netter gewesen als zu mir. Ich hielt still und ertrug es – etwa so wie es eine Glasscheibe erträgt, wenn man einen Stein in sie hinein wirft. Scherben überall. Ich wusste ja, dass ich einen riesigen Fehler begangen hatte; was ich getan hatte, war nicht zu entschuldigen.

Die Nacht ungeschehen zu machen, indem ich meine Erinnerungen begrub, erwies sich als undurchführbar. Vielleicht hätte es funktioniert, wenn ich tatsächlich nicht mehr daran gedacht hätte. Ich tat aber das Gegenteil, verflixt, ja, das tat ich: Ich träumte von dieser Nacht, nicht nur nachts, auch tagsüber. Ich sehnte mich nach Zara, dass es schon fast weh tat. Was heißt fast? Es tat weh, in jeder Ecke meines Körpers, so als hätte mich *Conan the Barbar* in die Mangel oder so genommen. Nur war das mit Zara schlimmer als mit Conan, weil sie mein Herz fest in Griff hatte.

Doch schlimmer als Zaras Ablehnung war das Wissen, dass ich kein zweites Mal mit ihr zusammen sein konnte – dass es keine Tandemfahrten mehr geben würde, keine Federballspiele und keine Skifahrten mehr. Ich hatte meine erste Freundin und erste Geliebte auf einen Schlag verloren durch einen leichtsinnigen und unverzeihlichen Vertrauensbruch.

Zwischen Vater und mir herrschte seit dem Streit im Schrebergarten Funkstille, und das war der i-Punkt auf meiner Misere. Ich meldete mich nicht bei ihm, sollte er nur in seinem eigenen Saft schmoren und nachdenken! Als er ein paar Wochen später offenbar fertig damit war, tauchte er in meinem Laden auf. Er versuchte sich durch einen schmalen Türspalt zu schieben, aber bei seinen vielen Muskeln stand die Tür bald sperrangelweit offen. Unbeholfen schloss er das Loch hinter sich und näherte sich unschlüssig dem Tisch, an dem ich eben in den Innereien einer Brotmaschine wühlte. Seine Fingernägel waren wie immer dreckig, aber er hatte sich einen frischen Overall überzogen, den besten, den er besaß. Ich wartete ab. Als er sich über den Schädel strich, merkte ich, dass der Stumpen in seinem Mund fehlte.

»Kannst du sie flicken?«, er deutete auf die Brotmaschine.

»Na ja, der Gleichrichter ist defekt und die Kohlen aufgebraucht, beides muss ersetzt werden.«

Vater nickte stumm. Er hatte keine Ahnung, wovon ich sprach.

»Was führt dich zu mir?«

»Hab dich schon lang nicht mehr gesehen.«

»Und?«

»Wollte dich wieder mal sehen.« Er betrachtete die Geräte auf den Gestellen, als würden die ihn interessieren, nahm dann gedankenverloren eines in die Hände und spielte damit herum.

»Das ist eine Absaugpumpe für stillende Mütter.«

Er stellte das Gerät schleunigst zurück ins Regal. »Kommst du wieder mal vorbei? Wir könnten mit Kobi und Otto jassen, oder so.«

»Ist das alles, was du zu sagen hast?«

»Na ja, ich würde auch was kochen.«

»Das habe ich nicht gemeint!«

»Ich – ich behaupte nie mehr, dass eine Zucchini rot ist, wenn sie grün ist, versprochen.«

Ich betrachtete meinen Vater, der eine Absaugpumpe für stillende Mütter nicht von einem Toaster unterscheiden konnte und ein unmögliches Zucchiniprojekt stur verfolgte, und mir war klar, dass er nicht begriffen hatte, worum es mir ging.

»Das ist schön«, sagte ich zögernd, »ich komme nächsten Donnerstag jassen, versprochen.«

Er brummte etwas Unverständliches und machte sich erleichtert aus dem Staub.

Ich musste ungewollt lächeln, dann starrte ich die Brotmaschine an und stellte fest, dass mich die Begegnung nicht wirklich hatte aufheitern können. Ich war so niedergeschmettert, dass ich noch am selben Abend Kobi und Otto aufsuchte. Wenn es Probleme gab, wandte ich mich häufig an die beiden. Nicht weil ihre Ratschläge besonders hilfreich gewesen wären – nein, beileibe nicht! –, es war vielmehr ihre urteilsfreie Anteilnahme, die mir gut tat. Was immer ich auch angestellt hatte, die beiden hielten zu mir und drückten bei Bedarf ein bis zwei Augen zu. Ich fing sie nach der Arbeit ab und ging mit ihnen in die Kneipe *Um die Ecke*, wo die vollbusige Frida das Bier auf die Untertellerchen vor die Männer stellte und ungerührt ihre hungrigen Blicke registrierte. Frida war ein Prachtweib, mit tollen Kurven, einer Frisur, die wohl eine Hommage an Marilyn Monroe darstellte, und einer Stimme, rauchig wie die der Knef. Früher brachte sie mir Sirup, dann Apfelsaft, später Cola und heute Weizenbier, und ich wusste, dass sie auch meinen Blick in ihr Dekolletee registrierte.

Die Treffen mit Kobi und Otto liefen im allgemeinen ungefähr so ab: Nach dem ersten ausgiebigen Schluck wischten sich die Männer den Schaum von den Lippen, und meist war es Kobi, der dann fragte: »Na, Mädel, was steht an?« Diese Frage und die Anteil nehmenden Blicke meiner beiden Ersatzväter bedeuteten für mich das Startzeichen, und ich erzählte. Kobi schüttelte bedachtig den Kopf, Otto nickte nicht minder bedächtig, was mich als Kind kolossal verwirrt hatte. Dann legte Otto die Hand auf meine und sagte: »Emily, das kriegen wir schon hin.« Normalerweise fühlte ich mich dann aufgehoben und geborgen, mir war, als könnte mir nichts auf der Welt etwas anhaben.

Diesmal jedoch wollte sich mein verzweifeltes Gefühl nicht legen. Ich straffte den Rücken: »Die Sache ist die – ich bin mit einer Frau ins Bett gegangen.«

Kobis Glasauge, mit dem er eben noch gespielt hatte, kullerte über den Tisch. Otto klopfte seine Kippe auf und sagte andächtig: »A-also, ich kann das gut verstehen.«

Kobi griff nach seinem Auge. »Du hast über den Zaun gegrast?«, brummte er. »Mhh, mhhh. Na ja, solange du weißt, wo du hingehörst.«

»Vielleicht weiß sie genau das nicht mehr, vielleicht hat es ihr auf der anderen Seite gefallen?« Otto beäugte mich interessiert.

»Jetzt hör endlich mit deinem Geklopfe auf, das geht mir so was von auf den Geist!«, fauchte Kobi Otto an.

»Und du lass dein Auge, wo's hingehört, mir geht das auch auf den Geist«, konterte Otto.

»Du hast aber keinen Geist, Stroh hast du. Du musst sagen: Es geht mir aufs Stroh.« Kobi lachte.

»He, Männer, was ist? Kann ich weiter erzählen oder schiebt ihr nun eine Krise, weil ich mit einer Frau zusammen war?«

»Kein Problem, wir sind auch gern mit Frauen zusammen, nicht Kobi?«

»Logisch, Dummkopf, als Männer dürfen wir ja auch mit Frauen zusammen sein. Was heißt wir dürfen? – Wir müssen!«

»Ach so«, ich runzelte die Stirn, »und Frauen nicht?«

»Nun ja, weißt du, es ist bestimmt nicht das, was sich dein Vater für dich vorgestellt hat. Der will doch unbedingt Enkelkinder.«

»Erinnere mich nicht daran! Zurück zu dem, was ich mit euch besprechen wollte. Dass das mit einer Frau geschehen ist, ist eigentlich zweitrangig. Es geht um folgendes: Ich habe Mist gebaut.« Ich holte tief Luft und erzählte meine Geschichte in groben Zügen. Bei der Sarita-Sache seufzten die Männer und tranken ihr Bier aus. Als ich fertig erzählt hatte, schossen mir Tränen in die Augen. »Und jetzt sagt mir bitte, was ich tun soll«, bat ich.

Die Männer bestellten eine weitere Runde Bier. Als Frida kam, verfolgten sie meinen Blick in ihr Dekolletee. Kobi ließ das Auge wieder in sein Taschentuch gleiten, das Lid hielt er geschlossen. »Was willst du von uns wissen? Dass du Mist gebaut hast, weißt du ja schon.«

»Ich möchte, dass Zara wieder mit mir spricht, dass sie mir verzeiht. Ich möchte wissen, wie ich es wieder in Ordnung bringen kann. Ich vermisse sie.«

Klopf-klopf. »Ich würde es mit Blumen versuchen.«

»Dummkopf, Blinde haben doch nichts von Blumen«, warf Kobi ein.

»Dann halt Pralinen.«

Kobi schlug auf Ottos Hand, die Zigarette zerbrach. »Was verstehst du schon von Frauen? Nichts! Von Huren verstehst du was, aber nicht von Frauen.«

»Huren sind auch Frauen«, wandte Otto ein.

»Ja, und alle Frauen sind Huren«, Kobi lachte. Dann kam ihm in den Sinn, dass ich mit am Tisch saß, und er fügte schnell hinzu: »Dich habe ich natürlich nicht gemeint!«

»Was soll das nun wieder heißen? Dass ich keine Frau bin, oder was? Manchmal bist du wirklich das Allerletzte!«

Lange Schlücke aus dem Bierglas.

Otto fasste sich als erster. »Emily, meine Liebe, ich befürchte, du kannst nichts tun«, sagte er zögernd. »Dreh es doch mal um: Wenn man das mit dir gemacht hätte, könntest du das verzeihen?«

»Für diesmal hat Otto recht, du kannst nichts tun«, doppelte Kobi nach. »Du musst es ausbaden.«

»Das sagst gerade du! Du bist fremd gegangen, bis dich deine Frau verlassen hat, und seither weinst du ihr tausend Tränen nach, das nennst du ausbaden?«

»Ich stehe dazu, was ich getan habe, auch wenn ich meine Taten ein Leben lang bedauern werde.«

»Was dich nicht davon abhält, weiterhin Frauen anzubaggern«, konstatierte ich trocken.

»Man muss erkennen, wenn man etwas verbockt hat. Das habe ich bei meiner Vreni kapiert, und deshalb lasse ich sie in Ruhe. Wenn du einen Nagel krumm geschlagen hast, bringst du den nie mehr ganz gerade.«

»Ich würde es doch mit ein paar Blumen oder Pralinen oder etwas ganz Verrücktem versuchen«, sagte Otto.

»Sie hat genug Verrücktes mit mir erlebt, das würde sie nicht umstimmen, glaub mir.«

»Ach Mädelchen, was hast du dir nur gedacht?«, Kobi schüttelte den Kopf.

»Sie hat behauptet, dass sie die Stimme eines ihr bekannten Menschen immer erkennen würde«, brach es aus mir heraus, »und ich habe behauptet, dass sie das nicht könne, dann haben wir eine Wette abgeschlossen. Kurz darauf erwachte ich morgens mit heiserer Stimme, just an dem Tag, da Zara Platten auflegen sollte. Also bin ich hingegangen und habe sie getestet. Ich habe absichtlich ein Parfum gebraucht. Sie hat mich nicht erkannt. Dann war sie so unglaublich charmant und hat mich hartnäckig zu verführen versucht. Ich hatte etwas getrunken, und ich mag sie sehr, ja wirklich, das tue ich. Ich hab ja versucht zu gehen, aber ich hab's nicht geschafft. Und dann hab ich gedacht: Na wenn sie unbedingt will!« Ich starrte auf die zerbrochene Zigarette auf dem Tisch. Otto legte seinen Arm um meine Schultern und drückte mich behutsam an sich. Meine Gelenke knackten.

»Hast du ihr das gesagt?«, fragte Kobi.

»Wie hätte ich sollen, sie spricht ja nicht mehr mit mir!«

Ich weinte ein bisschen, und die zwei Väter verdrückten verschämt eine Träne. So waren sie, meine starken Männer: Wenn ich weinte, weinten sie mit – bei jedem aufgeschürften Knie und jedem Herzschmerz.

Wir becherten bis tief in die Nacht, und je mehr Alkohol floss, desto klarer sahen wir die Dinge:

»Emilia, du musst gerade stehen.«

»Vergiss nicht: Krumme Nägel sind krumm.«

»Ich sage dir, und ich weiß wovon ich spreche, jawohl, ich weiß das genau, äh, wo war ich? Ja genau: Du musst ehmm ...« Otto nestelte erfolglos an seinem Zigarettenpäckchen.

»Nun können wir mit dir wie unter Männern reden, das is toll, subertoll.« Kobi klopfte mir auf die Schultern.

»Eigentlich, liebes Emily, is es sonnenklar: aus dem Kopf mit dem blinden Huhn. – Schau mich nicht so böse an, ja okay, ich nehm's zurück, nicht blindes Huhn, sondern blinde Lady.«

»Mach es so: Verlieb dich in ein anderes Fräulein oder in 'nen Mann, die sinn auch gut, ja die haben auch wassu bieten.«

Und ich, den Kopf auf die Tischplatte gelegt, nickte von Zeit zu Zeit. Nur wenn das schöne Dekolletee wieder eine Ladung Bier brachte, setzte ich mich auf und starrte. »Ssie hat das schönste Degolledee im ganzen Quartier, findet ihr nich?«

Die Männer nickten sehnsüchtig.

15

Die Wilden fressen einander
und die Zahmen betrügen einander,
und das nennt man den Lauf der Welt.
Arthur Schopenhauer

Jetzt erst, im Nachhinein, realisierte ich, wie sicher ich mich zusammen mit Emilia gefühlt hatte! Wenn ich gefragt worden wäre, welchen drei Menschen ich am meisten vertraute, hätte ich aufgezählt: Nana, Renée und – Emilia. Ja, tatsächlich! Emilia hatte von Anfang an eine unglaubliche Leichtigkeit und Selbstverständlichkeit im Umgang mit meiner Blindheit an den Tag gelegt. Dank ihrer Unerschrockenheit begann ich daran zu glauben, dass in meinem Leben weit mehr möglich wäre, als ich bisher angenommen hatte. Sie machte mir bewusst, welcher Angsthase ich bin und – was weitaus wichtiger ist! – dass es keinen Grund gibt, einer zu sein. Jedenfalls nicht, wenn ich mit ihr zusammen bin.

Wenn mich jemand gefragt hätte, wer der ehrlichste Mensch war, den ich kannte, so hätte ich ohne zu zögern gesagt: Emilia. Sie hatte nie ein Blatt vor den Mund genommen, ihre Aufrichtigkeit hat mich oft genervt, zugleich aber fand ich sie wohltuend. Ohne mir dessen bewusst zu sein, war ich davon überzeugt, dass mich Emilia nie und nimmer anlügen würde.

Weit gefehlt.

In meiner Wut und Verzweiflung flüchtete ich mich zu Schopenhauer, und einmal mehr fand er die für mich richtigen Worte: **Der Mensch ist das einzige Tier, welches andern Schmerz verursacht, ohne weitern Zweck als eben diesen.**

Oh, wie ich diese Tiere hasste! Wie ich es hasste, verletzt und betrogen zu werden! Wie ich es hasste, in meinem Vertrauen derart verletzt zu werden! Wie ich es hasste, wegen meiner Blindheit so unmittelbar auf andere Menschen angewiesen zu sein! Was blieb mir denn von der Welt, wenn ich nicht vertrauen konnte? – Ein undurchdringlicher, lebensfeindlicher Dschungel!

Ich versuchte zu verstehen, warum mich Emilia getäuscht hatte, aber egal wie ich es drehte und wendete, ich kam immer zum selben Schluss wie Schopenhauer, dass nämlich **das menschliche Gemüt Tiefen, Dunkelheiten und Verwickelungen hat, welche aufzuhellen und zu entfalten schier unmöglich ist.** Kurz: Ich hatte keine Ahnung, warum sie es getan hatte.

Nach den Proben ging ich nun allein nach Hause, ohne Emilia. Ich verabschiedete mich nachdrücklich von jedem persönlich, tätschelte Sumba ausgiebig, nur die Hauptperson ließ ich links liegen. Ich bedachte sie mit einer riesigen Portion Kälte. Ich bestrafte sie für ihr Vergehen, aber dieses Bestrafen machte keinen Spaß. Wie anstrengend war es doch, über Stunden die Frau neben sich wie eine Schublade zu behandeln, die für alle Ewigkeit verschlossen sein würde, weil man den Inhalt nie mehr in die Hand nehmen wollte; zumal diese Schublade atmete, schnalzte, wenn es ihr langweilig war und mit einer derart schönen Stimme sprach! Die Tatsache, dass mich diese Schublade in jener verflixten Nacht schwindlig und hungrig vor Lust gemacht, meinen Energiehaushalt zum Explodieren gebracht hatte, machte aber auch gar nichts nur annähernd einfacher, nein.

Nana hatte natürlich gemerkt, dass etwas zwischen Emilia und mir los war, und sie hatte mich beiseite genommen – nun, gerissen käme der Sache wohl näher. »Warum sprichst du kaum mehr mit Emilia?«, wollte sie wissen. »Was hast du wieder angestellt? Du hast etwas angestellt, gib's zu! Bei Frauen stellst du immer was an! Stell doch mit Männern was an, meine Güte, Zara! Ich sag dir nur eins: Wehe, du stürzst Emilia ins Unglück! Ich enterbe dich!«

Dass es genau umgekehrt war – dass Emilia niederträchtig zu mir gewesen war, auf diese Idee kam meine eigene Oma gar nicht! Ich hätte am liebsten ihre Dreiwetterfrisur ordentlich durcheinandergebracht und Allegra auf ihrem Sofa ausgiebig gebürstet. Soll sie mich doch enterben, ist mir egal, ich mag sowieso keine alten Möbel, dachte ich, aber ich nahm mich zusammen. »Oma, es ist nichts, ich muss mich bloß konzentrieren. Das Stück nimmt langsam Konturen an und wird komplexer, da habe ich keine Zeit für Plauderstündchen«, wiegelte ich ab.

Damit gab sich Nana zufrieden – das Stück wurde komplexer, das fand sie aufregend, sehr sogar!

Das Theaterstück war weit davon entfernt komplex zu werden, nur um die zwei Regiestühle herum wurde es in zügigem Tempo immer komplizierter. Die Arbeit machte keinen Spaß mehr. Erst jetzt realisierte ich, wie gern ich in die Proben gekommen war und wie sehr mir die Leutchen ans Herz gewachsen waren, wie sehr ich es geliebt hatte, mit Emilia-Sarita Lügenzahn über das Bühnengeschehen zu diskutieren, mich mit ihr über allerlei lustig zu machen und die Darsteller über die Bühne zu hetzen. Ich hatte es geliebt, mit Emilia nach Hause zu gehen, bis zu der Stelle, wo sich unsere Wege trennten und wo wir die Weiterentwicklung des Ferrari-Mafia-Drogenrings besprachen. Emilia war immer voller Ideen gewesen, wegen des Theaters oder was wir zusammen unternehmen könnten. Und nun war das vorbei – keine verrückten Unternehmungen mehr, die mir am Anfang Angst gemacht hatten und die ich dann umso mehr liebte.

Warum waren Sarita und Emilia nicht zwei verschiedene Personen? Warum konnte Sarita nicht meine Gefährtin der Nacht sein und Emilia eine Freundin des Tages?

Etwa einen Monat, nachdem der Betrug aufgeflogen war, verließ ich das Tertianum nach einer schwierigen Probe. Nana wusste wie immer alles besser, Romeo schäkerte mit Pink-Rosy, Pink-Rosy trug ein Kleid, das auch die restliche männliche Belegschaft lahm legte, und Claire Savan wollte ums Verrecken erst die Bühne putzen, bevor sie sich zu ihrem Auftritt bereit erklärte. Es war ein warmer Aprilabend, ich kickte vor dem Tertianum im Vorbeigehen an einen Blumentopf, aus Wut über die anstrengenden Proben und das ebenso anstrengende Ignorieren von Schubladen. Allegra zuckte zusammen. Die Hündin blieb unruhig, zwar führte sie mich wie immer sicher, aber irgend etwas irritierte sie. Als wir in eine Quartierstraße bogen, begriff ich, was es war: Zwei Männer gingen seit längerem hinter uns und waren nun ebenfalls in die Quartierstraße eingebogen. Ich verlangsamte den Schritt, die Männer ebenfalls! Ich blieb stehen, die Männer auch, wobei sie weiterhin so taten, als würden sie ein argloses Gespräch führen. Ich wechselte die Straßenseite, die beiden auch! Schließlich war ich so angsterfüllt und deswegen verärgert, dass ich abrupt stehen blieb, das Führergeschirr losließ und herumwirbelte. »Was?«, schnappte ich, »was wollt ihr?!«

Die Männer verstummten, sie hatten wohl nicht damit gerechnet, dass ich sie zur Rede stellen würde.

Ich stampfte mit dem Schuh auf den Asphalt. »Ich höre! Ich warte!«

»Eh«, sagte der eine endlich, »Sie haben tatsächlich bemerkt, dass wir Ihnen gefolgt sind?«

»Nun, Sie waren zwar sooo diskret, aber ich habe eben einen siebten Sinn«, sagte ich sarkastisch.

»Ehrlich gesagt ist es das erste Mal, dass wir jemanden verfolgen«, erwiderte der zweite sichtlich geschmeichelt. »Aber keine Angst, mein Fräulein, wir tun Ihnen nichts, wir würden einer Blinden nie was antun.«

Der zweite Mann fiel dem ersten ins Wort. »Du Depp, wir tun grundsätzlich niemandem nichts.«

»Wenn ich dann erfahren dürfte, wer Sie sind und wie ich zu dieser einmaligen Ehre komme!« Ich stemmte die Hände in die Hüften.

»Also, ich bin Otto.«

»Und ich bin Kobi, wir sind Emilias Stiefväter und wir machen uns Sorgen um unser Mädchen. Drum möchten mit Ihnen darüber sprechen.«

Überrascht fuhr ich mir durchs Haar. »Zu Emilia gibt es nichts zu sagen. Es ist geradezu blamabel, dass sie euch zu mir geschickt hat!«

»Nichts hat sie, wir sind von uns aus gekommen. Emilia weiß nichts davon, und das soll auch so bleiben!«

»Trotzdem, schönen Abend, meine Herren.« Ich tippte mit Zeige- und Mittelfinger an meine Schläfe und packte die Führerstange. Nach ein paar Schritten hörte ich Otto sagen: »Sie haben behauptet, dass Sie eine Stimme überall wiedererkennen.«

Ich blieb stehen. »Ja, natürlich! Aber was hat das mit Emilia zu tun?«

»Emilia hat mit Ihnen gewettet, dass Sie es nicht immer können. Erinnern Sie sich? Und als Emilia heiser war, da wollte sie Sie testen.« Abwechselnd erzählten Otto und Kobi die Begebenheiten des Abends, so wie es Emilia ihnen offenbar geschildert hatte. Ich hatte die Führerstange auf Allegras Rücken gelegt und tätschelte zerstreut die Hündin. Als die Männer fertig erzählt hatten, sagte ich bloß: »Emilia hat also die Wette gewonnen, na und? Sie hätte trotzdem spätestens nach fünf Minuten mit dem Verwirrspiel aufhören müssen.«

»Ja, das hätte sie sollen. Aber was ist, wenn Emilia wider besseres Wissen weitermacht, weil sie von Gefühlen für Sie überwältigt ist? Sie sollen ja angeblich eine begnadete Verführerin sein.«

»Mhm, ja, das bin ich fürwahr.« Ich warf mich unmerklich in die Brust. »Hat das Emilia gesagt?«

»Nicht wortwörtlich. Aber ich kenne meine Emilia, die lässt sich nicht so schnell verführen.«

»Ja, unsere Emily hatte bestimmt nichts Böses im Sinn, so was ist ihrem Wesen fremd. Können Sie nicht den Nagel gerade sein lassen und wieder mit ihr befreundet sein?«

»Otto, Dummkopf, das heißt fünf gerade sein lassen – nicht Nägel! Wissen Sie, wir kennen Emilia seit ihrer Geburt, sie ist unser Augapfel, vielleicht nicht mein rechter, da hab ich nur ein Glasauge, aber –«

»Sie haben ein Glasauge?«, unterbrach ich ihn.

»So ist es«, erwiderte Kobi stolz.

»Schielt er schlimm?«, fragte ich an Otto gewandt.

»Nein, nur ein kleines bisschen. Aber meistens trägt er das Auge in der Hand, das geht mir gewaltig auf den Keks.«

»So, so.«

»Was hat denn mein Glasauge mit Emilia zu tun, und was ist jetzt – verzeihen Sie ihr?«

»So einfach ist es nicht.«

»Haben Sie denn noch nie etwas getan, von dem Sie wussten, dass es falsch ist, und haben es trotzdem getan? Und waren dann froh, dass man Ihnen den Fehler verziehen hat?«, fragte Kobi.

»Etwas so komplett Falsches wie Emilia habe ich noch nie gemacht«, erwiderte ich. Nun ja, zugegeben, diese Lüge hatte das Potenzial, ins Guinness-Buch der Rekorde zu kommen.

»Wie wär's«, sagte Otto, der jetzt vergnügt klang, »wenn Sie mit uns ein Bier trinken kommen? Ich habe nämlich Durst. Diskutieren macht durstig.«

In der Kneipe bestellten wir eine Runde Bier, und die Männer beschrieben mir das Dekolletee der Kellnerin. Kobi fragte, ob ich nicht die Frida verführen könne, wenn ich schon so gut darin sei. Sie würden aus einer gewissen Entfernung zuschauen, vielleicht könnten sie etwas dazulernen, das heißt, er habe das natürlich nicht nötig, aber Otto schon. Ich wollte weitere Details über Fridas Aussehen erfahren, denn nur anhand des Dekolletees allein könne ich keine Entscheidung treffen, erklärte ich.

Sie beschrieben, dass Frida nicht mehr die Jüngste und sehr blondiert sei und dass Emilia wegen des freizügigen Ausschnitts jedes Mal große Augen mache. Aha, Emilia gefalle der Busen auch? Oh ja, ihr ganz besonders, erklärten die Männer. Ich musste ungewollt grinsen und erklärte, dass ich erst warmlaufen müsse, bevor ich jemanden verführen könne. Wir bestellten eine weitere Runde Bier, und unser Gesprächsthema weitete sich auf Frauen allgemein aus.

Kobi und Otto stritten sich gerade über die Oberweite einer gemeinsamen Bekannten beziehungsweise ihre Größe (der Oberweite, nicht der Frau), als ich fragte: »Welche Farbe haben Emilias Augen eigentlich?«

»Oh«, begann Otto mit schwärmerischer Stimme. »Sie sind grüner als … als das Moos auf dem Waldboden, wenn die Frühlingssonne drauf scheint.«

»Sieh an, den Otto hat die Muse abgeschleckt!« Kobi lachte schallend, bis ich ihm erklärte, dass ich noch nie eine solch schöne Beschreibung einer Augenfarbe gehört hätte.

Wir bestellten eine weitere Runde. Kaum stand das Bier auf dem Tisch, begann Kobi zu fluchen, wie ich noch nie jemanden hatte fluchen hören.

»Was ist denn?«, fragte ich.

Es folgten schlimme Flüche. »Mein Glasauge, es zwickt«, noch schlimmere Flüche, »es zwickt mich dauernd!« Grausam schlimme Flüche.

»Nimmst du auch saubere Lappen, wenn du die Augenhöhle ausreibst?«

»Saubere Lappen? Lappen sind Lappen.«

»Bist du dir ganz sicher?«

»Ich finde, über solche Dinge sollte nur reden, wer etwas davon versteht.«

»So, so«, ich nahm einen tiefen Schluck aus dem Glas.

Wir tranken viel an jenem Abend, so dass ich ein bisschen vergaß, dass Emilia eine Schublade war, die man nicht beachtete, und ich fragte die zwei Kerle über das Möbelstück aus. Das war ein gefundenes Fressen für die zwei leidenschaftlichen Zusatzväter!

»Ja weißt du«, begann Otto, »Emilys Vater nahm das Babyphon jeweils mit zu den Nachbarn zur Jassrunde. Es war Emilia, die es einschalten musste, denn Fritz ist eine technische Niete. Sie tauchte immer mal im Pyjama auf, um ihn zu schelten, dass er wieder am Babyphon herumgefummelt habe. ›Ich kann nicht schlafen, wenn ich die ganze Nacht auf das Babyphon aufpassen muss, damit es dich warnen kann, wenn ich wach werde, was ja nicht geht, weil ich schon wach bin‹, sagte sie. Die Kleine war nicht auf den Kopf gefallen! Sie blieb meist noch eine Weile am Tisch und lernte alle Regeln und Kniffe des Jassens. Ich sage dir, Emily kann jassen, die hätte es glatt bis zur Schweizer Meisterin geschafft, aber so was interessiert sie nicht.«

Sie erzählten mir von ihren genialen Seifenkisten, dem Besenmofa, wie sie ihrem Hund einen Haken anschweißen wollte, dass sie sich rührend um ihren Opa gekümmert hatte, als der vom Baum gefallen war, und dass sie von den anderen Kindern ausgestoßen wurde und deshalb ihre eigene Welt aufbaute.

Nachdem wir die siebte Runde Bier bestellt hatten, kamen wir wieder auf unser Thema zurück. Kobi meinte: »Meine Mutter sagte immer: Vergib deinem Nächsten wie dir selbst, und wenn du das nicht kannst, hau ihm eins über die Rübe. Weil du blind bist und beim Hauen nicht triffst, würde ich es an deiner Stelle mit Vergeben versuchen.«

»Stell dir mal vor, du wärst Emily und sie wäre du, und du würdest als sie dir überlegen, wie es wäre, du zu sein und wie es für dich wäre, sie zu sein, und sie wäre aber sie, nur auf Umwegen, stell dir vor, wie das die ganze Sicht ändern würde, da wäre es doch Unsinn, ihr noch bös zu sein.«

Kobi fand, dass das mit Abstand das Blödste war, was er jemals gehört hatte.

»Zara, Emily leidet fürchterlich, das is schlimm, wir leiden mit, das is auch schlimm, wirklich.«

»Und bedenke, wie das schlimm is für euer Projekt, das is auch schlimm, so gehd das nich, wenn die Redschi-, äh, Retschisörinnen schmollen.«

»Weiß du, ich find dich gans in Ordnung, auch wenn du blind bis, und Emilia is sowieso ne Wuchd, sie is unser Döchderlein, wir haben sie gern, also sei lieb zu ihr, sonsd werden wir sehr böse. Un das is nich lusdig.«

»Nein, nich lusdig.«

»Überhaup nich.«

»Weil wir sehr gefährlich sin, sin wir.«

»Un kräfdig.«

Ich schubste Otto leicht in die Seite.

Er fiel von der Bank und krachte überaus kräftig zu Boden.

16

1909 erfand Kate Jenkins eine Schwimmweste, die zugleich als Treibboje dienen konnte.

Eines Abends kam ein Anruf von Nana. Sie berichtete mir aufgelöst, dass Schweingruber einen Herzinfarkt erlitten habe, es war der zweite schon, vier Bypässe mussten rein. Ich dachte, Himmel hilf, unser lieber Romeo liegt auf der Intensivstation und kämpft mit dem Tod!

Zara und ich trafen am späteren Abend zur Beratung in Nanas Wohnung ein. Nana erzählte uns, dass Schweingruber wieder ansprechbar sei. Als erstes habe er mühsam über die Lippen gebracht, dass er mit dem Theater weitermachen wolle, sobald er wieder hergestellt sei, ja eigentlich fühle er sich ausgezeichnet, er werde bei den nächsten Proben wieder mit von der Partie sein. Bevor ihm der Arzt dies hatte ausreden können, sei Schweingruber schon wieder in sich zusammengebrochen und habe die nächsten Stunden geschwiegen.

Schweingrubers Ausfall bedeutete für das Theaterprojekt einen herben Rückfall. Wie sollten wir ohne ihn weiterproben? Wir brauchten einen Ersatz, nur hatten wir keine Männer mehr zur Verfügung. »Es hilft nichts«, meinte Zara, »eine Frau muss einspringen.«

Wir brüteten lange, bis die Wahl auf Tiny Steiner Stone fiel, eine gebürtige Engländerin. Sie wohnte seit dreißig Jahren in der Schweiz, hatte sich von ihrem Mann scheiden lassen, als sie genug von seinen teuren Geliebten hatte. Seit ein paar Wochen lebte sie im Tertianum und hatte mit Interesse die Theaterproben verfolgt. Mit ihrem kurzen, grauen Haar wirkte sie burschikos und erlitt bei der Vorstellung, einen Mann zu spielen, keinen hysterischen Anfall. Im Gegenteil, nachdem Nana ihr den Vorschlag gemacht machte, sagte sie mit ihrem unüberhörbar englischen Akzent: »Oh, was für eine *Challenge, isn't it*?«

Helen Herzog nahm es erstaunlich gelassen hin, dass sie in den nächsten Wochen mit einem weiblichen Romeo proben musste. Sie war so begierig darauf, die Julia zu spielen, dass sie vermutlich auch einen Müllschlucker als Romeo akzeptiert hätte.

Schweingruber ging in die Walliser Berge zur Kur. Tiny Steiner-Stones Aufgabe war es, auf der ungefähr richtigen Stelle zu stehen und mit dem Textbuch in der Hand im richtigen Moment den richtigen Abschnitt zu lesen. Es war natürlich nicht dasselbe wie mit Schweingruber, der sich mit Herzblut in die Rolle gestürzt hatte, deshalb waren wir erleichtert, als er einen Monat später aus dem Wallis zurückkehrte – braun gebrannt und vor Gesundheit strotzend, so schien es uns jedenfalls. Er konnte die nächste Probe kaum erwarten. Es war mittlerweile Mai geworden, die Kastanien streckten ihre üppigen roten und weißen Blütendolden in die warme Luft, und überall konnte man den Flieder riechen. Einen Tag, nachdem Schweingruber zurückgekehrt war, stieg er voller Enthusiasmus und aufgeregt wie ein junges Küken auf die Bühne. Mit geschwellter Brust trug er eine Passage vor, die er im Wallis auswendig gelernt hatte: **»Mir träumte, Julia kam und fand mich tot und küsst mir soviel Leben auf die Lippen, dass ich vom Tod erstand und war ein Kaiser. O Gott, wie süss ist doch –«** An dieser Stelle brach er ab, griff zum linken Brustkorb, schnappte mehrmals nach Luft und stürzte zu unserem Entsetzen wie ein Steinbrocken zu Boden.

»Was ist?«, fragte Zara beunruhigt in die entstandene Stille hinein.

»Oh Gott!« Ich schnellte vom Stuhl hoch und hechtete auf die Bühne. Ich schrie nach der Ambulanz, rief nach Zara, tastete nach Schweingrubers Puls, am Handgelenk und am Hals, knetete seine Herzgegend, versuchte ihn zu beatmen, befahl Nana, den Brustkorb zu massieren. Die Tertianer riefen durcheinander, Sumba bellte und Allegra irrte zwischen den verschreckten Leutchen umher. Die Ambulanz traf ein, vorher noch kam die Krankenschwester des Tertianums hereingestürmt, um bald stumm den Kopf zu schütteln.

Dies war Schweingrubers dritter und letzter Herzinfarkt gewesen.

Ich geleitete die Tertianer aus dem Probenraum, bevor die Sanitäter den Reißverschluss des Leichensacks zuzogen. Rosy Gerster heulte im Korridor, als hätte sie ihren Liebhaber verloren. Sie hatte aber nur einen von ihr ewig zurückgewiesenen Verehrer verloren, das sei nicht dasselbe, wie ihr Helen Herzog ziemlich deutlich und barsch zu verstehen gab. Verstört und geschockt begaben sich die Tertianer in ihre Wohnungen. Ich hätte gern etwas Tröstendes oder Aufmunterndes gesagt, aber mir kam einfach nichts in den Sinn.

Später saßen Zara, Nana, ich und die zwei Hunde erschlagen in Nanas Wohnzimmer, wobei die Hunde eher zufrieden seufzend als erschlagen auf dem Berberteppich lagen und im Schlaf zuckten. Wir bekräftigten in regelmäßigen Abständen, dass Schweingruber ein hervorragender Romeo gewesen war, dass man fortfahren würde, und wir fragten Nana, ob sie vielleicht ein Taschentuch habe.

Das erste Mal seit Wochen begaben Zara und ich uns gemeinsam auf den Heimweg, mehrheitlich schweigend zwar und immer noch wie vom Blitz getroffen, aber wir gingen nebeneinander. Und während wir gingen, hakte Zara sich bei mir ein und ich war glücklich, obschon ich wegen Schweingruber überhaupt nicht glücklich war – aber dass Zara und ich nebeneinander gehen konnten, das war schon wunderbar. Ich hatte mit Freude registriert, dass sie wieder netter zu mir war, dass ab und zu ein persönliches Wort fiel. Ich atmete auf und schöpfte Hoffnung, vielleicht würden wir eines Tages ja zumindest wieder Freundinnen sein. An der kleinen Kreuzung, wo sich unsere Weg trennten, blieben wir eine Weile stehen. »Sie sind nicht da«, sagte ich und meinte damit das Paar im Ferrari. Ich wollte Zara eine kleine Fliederblüte aus dem Haar zupfen, in dem Moment drehte sie sich um. Meine Hand berührte ihre Wange. Ich dachte, dass sie den Kopf sofort abwenden würde, und sie dachte wohl, dass ich meine Hand zurückziehen würde. Einen kurzen Augenblick taten wir weder das eine noch das andere; wir verharrten erstarrt, einen tiefen Atemzug lang. Ich versuchte Zaras Gefühle an ihrem Mund abzulesen, aber ich wurde nicht schlau aus ihm. Da nahm ich meine Hand fort und sie wandte den Kopf.

Wir konnten die Sache mit Romeo drehen und wenden, wie wir wollten, wir kamen immer zum selben Schluss: Tiny Steiner-Stone musste sich nun in die Rolle des Romeo knien, wozu sie sich auch bereit erklärte. In gewisser Hinsicht mussten wir wieder von vorne anfangen, jede Szene, in der Romeo vorkam, nochmals einüben.

Der Mai war schon beinahe vorüber, als er eine zweite unheilvolle Überraschung bereit hielt: Nana, die sich insgeheim als die Regisseurin verstand, zeigte Mercutio, wie er die eine Szene zu spielen hatte, und stürzte dabei von der Bühne in den Zuschauerraum, flankiert von unseren entsetzten Schreien. Auf dem Boden liegend versuchte sie Contenance zu bewahren, was sie glücklicherweise nicht lange tun musste, denn sie fiel vor lauter Schmerzen in Ohnmacht. Wieder musste die Ambulanz gerufen werden, die hauseigene Krankenschwester runzelte die Stirn, und Zara stand hilflos daneben. Ich befürchtete Schlimmes, und diese Befürchtung wurde im Spital bestätigt: Oberschenkelhalsbruch! Zara und ich saßen betäubt in den orangefarbenen Plastikstühlen des Warteraums und wippten mit dem Stuhlrücken vor und zurück. Es gibt Plastikstühle, die verführen einen zum Wippen, auch wenn einem gar nicht danach ist. Oberschenkelhalsbruch! Nana würde bis zur Premiere nie und nimmer wiederhergestellt sein! Gab es eine Aufführung ohne Nana? Nein! Zara und ich begaben uns auf den

Nachhauseweg, vom Spital aus lag Zaras Wohnung recht nah. Dort angekommen, lud mich Zara zu einem Glas Wein in den Garten ein. Fünf Frauen saßen um ein Feuer herum. Zara stellte sie mir als Renée, Lottchen, Güne, Gürkchen und Luzia vor.

»Wie guckt ihr denn aus der Wäsche?«, fragte Gürkchen. Luzia starrte ins Feuer und schien über irgendwas nachzuhirnen. Güne – oder war es Gürkchen? – holte zwei Gläser aus ihrer Wohnung. Der Anblick dieser Frauenrunde verursachte mir Herzklopfen, und die Tatsache, dass sie mich anschauten, als wüssten sie alles über Zara, Sarita und mich, machte es nicht gerade einfacher.

»Mädels, ist eine dicke Laus über eure Leber getrampelt, oder was?«, fragte Gürkchen, als sie mit den Gläsern zurückkehrte, oder war es doch Güne? Die zwei glichen sich wirklich wie ein Ei dem andern, sie waren blond mit schmalen Gesichtern, frechen Augen und hektischen Bewegungen. Gürkchen oder Güne drückte uns ein Glas Wein in die Hand und sagte: »Trinkt erst mal.«

Außer Luzia schauten die Frauen gespannt zu uns. Während wir erzählten, guckten sie dann wieder ins Glas, auf den Boden oder in den Sternenhimmel, nur Renée blickte uns immer noch an – genau genommen starrte sie mich an, was ich irritierend fand. Bald bemerkte Lottchen Renées Blicke, denn sie schaute plötzlich von Renée zu mir und zurück und das ganz böse, als hätte ich etwas verbrochen! Dabei saß ich bloß da und linste gelegentlich zu Zara, die die Stirn runzelte, aber ansonsten zum Anbeißen aussah.

Nachdem wir vom Unfall und dem möglichen Ende des Theaterprojekts berichtet hatten, sagte Gürkchen – oder war es verflixt nochmal Güne? –: »Zara, dir droht ein halbes Jahr Zölibat, ist dir das bewusst?« Ihre Schwester verpasste ihr einen gezielten Seitenhieb, ich kapierte das nicht, dann starrten alle wie Luzia ins Feuer.

Verwundert sah Luzia auf. »Ich bin offensichtlich nicht die einzige, die Computerprobleme hat?«, fragte sie abwesend. Aber niemand antwortete.

»Nana muss ihren Traum aufgeben oder das Ganze um ein paar Monate verschieben«, sagte Renée. Die anderen nickten, das Feuer knackte, und Güne-Gürkchen schenkte Wein nach. Ich hielt meine Hände übers Feuer, obwohl es ein warmer Abend war. »Vielleicht könnte man etwas konstruieren«, begann ich zögernd.

Zara rang die Hände. »Man kann doch nicht jedes Problem mit einem Schraubenzieher lösen!«

Ich hörte nicht hin. »Ich hab da so eine Idee ...« Gedankenverloren zerzauste ich Sumbas Fell, dann stand ich abrupt auf: »Ich gehe jetzt, muss etwas Wichtiges erledigen.« Ich nickte den Frauen zu und legte Zara kurz meine Hand auf die Schulter, die sie packte, als wollte sie mich zurückhalten, dann ließ sie mich doch los. Ich hörte noch, wie sie mir nachrief: »Unverbesserliche Technokratin – du kannst es nie lassen! Es ist für den Moment aus, kapier das doch!«

Ich hastete in die Kneipe *Um die Ecke*, zerrte meinen verblüfften Vater vom Jasstisch und setzte ihn neben Kobi und Otto. »Denkt nach, Männer, denkt nach!«, rief ich aufgeregt, was eine dumme Aufforderung war – Kobis Glasauge glotzte unkoordiniert gegen die Decke, so müde war er, Ottos Glatze schimmerte verräterisch nach alkoholischem Schweiß und in Vaters Augen purzelten Piks und Karos durcheinander. Ich ließ mich davon nicht beirren, sondern umriss ihnen in wenigen Sätzen die Ausgangssituation und kritzelte dazu Zeichnungen auf Bierdeckel. Um Mitternacht hatte ich einen Stapel Bierdeckel vollgezeichnet, worauf mir Frida eine Standpauke hielt von wegen Verschwendung, man denke nur an die armen Kinder in Afrika. Das verstand ich nun gar nicht, die aßen doch keine Bierdeckel, oder? Die Männer konzentrierten sich darauf, nicht auf der Stelle einzuschlafen. »Also, ihr wisst, was ich meine, denkt euch was aus, danke, tschüss«, sagte ich und rauschte mit Sumba davon.

Am nächsten Morgen rief ich Nana im Spital an und erkärte ihr meinen Plan. Sie war begeistert. Wir beschlossen, die Theaterproben weiterzuführen. Adelheid von Tscharner erklärte sich bereit, den Part der Julia zu lesen, bis Nana so weit war. Adelheid hatte sich bisher darauf beschränkt, Kuchen für die Kaffeepausen zu backen und das ganze Tertianum mit Klatsch zu versorgen. Innerhalb kürzester Zeit wusste das Tertianum von der Ersatzjulia.

Als Zara davon erfuhr, schüttelte sie den Kopf und behauptete, dass das wieder eine typische Schnapsidee von mir sei, aber sie sagte es nicht mit besonders viel Überzeugung.

Ich befand mich im Rausch! In jedem freien Moment tüftelte ich an meiner Erfindung, die Männer steckten den Kopf ins Atelier und standen mir mit Rat und Tat zur Seite. Mitte Juni dann war es soweit: Vater fuhr mit dem Firmenwagen vors Tertianum. Zu viert luden wir den Rollstuhl aus. Nana konnte kaum erwarten, sich hineinzusetzen. Im Probenraum hatten wir eine Rampe auf die Bühne gebaut. Zuerst aber übte ich mit Nana vor dem Tertianum das Rollstuhlfahren – angefeuert von den Tertianern, die bei Kaffee und Kuchen in der Sonne saßen. Nana fuhr in einen Busch, auf den Rasen und mitten in die Leute, was etliche Kaffeeflecken verursachte. Sie musste eine Woche lang üben, bis sie keine Tertianer, keine Wände und Lifttüren mehr rammte. Bei jeder sich bietenden Gelegenheit betätigte sie den einen, ganz besonderen Hebel, mit dem sie in eine stehende Schräglage gehoben wurde, wobei das gebrochene Bein so geschickt fixiert war, dass es nicht belastet wurde. Die Physiotherapeutin, Frau Schneider, war trotzdem alles andere als begeistert von dem Rollstuhl und verbot Nana den Gebrauch außerhalb der Proben.

»Es ist wie früher«, wetterte Nana nach einem Termin mit Frau Schneider, »was Spaß macht, wird einem verboten, es ist zum Spargelspitzenabschneiden und Kartoffelaugenausstechen. Wollen wir doch mal schauen, wer sich an welche Regeln hält!« Und tatsächlich, als ich einmal eine halbe Stunde nach den Proben in den Übungsraum zurückkehrte, weil ich die Einkaufstasche vergessen hatte, sah ich zu meinem Erstaunen Nana, die mit ihrem Rollstuhl auf der Bühne

Runden drehte und dazu eine Stelle aus Shakespeare rezitierte: »**Hast du mich lieb? Ich weiß, nun sagst du ja, und ich glaub' deinem Wort. Doch, wenn du schwürst und treulos wärest! Jupiter, heißt's, lacht nur der falschen Liebesschwüre.**« An dieser Stelle ließ sie sich in die Senkrechte heben. »**Liebster Hannes, wenn du mich liebst, so sag es ohne Falsch, und glaubst du, ich bin allzu rasch gewonnen, will ich stirnrunzelnd Nein sagen, mich zieren, damit du mich umwirbst, nicht um die Welt sonst!**«

Hannes? Wer war denn Hannes? Ihr Mann hieß Heinrich, ihn konnte sie nicht gemeint haben.

Vorsichtig schloss ich die Tür.

17

Jeder Tag ist ein kleines Leben.
Arthur Schopenhauer

In meiner Kindheit sagte Nana oft zu mir: »Jeder Tag zählt.« Sie meinte damit die Tage, an denen ich noch sehen konnte. Damit ich so viele Seheindrücke als möglich sammeln konnte, bevor ich erblinden würde, schleppte sie mich in jedes Museum und ging unzählige Male mit mir ins Planetarium, wo ich verschwommenen Sternen beim Entstehen und Wiedervergehen zusah. Sie drückte mir dicke Kunstbücher in die Hand, blätterte mit mir durch Zeitschriften über Mode, Länder, Autos, Sport, Kochen, Segelboote, Hunde, Wohnen – einfach über alles! –, tischte Fotobücher auf von Pflanzen, Tieren, archäologischen Funden, dem Weltall, der Anatomie, Kochen, Ländern auf. Besonders begeistert war sie von visuellen Lexika, dank derer ich bis heute die nebensächlichsten Details dieser Welt beim richtigen Namen nennen kann. Sie nahm mich und meinen Bruder oft in die Berge mit. Standen wir auf einem Aussichtspunkt, schoss sie mit ihrer Polaroidkamera Fotos von der Aussicht und gab sie mir, damit auch ich mit dem Einglas sehen konnte, was es zu sehen gab. Nana war leider eine lausige Fotografin, ein Großteil der Bilder war verwackelt. Dann kriegte ich meine eigene Polaroidkamera und brachte damit kleine Ausschnitte der verschwommenen Ferne in eine scharfe Nähe. Ich habe mit meiner Fotografiererei meine Eltern finanziell schier in den Ruin getrieben.

»Du musst innerhalb weniger Jahre Bilder für ein ganzes Leben abspeichern«, sagte Nana, wenn ich jammerte, dass ich wegen ihres Trainings vorzeitig erblinden würde. Nana ließ sich nicht beirren, und im nachhinein bin ich ihr dankbar dafür.

Sie sagte: »Du musst dir so viele Gesichter als möglich einprägen. Wenn du blind bist, kann ich dir dann Menschen beschreiben, indem ich sie mit den dir bekannten vergleiche.«

Sie wusste nicht, dass die Erinnerungen an Bilder der fortwährenden Blindheit nicht einfach so standhalten, aber grundsätzlich hatte sie mit ihrer Theorie Recht.

Ich hatte Nana einmal gefragt, mit wem Emilia vergleichbar war – vom Aussehen her. Sie sagte ohne lange zu überlegen: »Emilia ist unvergleichlich, schon nur diese fröhlich bunten Kleider.«

»So viel zum Nutzen deines Sehtrainings!«

Als ich Renée dasselbe fragte, sagte sie, ebenfalls ohne lange zu überlegen: »Schön, sehr apart, die Kleidung eigenwillig.«

Lottchen, die sehr wohl bemerkt hatte, dass Renée von Emilia angetan war, antwortete auf meine Frage auch, ohne zu überlegen: »Na ja, grässlich gekleidet, langes Haar und so. Ich glaube, ihre Ohren liegen nicht auf der gleichen Höhe, irgendwas an ihr ist asymmetrisch.«

»Wegen der Ohren?«

»Na, der Teufel liegt im Detail.«

Letztendlich muss ich mir von allem doch mein eigenes Bild machen – von Emilias Aussehen, von unserer Situation, davon, ob ich ihr verzeihen sollte oder nicht. Schopenhauer war der Ansicht, dass wir kostbare Erfahrungen ungenutzt lassen, wenn wir vergeben und vergessen. Falls das stimmt, hätte ich öfters an Felicia denken müssen, aber das wollte ich nicht. Und ich dürfte Emilia ihren Betrug nie vergeben. Ich fragte mich, ob es nicht einen Weg gäbe, bei dem man vergeben könnte, ohne die Erfahrungen zu vergessen.

Die Frage, ob ich Emilia verzeihen sollte oder nicht, fand eines Tages eine unerwartete Antwort. Während einer Probe machte Frau Mösli wieder mal das Ensemble wahnsinnig, indem sie lautstark ihre Kommentare abgab: »Küss endlich die Frau«, rief sie, oder: »Ja, stich ihn ab!« Dabei raste sie krähend über die Bühne. Romeo, Benvolio, Mercutio und Tybalt spielten die Szene, in der Tybalt Mercutio umbringt. Frau Mösli schrie: »Macht Schluss mit dem Stück, ich will den Schwanensee!« Dann erhob sich Tumult auf der Bühne, was ich nicht verstand. Ich hörte Schreie, im selben Moment hechtete Emilia auf mich und riss mich zu Boden.

Quer über mir liegend, fragte sie atemlos: »Alles in Ordnung?«

»Ja, abgesehen davon, dass ich zerquetscht bin, ist alles okay. Was bitte sollte denn das?«

Anstelle von Emilia antwortete Nana: »Sie hat dich vor einem Dolchstoß gerettet, das sollte es.«

Emilia stand auf, packte meine Hand und zog mich hoch. Ich zupfte an meinen Kleidern. »Okay, machen wir weiter.«

»Moment«, sagte Nana, »mir fehlt ein klitzekleines Wörtchen an die Adresse von Fräulein Schneefeld.«

Schweigen. »Ich verstehe nicht.«

»Es beginnt mit *d* und hört mit *anke* auf!«

Ich schwieg. Ich konnte es nicht ausstehen, wenn mich Nana zu etwas zwingen wollte. Ich ließ mich doch nicht von meiner Großmutter herumdirigieren!

Nana zwickte mich wie eine räudige Beißzange in den Oberarm. Beim ersten Zwicken blieb ich stumm, beim zweiten – sie zwickte an derselben Stelle – sagte ich »Autsch!«, beim dritten – sie zwickte nochmals exakt an derselben Stelle – schrie ich: »Okay, ja! Danke!«

»Und wem sagst du danke?«, insistierte Nana.

»Danke, E-mi-li-a«, quetschte ich hervor.

»Ich zeige dir jetzt was«, Nana nahm meine Hand und führte sie zu meiner Stuhllehne. Der Dolch steckte dort, und als ich den Griff packte, um ihn herauszuziehen, realisierte ich, wie tief er ins Holz gedrungen war. Mir stellten sich die Nackenhaare auf. Ich plumpste auf den Stuhl, den Dolch in der Hand, und meine Hand zitterte.

Nana schilderte, was geschehen war: Frau Mösli hatte

Tybalt mit aller Kraft in den Rücken gestoßen, worauf der erschrocken die Arme in die Luft riss. Dabei war ihm der Dolch aus der Hand geglitten und in hohem Bogen in den Zuschauerraum geflogen.

Das Ensemble hatte sich inzwischen wieder beruhigt und ging zurück zur Bühne. Emilia setzte sich neben mich. Nachdem ich den Schock überwunden hatte, lehnte ich mich zu ihr hinüber. »Mal abgesehen von der Dolcheinlage, wie hat die Szene gewirkt?«

Emilia lachte leise: »Mal abgesehen von Möslis Schwanentanz im Hintergrund sah es ganz passabel aus.«

»Gut, machen wir weiter, aber vielleicht ohne Dolch – und, Emilia«, ich wand mich wie ein irrer Aal auf meinem Stuhl, »ich bin sehr froh, dass du mich vom Stuhl gefegt hast.«

»War mir ein Vergnügen.«

In diesem Moment vergab ich Emilia, ohne zu vergessen, was sie getan hatte. Es kommt nicht allzu oft vor, dass einen jemand vor einem fliegenden Dolch rettet. In unserer Zeit, in der man statt Säbeln und Dolchen Handys am Gurt trägt, ist die Chance wesentlich größer, an Gehörgangkrebs zu sterben als durch Stichwaffen. Ich musste einsehen, dass Emilias Verfehlung durch meine Errettung aufgewogen war.

18

Josephine Julie Besnier de Blingny erfand einen Schirmständer, dessen Winkel verändert werden konnte.

Ich weiß es nicht mehr – hatte Zara die Idee oder war ich es? Keine Ahnung. Jedenfalls wurde uns klar, dass die Premiere näherrückte und dass wir noch wahnsinnig viel zu tun hatten. Ich schlug vor, in eine *Peut-être* zu gehen, worauf Zara loskicherte und sagte, sie käme lieber in eine *Retraite*. Sie ist eine fürchterliche Haarspalterin!

Zwei Monate vor der Premiere gingen wir dann in diese *Retraite*, und ein bisschen Ferien wollten wir auch machen. Wenn die Sarita-Nacht nicht gewesen wäre, wären wir zu zweit gegangen, aber so? Nein, das war zu heikel! Also nahmen wir Rilke2 und Felix mit. Rilke2 konnte womöglich Ideen für das Bühnenbild liefern, Felix wusste alle Texte auswendig, und ein paar Tage Abstand von seinen Eltern würden ihm gut tun. Ich schlug das Maiensäss vor, das mein Vater von Großvater geerbt hatte. Es lag auf zwölfhundert Metern, hatte weder Elektrizität noch fließendes Wasser, dafür einen einzigen Schlafraum mit Matratzenlager, und es stand abseits von der Straße – es war so richtig schön unzivilisiert. Ganz so beschrieb ich Zara den Ort nicht, weil ich mir nicht sicher war, ob sie dann mitgekommen wäre. Zara hätte aber etwas Wunderbares verpasst, und das wäre doch schade gewesen, oder?

Ich beschrieb ihr die Schönheit der Umgebung, die frische Luft, das wunderbare Brot aus der Holzofenbäckerei und die erholsame Ruhe, erzählte verschwommen von einem

Dorf, sprach vom würzigen Käse, dem unvergleichlichen Schwimmen im Bergsee, der Bergkneipe, und verheimlichte den wesentlichen Rest. Erstaunlich, wie gut ich neuerdings haarscharf an der Wahrheit vorbeireden konnte – das war eindeutig der schlechte Sarita-Einfluss!

An Felixens erstem Ferientag zogen wir los. Wir quietschten und klapperten in meinem wunderschönen Wagen (ich hatte Blumen draufgesprayt), einem ehemaligen Leichenwagen übrigens, den ich von Dölf, dem Schrotthändler, erhalten hatte, gemütlich die Voralpen entlang. Wir genossen den Blick auf einen azurblauen See und auf schattige Felswände und schilderten Zara alles. Die Hunde lagen hinten, dort wo früher die Toten gelegen hatten, aber das störte sie nicht. Felix beschrieb Zara aufgeregt jede Wolke am Himmel, jedes Segelboot auf dem See und jeden Idioten, der es wagte, uns zu überholen. (Was alle waren mit Ausnahme der Holländer – die klebten mit panisch aufgerissenen Augen an der Frontscheibe, von der ungeheuren Unebenheit der Bergwelt überfordert.) Die Wiesen waren vor kurzem gemäht worden, auf anderen standen viereckige Kühe und bimmelten das fette Gras an. Aus kleinen Häusern mit roten Fensterläden quollen Geranien. Felix hielt während der Fahrt den Kopf hinaus und grüßte schreiend Mähmaschinen, wiederkäuende Schafe, Touristen, Bahnhofshäuschen, Dorfläden und bunte Seilbahngondeln. Am Abend war sein Gesicht verbrannt und die Stimme heiser.

Wir bogen ins Tal ein, die Straße schlängelte sich durch Dörfer und Weiler, Baumstämme lagen gestapelt am Straßenrand, der Bach schob sich grau über Steinbrocken, Kanufahrer mit roten Helmen paddelten durch die Strudel, und Landgasthöfe lockten mit lichten Terrassen unter großen Dächern. Wir kehrten ein, Felix schüttete ein Tütchen Zucker in seine Cola und schaute fasziniert zu, wie das Gesöff aufschäumte. Ich wetterte wie immer ohne Erfolg über die Verhunzung meines geliebten Getränkes. Rilke2 bemerkte, dass Cola ein Imperialistentrank sei, worauf ein Streit zwischen uns entbrannte.

Dann fuhren wir weiter. Noch lag Schnee auf den Spitzen, der Bergfrühling jedoch hatte die Hänge schon erobert und in bunte Teppiche verwandelt. Felix plapperte in einem fort. Zara saß still neben mir und blies den Rauch ihrer Zigarette aus dem Fenster, aber der kam zum Hinterfenster gleich wieder herein. Ich machte einen Zwischenhalt, um das beste Holzofenbrot der Welt zu kaufen.

Dann verließen wir die Hauptstraße, überquerten eine Holzbrücke, bogen scharf nach rechts und fuhren steil hinauf, um enge Kurven, durch einen Wald, der viele seiner Bäume in dem legendären Lothar-Sturm verloren hatte und dadurch irgendwie Frack-Reimer aus dem Tertianum glich oder jedenfalls seinem schütteren Haar. Felix wollte alles über den Sturm hören und so erzählte ich ihm, wie an Weihnachten 1999 ein Orkan mit einer Spitzengeschwindigkeit von 244 km/h über die Schweiz hinwegfegte und Schneisen in die Wälder grub. Noch nie hatte ein Naturereignis hier derart große Schäden verursacht. Ich beschrieb ihm, wie die brechenden Bäume ein Geräusch ähnlich herumfahrender Kettenpanzer machten. Dass das Holz, das in der Schweiz nach Lothar aufgerüstet wurde, einen Güterzug von Oslo bis Gibraltar gefüllt hätte. Das erste Mal während dieser Autofahrt schwieg Felix und starrte in den lichten Wald. Wir passierten ein Häuschen, auf dessen Dach Moos und eine kleine Tanne wuchsen. Mein Herz begann aufgeregt zu klopfen, so sehr freute ich mich, hier zu sein. Auf Rilke2s Schoß lag ein Notizbuch, in das er ab und zu Sätze kritzelte, er rauchte eine Zigarette nach der anderen. Er und Zara würden die Kosten für Felixens zukünftigen Lungenkrebs tragen müssen, fand ich. Felix sagte, er würde keinen Lungenkrebs kriegen, sondern stahlharte Muskeln.

Das Sträßchen verließ den Wald, führte durch Wiesen und an ein paar Hütten entlang, die über den Lauben Kuhglocken hängen hatten. Die Wiesen waren voller Margeriten, gelbem Enzian, Alpenglöckchen, Schafgarbe und Kerbel – ich werde nie verstehen, wie man etwas so Farbenprächtiges *Magerwiese* nennen kann! Dann öffnete sich das Gelände und gab den Blick frei auf neue Hügel und Berge. Rechts vom Weg fiel der Hang steil ab, ein Bach stürzte im Schatten der Tannen ins Tal. Ich zeigte hinüber. Dort sei die Hütte, das Maiensäss, ja, das mit der kleinen Holzhütte, und davor der mächtige Bergahorn. Rilke2 hatte das Notizbuch zur Seite gelegt und starrte hinaus. »Wie schön«, sagte er nur. Felix jauchzte und wartete auf ein Echo. Als keines kam, plapperte er weiter. Zara horchte auf. »Und das Dorf?«, fragte sie, »Kneipe, Zigarettenautomat, Bäckerei? Ich hoffe doch sehr, dass da irgendwo noch Zivilisation ist!«

»Nun«, ich zögerte, »wenn man alle Häuser dieser Alp zusammenkratzen würde, gäbe es ein anständiges Dorf, wo man sogar Käse und Milch kaufen kann. Am Bergsee befindet sich wie gesagt ein Restaurant.«

»Dreh um, so-fort!«

»Geht nicht, die Straße ist zu eng.«

»Du weißt, was ich meine – finde eine Stelle, die breit genug ist, und dreh um, so-fort!«

»Vergiss es.«

»Dann halt an und lass mich mit Allegra raus!«

»Nur wenn du dein Gepäck mitnimmst.«

»Du Kröte hast mich an der Nase herumgeführt!«

»Ich hatte keine Wahl, du wärst sonst nicht mitgekommen.«

»Welch schlagendes Argument! Ist dir auch schon in den Sinn gekommen, dass du die Vorlieben und Abneigungen anderer Menschen respektieren könntest? Ich hätte es wissen müssen. Es ist ja nicht das erste Mal, dass du mich zum Narren hältst, du Luder!«

Rilke2 glotzte Zara erschrocken an. Ich hatte mittlerweile angehalten und das Auto parkiert. Von hier aus würde der Weg den Hügel entlang durch eine Almwiese führen. Jetzt stützte ich mich auf das Steuerrad und taxierte Zara mit einem trotzigen Blick. »Du könntest es wenigstens versuchen, es ist wunderschön hier«, meinte ich.

»Dauernd überrumpelst du mich mit verkorksten Unterfangen! Meinst du, dass meine Blindheit dir das Recht dazu gibt?«

»Äh«, meldete sich Felix schüchtern, »Emilia macht so was nicht nur bei dir. Sie kann echt nervig sein.« Beklommen schielte er zu mir.

»Also gut«, ich atmete tief aus. »'tschuldige, ich hatte vergessen, dass du eine Memme bist. Ich schlage vor, dass du bis morgen bleibst und schaust, ob es hier wirklich unerträglich ist. Und Felix, mit dir habe ich noch ein Wörtchen zu reden.«

Zara schwieg, die Wut dampfte ihr buchstäblich aus den Ohren.

»Bitte bleib«, sagte ich leise, »ich bin auch ganz brav.«

»Und ich bring dir jeden Morgen das Frühstück ans Bett«, knuffte Felix Zara leicht.

»Und du darfst von meinen Zigaretten schnorren.«

»Ich wasche für dich ab.«

»Ich nenne dich nie mehr eine Memme.«

»Ich schreibe romantische Gedichte für dich.«

»Igitt«, rief Felix, »Gedichte sind doch doof!«

»Genau wegen dieser Einstellung hast du immer noch keine Freundin«, erwiderte Rilke2.

»Bha, ich könnte ganz viele haben.«

»Ja, wenn du ihnen schöne Gedichte schreiben würdest.«

»Mädchen sind blöd.«

»Mädchen sind nicht blöd, nur weil sie schöne Gedichte mögen. Du musst noch viel lernen.«

»Gib nicht so an, oder hast du etwa eine Freundin?!«

Ich schlug aufs Lenkrad. »Verflixt und zugenäht, meint ihr Dummköpfe, dass eure Zänkerei Zara überzeugen könnte zu bleiben?!«

»Ich sag ja, wegen dämlichen Gedichten wird sie nicht bleiben! Aber wenn ich ihr das Frühstück ans Bett bringe, dann schon. Stimmt's, Zara?«

Zara öffnete die Tür. »Ach, ihr Nervensägen, fahrt doch zur Hölle! Ich bleibe bis morgen, aber nur, weil ich nicht schon wieder reisen mag.«

Das Innere des Autos brach in Jubel aus. Allegra und Sumba sprangen hinaus und wetzten den Hang hinauf, einander jagend stürzten sie unter lautem Gebell wieder herab, Sumbas Ohren flatterten im Wind. Sie schnüffelten an Steinen, Ästen und am Auto. Während Rilke2 und ich uns daran machten, das Gepäck auszuladen, warf Felix den Hunden Stöckchen. Sumba verschwand wie üblich mit ihrem Ast an ein stilles Plätzchen und kaute darauf. Als wir fertig ausgepackt hatten, trat ich neben Zara und hieß sie den Rucksack schultern.

»Wir müssen eine Wiese durchqueren. Pass auf die Löcher auf, die die Kühe getreten haben. Am besten führe ich dich zusätzlich zu Allegra, indem ich dich am Nacken halte, ich habe das in einem Buch über einen blinden Mann gelesen, der den Mont Everest bestiegen hat –«, verlegen biss ich mir auf die Lippen. Ich hatte Zara nicht erzählen wollen, dass ich ein Buch über einen Blinden gelesen hatte!

Allegra saß erwartungsvoll neben Zara und ließ sich das Geschirr überstreifen. Rilke2 schulterte seinen Rucksack, der beinahe größer als er selber war, Felix folgte ihm, einen Stock in der Hand, mit dem er auf Grashalme schlug. Sumba stob davon.

Ich beschrieb Zara das Gelände und steuerte sie mit der Hand, die ich ihr in den Nacken gelegt hatte. Der Boden war uneben, ich sah Zara an, dass es schwierig für sie war, aber sie sagte nichts. Wir überquerten die morsche, schmale Holzbrücke, indem ich rückwärts ging, Zara an beiden Händen haltend. Nach dem Bach, den Felix nicht über-, sondern durchquerte, führte der Weg den Hang entlang, dann waren wir da. Felix nahm sofort den Brunnen in Augenschein.

Am Abend aßen wir auf dem Rasen vor dem Haus an einem wackeligen Holztisch, der voller Flecken war, Zeuge vergangener Trinkgelage. Mir wurde in diesem Augenblick bewusst, dass ich zum ersten Mal mit Freunden hier oben war. Rilke2 hantierte am Grill. Ich war mit den Beilagen bereits fertig, als ich feststellte, dass der Poet nichts zustandegebracht hatte. Ich schob ihn kopfschüttelnd beiseite und kümmerte mich ums Feuermachen. »Den ganzen Tag Glimmstängel anzünden, das kann er, aber ein Feuer entfachen – tss, tss!« Rilke2 fuhr sich durch seine Unfrisur und lächelte verlegen. »Zugegeben, ich bin nicht unbedingt Indiana Jones –«

»Nicht unbedingt?« Zara kriegte einen Lachkrampf und deswegen einen Hustenanfall. Felix klopfte ihr mit nasser Hand auf den Rücken, da erst merkte ich, dass der Junge von Kopf bis Fuß durchnässt war.

»Schon mal was von Badehose gehört?«

Felix schnalzte verächtlich.

Als das Fleisch knusprig gebraten war, war die Beilage kalt und der Salat schlaff. Kaum hatten wir fertig gegessen, versprachen Rilke2 und Felix hoch und heilig, am nächsten Tag den Abwasch zu machen, aber jetzt müssten sie unbedingt die Umgebung erforschen. Ich machte mich ans Geschirrspülen und bat Zara, für den Kaffee aus der Glut wieder ein Feuer zu entfachen.

»Ich glaube nicht, dass ich das kann«, sagte Zara.

»Warum denn nicht?« Ich führte sie durch die Küche. »Da ist das Holz, hier das Papier, die Streichhölzer und der Herd.«

Zara runzelte die Stirn, nahm zögernd Zeitungspapier, zerknüllte und stopfte es in den Herd. Sie tastete nach dem Kleinholz, legte es fächerförmig auf das Papier und zündete das Ganze nach mehrmaligen Versuchen an. Angespannt lauschte sie dem Knistern des Feuers, fuhr prüfend mit der Hand über die Flammen und legte größere Holzscheite nach. Sie hatte Ruß an den Fingern, den sie sich gedankenverloren über ihr Gesicht verteilte, während sie dem Knistern und Prasseln zuhörte. Das Feuer warf Schatten und Lichter auf ihr Gesicht. Ich berührte Zara kurz am Oberarm, »deine Hände und dein Gesicht haben Ruß abbekommen, warte, ich wisch' ihn dir ab.« Als ich mit dem Waschlappen zurückkam, stand Zara immer noch an derselben Stelle, das Gesicht dem Feuer zugewandt, das sich in ihrer

Sonnenbrille spiegelte. Ich begann vorsichtig die Rußspuren an Stirn und Wange wegzuwischen. Zara hielt still, ganz still, geduldig, sie war wohl gewohnt still zu halten, wenn jemand sie von Krümeln und Flecken befreite. Diese Ergebenheit ließ sie sehr verwundbar und schutzlos scheinen. Ich hätte ihr am liebsten den Ruß weggeküsst, ganz gründlich.

Während ich den Kaffee zubereitete, schritt sie nochmals die Hütte ab, stampfend, schnippend und schnalzend. Sie zählte die Schritte, die sie von der Küche zur Schlafzimmertreppe brauchte, von der Treppe ins Vorratszimmer, vom Klo zum Schlaflager. Sie fluchte über die steile Treppe, die schon fast eine Leiter war. »Wenn ich nachts raus muss, stürze ich zu Tode«, jammerte sie, als sie in die Küche zurückkehrte.

»Du darfst mich wecken.«

»Ich kann auf Anstandsdamen verzichten.«

»Aber nicht auf einen Schutzengel.«

»Du überschätzt dich gewaltig! Komm, ich habe die Räume intus, gehen wir auf den Balkon, und du beschreibst mir die Aussicht.«

Wir setzten uns mit den dampfenden Kaffeetassen auf die Bank, stellten die Füße auf das morsche Geländer und genossen die sommerliche Abendwärme, die im Unterschied zum Unterland milde war. »Also«, begann ich, »unterhalb dieses Balkons wachsen eine Menge Brennnesseln, in die ich als Kind hineingefallen bin, da war ich drei. Meine Mutter kochte eine Paste und trug sie auf die betroffenen Stellen auf, was ungefähr überall war. Es hat sofort gewirkt. Das ist eine der wenigen Erinnerungen an meine Mutter – mit einer Schüssel in der Hand und ihren wunderbaren Händen, die mich vom Schmerz befreiten. Bald darauf ist sie gestorben.«

Zara wollte etwas erwidern, aber ich fuhr fort: »Rechts vom Haus habe ich Ski fahren gelernt, im Tiefschnee. Wir befinden uns an einem recht steilen Grashang, der rund hundert Meter weiter unten von Ahornbäumen und Buchen gesäumt wird ...«

Zara trank in kleinen Schlucken Kaffee und ließ die

Landschaft vermutlich vor ihrem inneren Auge entstehen. Sie erzählte mir, dass Nana sie und ihren Bruder oft aufs Land mitgenommen hatte und es jeweils Hühnchen, Chips und warmen, gesüßten Pfefferminztee gab, was ihr am Ausflug eindeutig am besten gefiel. Doch dann blieb ihrem Dummkopf von einem Bruder ein Knöchelchen im Hals stecken und er erstickte beinahe daran. Von da an nahm Nana nur noch Würstchen mit auf die Ausflüge. Zur Strafe tauchte Zara die Hand ihres Bruders nachts in ein Wasserbecken und nannte ihn jahrelang ›Bettnässer‹.

»So was nennt man Geschwisterliebe, oder?«, sagte ich grinsend, während ich den Anblick der bald untergehenden Sonne genoss. »Was ich dich schon lange mal fragen wollte: Merkst du es, wenn die Sonne untergeht?« Ich betrachtete Zaras Gesicht, das in goldgelbes Abendlicht eingetaucht war, sie schien entspannt und zufrieden – wohl auch weil sie erfolgreich ein Feuer hatte entfachen können.

»Na ja, ich habe mich, was die Sonne anbelangt, schon oft geirrt. Einmal war ich bei einer Freundin, deren Wohnung ich nicht kannte. Wegen des Straßenlärms wusste ich, wo die Fenster lagen. Ich trat dorthin und sagte, dass der Sonnenschein gut tue – nur dummerweise war der Himmel bedeckt, ich hatte bloß die Heizung gespürt.«

»Ja, heutzutage sind Heizungen schon technische Wunderwerke.« Verflixt, ich sagte irgendwie das Falsche!

Die Sonne spiegelte sich in Zaras Brille. Diese leidige Brille.

»Zara.«

»Mhmmm?«

»Warum nimmst du die Brille nie ab?« Wetten, dass sie diese Frage nicht mochte?

»Was geht dich das an?«

Gewonnen.

»Ich muss deine Brille anschauen, wenn ich mit dir rede, das geht es mich an – und der Anblick dieser dunklen Scheiben nervt mich.«

»Die meisten Blinden tragen Sonnenbrillen.«

»Ach was!«

Zara machte ein grimmiges Gesicht.

»Zara, ich möchte so gern deine Augen sehen«, ich zögerte wieder, »bitte.«

Sie biss sich auf die Unterlippe.

»Bitte.«

Die Sonne ging unter und nahm die kräftigen Farben mit. Dort, wo sie verschwunden war, begann der Horizont zu leuchten.

»Ich möchte dich ganz sehen.«

Zara zündete stumm eine Zigarette an. Von ferne waren Felixens und Rilke2s Stimmen zu hören.

»Wenn ich dich ansehe, frage ich mich: Sind deine Augen blau, grün, grau oder braun?«

»Du solltest dich lieber fragen, wie du mich vor verkorksten Unterfangen verschonen könntest.«

»Ich weiß wie – ich müsste anders sein, als ich bin. Ich mag aber nicht anders sein.«

Zara seufzte. »Na gut, ich lüfte das Geheimnis: Meine Augen sind rot. Und mein Rücken ist kariert.«

»Zara, ich weiß, wie dein Rücken aussieht.«

Betretenes Schweigen. Aus der Ferne konnte man das Scheppern der Milchkessel hören und das Brummen der Autos, die auf der anderen Seite des Tales die Passstraße hinauffuhren, dann das Bellen meiner Sumba.

»Warum nur hast du mich in jener Nacht verarscht?«, fragte Zara zögernd.

»Ich habe dich nicht verarscht, ich habe mich bloß nicht zu erkennen gegeben.«

»Das nennt man verarschen.«

»Ich wollte ja eigentlich nur beweisen, dass du meine Stimme nicht unter allen Umständen erkennen kannst. Es tut mir aufrichtig Leid, was ich getan habe. Aber eines sei dir versichert«, ich räusperte mich, dann sagte ich leise: »Was ich sonst so getan habe – abgesehen vom Reden – war nicht gelogen.« Ich lief rot an, stand rasch auf und holte zwei Gläser und die Rotweinflasche. Der brennende Himmel verdunkelte sich zusehends, schwamm ins Gelb, floss ins Grün, glitt ins Blau, tauchte ins Dunkelblau und verlor sich im Schwarz, wo Sterne sichtbar wurden. Dort, wo die Sonne verschwunden war, sah man jetzt die Venus, die bald untergehen würde, der Sonne auf den Fersen. Sie zwinkerte uns zwei erstarrten Frauen zu, die wir eben ein heikles Thema wie eine heiße Kartoffel hatten fallen gelassen. Die Venus hatte gut Zwinkern, sie drehte unbehelligt ihre Runden im Weltall und musste sich weder mit Augenfarben noch mit einer heißen Nacht aus der Vergangenheit herumschlagen, einer Nacht, die nicht hätte sein sollen, aber die doch zu schön gewesen war, als dass man sie hätte vergessen dürfen.

»Dieser Raum«, murmelte Zara plötzlich.

»…«

»Hier kommt es mir manchmal vor, als könnte ich sehen. Aus allen Richtungen höre ich Kuhgeläut, die Tiere scheinen wirklich überall zu sein, dann das Tosen des Baches und der Wind in den Bäumen – gleichmäßige Klänge von nah und fern, von überall her. Dadurch wird der Raum für mich, wie soll ich sagen, irgendwie dreidimensional. Hier könnte man geburtsblinden Kindern Weite und Ferne näher bringen – etwas, das in der Stadt nicht möglich ist.«

Allegra und Sumba stoben um die Ecke, Felix tauchte als nächster auf, beladen mit Pfeil und Bogen, in den Haaren eine schwarze Feder, die Schuhe mit Dreck überzogen. Als letzter erschien der Poet, und ich musste lachen, denn er war sichtlich geschlaucht vom Leben als Indiana Jones.

Felix ließ sich erst ins Bett abschieben, nachdem ich nochmals die lindernde Salbe auf sein verbranntes Gesicht gestrichen und ihm erlaubt hatte, Pfeil und Bogen mitzunehmen. Wir Erwachsenen blieben auf, bis unser Hintern auf der harten Bank eingeschlafen war. Wir putzten am Brunnen die Zähne.

Rilke2 und Felix schliefen auf der rechten Seite des Lagers, wir Frauen auf der linken, zwei Armeslängen voneinander entfernt. Zara tauschte die Brille gegen eine Augenbinde, was ich überhaupt nicht verstand. Während Indiana Jones in mehrmaligem Anlauf die Petrollampe zu löschen versuchte, beugte sie sich zu mir und flüsterte: »Die Wahrheit ist: Ich habe leere Augenhöhlen, und in der Nacht werde ich zu einem Monster.«

Da hakte ich meinen Finger unter Zaras Augenbinde, zog ein wenig daran und ließ das Gummiband zurückschnellen. »So«, erwiderte ich grinsend, »und jetzt ist das Monster gebannt.«

19

Ich fand eine Feldblume, bewunderte ihre Schönheit, ihre Vollendung in allen Teilen.
Arthur Schopenhauer

Welch ein Dummkopf ich doch war, ich hätte es wissen müssen! Wenn Emilia etwas vorschlug, konnte es heiter werden. Ein paar Tage vor unserer Abfahrt schien noch alles in Ordnung zu sein. Emilia war mit einer riesigen Rolle im Probenraum aufgetaucht. Sie wickelte sie ab und hängte sie über die Makramees an die Wand. Aufgeregt zog sie mich hin und legte meine Hände darauf. Es war eine Reliefkarte der Schweiz, wie sie mir stolz erklärte, aus dem Trödlerladen, noch gut erhalten, einzig die Spitze des Matterhorns fehlte.

Kaum hatten die Tertianer die Reliefkarte entdeckt, traten sie näher. Der Anblick einer dreidimensionalen Schweiz spülte offenbar Erinnerungen an Wanderungen und Ferienerlebnisse hoch. Schon waren wir von ihnen umringt, alle schnatterten aufgeregt durcheinander, packten meine Hände, legten sie hierhin und dorthin auf Täler, Hügel und Berge, um mir zu zeigen, was sie da erlebt hatten, aber schon wurden meine Hände von jemandem anderen gepackt, und wieder von anderen, bis Emilia »Fertig, fertig, fertig!« rief und auf verschiedene Handrücken schlug. »Jetzt seid mal alle still, ich will Zara den Weg in unsere *Retraite* zeigen.« Sie nahm meine rechte Hand und führte sie zur Karte. »Hier sind wir«, sie fuhr mit meinem Finger in Richtung Süd-Süd-Osten, »hier ist der Thunersee, und da beginnt das Simmental.« Sie führte meine Fingerspitzen durch das Tal, das eine sanfte Kurve machte. Dort stoppte sie. »Und ungefähr hier ist es.«

Seltsamerweise war noch nie jemand auf die Idee gekommen, mir eine Reliefkarte zu beschaffen, ich war gerührt.

Als wir losfuhren, genoss ich es noch – obschon ich in einem *Leichenwagen* saß! –, das Gerumpel der Karre, die natürlich mit den geilsten Musikboxen (so drückte es Felix aus) ausgestattet war. Die Bässe hätten problemlos die Scheiben rauswummern können. Ich genoss die Fahrt, das Schwanken und Vibrieren, die unentwegten Kommentare von Felix, die es mir leicht machten, mir alles vorzustellen. Ich roch getrocknetes Gras, hörte Traktoren, den seltsam verzerrten Glockenklang der Kühe, spürte die angenehme Kühle des Fahrtwindes, und ich versuchte mich daran zu erinnern, wann ich das letzte Mal in den Bergen gewesen war. Das musste mit Felicia gewesen sein, als wir von zu Hause abgehauen waren und in einer Jugendherberge übernachtet hatten. Ich schnippte seufzend die Zigarette zum Fenster hinaus. Hoffentlich gab es in der Nähe des Ferienhauses eine laute Bar. Ja, ich wollte in eine laute Bar, wo ich mich mit *Kaffee Berghorn* volllaufen lassen konnte.

Dorthin, wo uns Emilia führte, war jedoch keine laute Bar, sondern rein gar nichts mehr, was mit Zivilisation zu tun hatte! Ich hätte gern meinen Blindenstock durch Emilias Gurgel getrieben, so wütend war ich. Mich überkam eine seltsame Furcht vor dieser unebenen, verworrenen, wuchernden, unberechenbaren, blindenunfreundlichen Unzivilisation. Am liebsten hätte ich losgeflennt, was ich in Emilias Anwesenheit jedoch nie tun würde, schon weil sie mich sofort eine Memme genannt hätte. Zögernd öffnete ich meine Sinne, lauschte dem Bergbach, den Dohlen, dem Mäusebussard, dem Glöckeln der Geißen in der Ferne, Felixens Lachen in der Nähe, dem Hundegebell, dem Wind, der durch die Tannen rauschte, dunklen Geräuschen voller Weite und Unterströmungen. Ich horchte ängstlich auf Gefahren, wobei ich nicht wusste, wie die tönen würden, ich roch den Harz, die Kuhfladen, morsches Holz, die Wiesen und Blumen. Insekten schwirrten um uns herum, in der Nähe plätscherte und gluckste ein Brunnen, was irgendwie beruhigend war. In mir kamen Erinnerungen an längst vergessene Gerüche und Bilder hoch. Ich hörte Emilia und Rilke2 das Gepäck herausnehmen, Reißverschlüsse ziehen und Türen zuschlagen.

Vom Parkplatz führte mich Emilia auf ungewohnte Art, im Nacken, das war eigenartig, aber sehr hilfreich. Ich kam mir wie eine Marionette vor, es fühlte sich aber irgendwie gut an – so sicher. Emilias Hand war wie immer warm, kräftig, mit samtiger, glatter Haut. Ich erkannte die Berührung sofort wieder. Ich erinnerte mich daran, wie ihre Hände in jener Nacht vorsichtig, aufmerksam und erstaunlich selbstsicher meinen Körper erkundet hatten. Hände, von denen ich nicht genug bekommen konnte – beweglich und geschickt. Ich war verblüfft, wie lebendig und warm die Erinnerung an diese Nacht war. Hatte sich Saritas Körper wirklich so himmlisch angefühlt? Und könnte er mich wieder in die Wolken und in die Tiefen des Meeres ziehen, in Lava baden und an Oasen legen?

Wir kamen bei der Neandertalerbehausung an. Während Emilia und Rilke2 das restliche Gepäck (vor allem viele Flaschen Cola) holten, erklärte mir Felix das Gelände. Wir umkreisten und durchschritten drei Mal die Hütte und den Schuppen. Von der Stube aus gelangten wir über eine Treppenleiter zu unseren Schlafräumen. Ich tastete verblüfft: Nach dem ersten Schlafraum kam kein zweiter. Ich erkundete die Bettstatt: Es blieb auch bei nur einer Matratze.

»Ein Massenlager!«, rief ich. »Scheiße, ein Massenlager! Bin ich ein Teenie oder was?!«

»Wow«, jubelte Felix, »hier führt eine Türe direkt in den Heuboden!«

»Was soll ich in einem Heuboden?«

»Keine Ahnung.«

»Zeig mir das Klo.«

Felix führte mich über den Balkon nach hinten, dann rechts und wieder geradeaus: das Plumpsklo.

Als Emilia zurückkam, schäumte ich. »Bring mich aus Felix' Hörweite«, befahl ich ihr. Hinter dem Holzschuppen wurde ich so richtig ausfällig. Was Emilia einfalle mit dem schäbigen Klo und den schäbigen Betten und den schäbigen Holztischen, und kein warmes Wasser, das sei einfach bodenlos schäbig.

Emilia hörte ungerührt zu. »Hab dich nicht so! Seit Jahrtausenden haben Menschen ihr Geschäft auf dem Plumpsklo verrichtet, auf engem Raum geschlafen, auf Feuer gekocht und das Wasser draußen geholt – und tun es vielerorts noch heute. Da wird das Madame Zara Zohren auch können. Ich kann dir nun mal keine Königinnensuite hier oben anbieten. Du willst kneifen? Von mir aus, aber ich fahre dich nicht ins Tal.«

»Ich –«

»Ja, was ich? Hilf mir lieber Holz in die Küche zu tragen.«

Noch nie war ein Mensch mit mir so umgesprungen, nicht mal Nana – es war unglaublich! Aber was weitaus schlimmer war: Ich wusste mich dagegen einfach nicht zu wehren! Ich ließ mich stumm von Emilia in den Schuppen führen und mir ein paar Hölzer geben. Ich sehnte den Tag herbei, da ich nichts mehr mit dieser Frau zu tun haben musste. Ganz bestimmt sehnte ich mich danach, und morgen würde ich mich zum nächsten Bahnhof bringen lassen.

Aber ich blieb.

Ich blieb, weil ich das ungeheure Raumgefühl auskosten wollte und weil ich die neue Herausforderung genoss. Es gab keinen Schnickschnack, nichts, das zu viel gewesen wäre. Jeder Gegenstand hatte seinen bestimmten Platz: Der Wasserkessel rechts auf dem schweren Holztisch, die große Schöpfkelle darin, die kleinere am Nagel im riesigen, offenen Kamin: zwei große Holztische in der Stube, zwei feste und zwei bewegliche Holzbänke; ein Holzregal mit Spielen drauf; ein uraltes Sofa in der Ecke; ein schmales Bett im Vorratsraum und ein einfaches Gestell auf der anderen Seite.

Nichts war zu viel, nichts zu wenig, alles schien schon seit Urzeiten am selben Ort zu stehen. Das Kleinholz stapelte sich neben dem Herd, das Beil hing zwischen zwei Nägeln, die Schuhe standen unter der Bank. Eine einfache Ordnung, und das bedeutete für mich kostbare, köstliche Ruhe und Freiheit.

Ich ging barfuß, genoss die vielen verschiedenen Strukturen des Bodens: die glatten, staubigen Holzböden in der Stube, den kalten, groben Stein in der Küche, die maserigen Bretter im Stall (der übrigens nur als Zwischenstation beim Alpaufgang im Frühsommer und im Frühherbst benutzt wurde), die rauen Steinplatten, die zum Brunnen führten, die harte Erde um den Stall herum, die kitzlige Wiese vor dem Haus. Und wie es roch! Jede Ecke hatte ihren bestimmten Geruch: Im Stall roch es nach Kühen und eingetrocknetem Mist, in der Küche nach kaltem Ruß und Holzscheiten, hinter dem Haus ein bisschen nach Plumpsklo, vor dem Haus nach Sommerblumen, Kuhfladen und frischer Luft, im Tenn nach altem Heu und frisch gehacktem Holz.

In den freien Stunden legte ich mich in die Hängematte, die hinter der Hütte im Schatten hing. Selten hörte ich mit dem I-Pod Musik oder ein Hörbuch, meistens tat ich nichts, ließ die Beine baumeln, schaukelte sachte hin und her. Es reichte mir zu lauschen, zu riechen und über die raue, sonnengewärmte Holzwand zu streichen. Es reichte Allegras Kopf zu tätscheln, dann die eifersüchtige Sumba zu streicheln, die warme Schnauze einer nun ebenfalls eifersüchtigen Allegra in der Handfläche zu erdulden und daraufhin die nach Aufmerksamkeit heischende, feuchte Schnauze Sumbas in der anderen Hand zu spüren. Ein Spiel, das meist damit endete, dass ich beide genervt wegjagte, worauf sie ihr Glück bei jemand anderem versuchten.

Emilia lag häufig im Liegestuhl, las, hirnte am Bühnenbild herum oder setzte sich, wenn sie etwas zum Flicken gefunden hatte, mit Werkzeugen an den Tisch. Manchmal las sie mir aus einem Buch vor. Ich hätte ihrer warmen

Stimme stundenlang zuhören können und schlief dabei doch manchmal ein.

Am dritten Tag machten wir eine Wanderung. Wir fuhren mit dem Auto bis zu einer großen Sennhütte, wo die Straße endete. Dort zog ich Allegra das Geschirr an, die Hündin wedelte aufgeregt. An schwierigen Stellen legte Emilia wieder die Hand auf meinen Nacken. Alles in allem kamen wir gut voran. Ich muss gestehen, dass mir meine mangelnde Kondition weitaus mehr Schwierigkeiten bereitete als der Weg. Nach einem steilen Aufstieg ruhten wir uns auf dem kleinen Pass aus. Emilia zählte die Namen der Berge auf, sie nahm meinen Arm und zeichnete mit ihm die Bergsilhouette nach, wie sie das schon auf dem Hausberg gemacht hatte. Ich versuchte eine Zigarette zu rauchen, aber nach der Anstrengung schmeckte sie scheußlich. Verärgert drückte ich sie aus und spuckte Tabakkrümel.

»He, du spuckst auf Sumba!«, rief Felix.

»Oh je!«

Felix nahm nun auch meinen Arm und zeichnete damit alles Mögliche aus der Umgebung nach. Die Hunde (es fühlte sich mehr wie zwei unförmige Kleckse an), Rilke2 und Emilia (zwei längliche unförmige Kleckse), die Sennhütte (ein Iglu), eine Tanne (ein Zelt), ein Flugzeug am Himmel (ein Kleckslein), Kuhfladen (Kuhfladen). Danach wollte er in den Brunnen neben dem Iglu springen, was Rilke2 glücklicherweise verhindern konnte. Kurze Zeit später fand er eine Wanne, die für die Kühe auf die Weide gestellt worden war. Emilia und Rilke2 entdeckten sie erst, als Felix schon drin stand.

Nach eineinhalb Stunden erreichten wir den Bergsee. Ich war am Ende. Schweißgebadet und mit schmerzenden Füßen setzte ich mich, aber ich biss die Zähne zusammen und murmelte »Alles in Ordnung«, als Rilke2 fragte, wie es mir gehe.

Felix planschte im See, bevor man ihm die Badehose auspacken konnte. Die Hunde folgten ihm begeistert ins kühle Nass. Als wir kurz zuvor auf einer Anhöhe angekommen waren, hatte mir Felix den See und die Umgebung mit dem Arm nachgezeichnet: ein kleiner Klecks, umgeben von unregelmäßigem Zickzack und Strichlein (Menschen, Kühe oder Bäume, das war variabel). Rilke2 beschrieb mir, dass der Bergsee klein war, zur Hälfte von Felsen umgeben, und dass er dunkelgrün glitzerte. Wir breiteten die Badetücher aus. Ich stellte die Schuhe ordentlich neben mich und tauchte die Füße ins Wasser.

»Ahhh«, stöhnte ich auf, »und jetzt ein kühles Bier.«

Dann begann doch tatsächlich ein Mann Alphorn zu blasen, langgezogene Töne, die sich nur vage zu einer Melodie zusammenfügten. Rilke2 kritzelte begeistert Sätze ins Notizbuch.

Ich wandte mich an Emilia. »Sag mal, ist an mir alles in Ordnung?«

»Du siehst etwas erschöpft aus. Dein Haar ist nicht so glatt wie sonst, was dir übrigens auch gut steht. Nur ist da etwas.«

»Was schon, sag's!«

»Deine Brille ist verdreckt, sie müsste geputzt werden.«

»Das würde dir so passen.«

»Grins du nur, Kuhfladenstücke kleben an deinen Gläsern.«

»Das würde dir so passen.«

»Riech doch mal dran.«

»Das würde dir so passen.« Ich packte Emilia unvermittelt am Arm und versuchte sie in Richtung See zu schubsen. Emilia stemmte sich dagegen, griff mit der freien Hand nach meiner Schulter und zog. Das war ein Fehler – wenn beide in die gleiche Richtung schubsten und zogen, wer würde dann das Gegengewicht halten?

So stürzten wir in den See. Die Stelle war seicht, der Boden glitschig, wir rutschten, rutschten und fielen ganz hinein. Sumba und Allegra stürzten aufgeregt zu uns. Kreischen und Bellen erfüllte die stille Bergwelt, und ich bekam einen Lachanfall. Um der Gerechtigkeit Willen stießen Felix und Emilia dann auch Rilke2 hinein.

In Kleidern zu planschen war lustig und recht dumm. Es mochte Sommer sein, doch nasse Sachen ließen sich in dieser Höhe nicht schnell trocknen. Wir wrangen die Kleider aus, klatschten sie an den Felsen, hängten sie über Äste und nahmen dann das Mittagessen in den Badesachen ein. Felix testete durch lautes Schreien das Echo. Das Geschrei einiger Dohlen war zu hören und das schrille Pfeifen der Murmeltiere, die von Wanderern gestört wurden. Nach dem Mittagsschläfchen war die Kleidung immer noch weit davon entfernt, trocken zu sein. Als Emilia an diesem Morgen befohlen hatte, den Regenschutz einzupacken, hatten wir anderen gemault und gespottet. Warum auch sollten wir bei diesem fantastischen Wetter Regenjacken mitnehmen? Emilia hatte uns vom sich rasant verändernden Wetter in den Bergen erzählt: Man nahm immer den Regenschutz auf eine Wanderung mit, basta. Ich hatte gegrinst und gesagt: Wetten wir, dass die Dinger im Rucksack bleiben? Emilia schlug ein, der Wetteinsatz belief sich auf drei Mal Wasserholen. Jetzt hatte ich den Salat! Die Regenjacken waren unsere Rettung, obwohl es von oben trocken blieb. Wir rollten die feuchten Kleider ins Badetuch, zogen die Wanderschuhe an und schlüpften murrend in die Regenjacken, deren Ärmel wir hochkrempelten. Solcherart gewandet, setzten wir uns an einen der langen Holztische der Bergkneipe, und die drei Sehenden sagten mir, dass sie im Moment auch blind sein wollten, die belustigten Blicke der anderen Gäste seien schwer zu ertragen.

Als wir in die Hütte zurückkehrten, stiegen wir erleichtert in frische Kleidung. Kurze Zeit später baute Felix unterhalb des Brunnens einen Staudamm für das abfließende Wasser, bald schon war er erneut klatschnass. Allgemein erwachten die Lebensgeister wieder; beim starken Geschlecht taten sie das so nachhaltig, dass die Herren beschlossen, diese Nacht im Freien zu verbringen. Indiana Jones und Rotschopf vernahmen den Ruf der Wildnis, dem sie mit Matratzen, Kopfkissen, Taschenlampe und Schlafsäcken folgten.

Wir Damen überlegten uns derweil, warum Rilke2 uns das antat. Widerstrebend schlüpften wir spätabends und etwas beschwipst unter unsere Decke, zwei Armeslängen voneinander entfernt, versteht sich. Das Unbehagen tropfte wie süßer Dessertwein von der Decke herab. Wir drehten uns wie die Schweine im Dreck, aber bestimmt nicht aus Wohlgefühl.

»Bist du noch wach, Zara?«

Ich grunzte.

»Bedeutet das ja oder nein?«

Ich zischte.

»Ich nehme an, es bedeutet ja, oder?«

Ich stöhnte.

»Erzähl mir eine Geschichte, ich kann nicht schlafen.«

Ich zog die Decke über den Kopf.

»Nur eine kleine, eine Gutenachtgeschichte.«

Ich riss sie wieder runter und knurrte.

»Eine klitzekleine Geschichte nur, bitte.«

Ich seufzte. »Na gut, eine klitzekleine.« Ich rückte das Kissen zurecht und überlegte. »Es war einmal ein Frosch, der saß auf einem Brunnenrand und wartete darauf, dass eine Prinzessin vorbeikäme, damit er sie küssen könnte. Dummerweise lebte er in einer Demokratie, da konnte er noch lange auf eine Prinzessin warten. Also wartete er lange, zwischendurch mal sprang er in den Brunnen und schwamm ein Ründchen, damit er wieder schön glänzte. Eines Tages kam eine junge Frau vorbei, sie war wunderschön, aber keine Prinzessin, bloß eine holde Maid mit hübschen Hüften. Sie war auf der Suche nach dem Glück und stammte aus der Schweiz, wo man die Tradition pflegt, sich über alles zu beklagen. Niemand wusste, warum man das tat, denn die Bewohner waren vom Glück geradezu umzingelt. Wie auch immer, die holde Maid dachte beim Anblick des grünen Frosches jammervoll: Ein glitschiges Viech – oh, welch Pech ich doch habe!

Mit einer solchen Einstellung findet man sein Glück natürlich nie!

Der Frosch hingegen dachte – müde vom Warten: Sie ist zwar keine Prinzessin, aber eine holde Maid mit hübschen Hüften. Er spannte seine Schenkel und sprang der Maid ins Gesicht. Dort klammerte er sich an ihren Ohrring und versuchte sie zu küssen. In diesem Moment realisierte er, dass Frösche nicht küssen können, sie haben ja keine Lippen! – Und ihm dämmerte, weshalb im Märchen die Prinzessin den Frosch küsst und nicht umgekehrt. Er quakte der Maid aufgeregt diese Erkenntnis zu, aber die dumme holde Maid schrie bloß, womit sie so etwas verdient hätte. Da der Frosch glitschig war, rutschte er bald runter – wobei die Maid kräftig nachhalf – und klatschte auf den Boden. Er hüpfte davon, wobei sich sein Hintern so lustig hin und her bewegte, dass die Maid ihm hinterherlief, ihn lachend wieder vom Boden aufhob und aus einer Frivolität heraus auf den Kopf küsste. Kaum hatte sie das getan –«, ich brach ab und tastete nach meiner Uhr mit Sprachausgabe. Ich drückte auf den Knopf: »0 Uhr 23 Minuten 30 Sekunden.«

»Uh, schon so spät«, ich gähnte. »Höchste Zeit zu schlafen, Fortsetzung folgt.«

20

*Maria Vermeulen ließ 1905 ihren mit Büsten-
heben und Taillengurt kombinierten Hüftgürtel
für Schwangere patentieren.*

»Spinnst du?! Du darfst doch nicht an dieser Stelle aufhören! Wie soll ich da einschlafen können? Wie geht's weiter? Los – raus mit der Sprache!«

Statt einer Antwort sagte die Sprechuhr: »0 Uhr 23 Minuten 50 Sekunden.«

»Verflixt, Zara, sei nicht gemein!«

»0 Uhr 24 Minuten 10 Sekunden.«

»Wenn deine Uhr noch einmal spricht, werfe ich sie zum Fenster hinaus.«

»0 Uhr 24 Minuten 20 Sekunden.«

Ich hechtete auf Zara.

»0 Uhr 24 Minuten 30 Sekunden.«

»Hör auf!!«

»0 Uhr 24 Minuten 40 Sekunden.«

Ich tastete nach Zaras Händen, sie waren leer.

»0 Uhr 24 Minuten 50 Sekunden.«

Ich tastete die Gegend um Zara ab.

»0 Uhr 25 Minuten 10 Sekunden.«

Ich tastete unter dem Kissen, Zara kicherte hysterisch.

Ich hielt inne, um auf die nächste Ansage zu warten. Die monotone Stimme kam aus der Ecke.

»0 Uhr 25 Minuten 20 Sekunden.«

Ich sprang über Zara, packte die Uhr und warf sie zum Fenster hinaus. Zara hatte einmal damit geprahlt, dass das Uhrwerk sozusagen unzerstörbar sei. Wollen wir doch mal schauen.

»So«, ich streckte mich zufrieden. »Und jetzt erzählst du mir den Rest der Geschichte.«

Zara seufzte. »Du lässt auch nie locker, was?! Wo sind wir denn stehen geblieben?«

»Das weißt du doch! Die holde Maid hat den Frosch geküsst.«

»Ach, ja, der Kuss. Mmh, was könnte jetzt wohl geschehen?«

»Sag nicht, dass du es nicht weißt!«

»Lass mich überlegen ... Irgendwie hab ich den Faden verloren, die holde Maid küsst den Frosch –«

»Mach schon, erzähl weiter!«

»Du musst mir helfen mich zu erinnern. Am besten wir stellen die Szene nach: Du spielst die holde Maid und ich den Frosch. Dann fällt mir der Rest der Geschichte bestimmt wieder ein.«

Wenn mich nicht alles täuschte, machte mich Zara an! Oh Gott, und was jetzt?! Ich überlegte fieberhaft. Und überlegte noch fieberhafter. Dann kam ich zum Schluss, dass ein Kissen genau das Richtige war. Ich warf es ihr an den Kopf. Die Grillen draußen zirpten, die gesamte Grillensippschaft schien sich vor unserem Fenster versammelt zu haben, nachdem sie vermutlich viel zu viel Kaffee getrunken hatte. Mein Herz hämmerte wie verrückt, es schien ebenfalls eine Koffeinvergiftung erlitten zu haben.

Zara warf mit einem Tarzanschrei das Kissen zurück und traf mich an der Schulter.

»Du weißt nicht, wie die Geschichte weitergeht, stimmt's?«, fragte ich, das Kissen unschlüssig in der Hand haltend.

»Doch, doch, mir kommt's bestimmt wieder in den Sinn, wenn die holde Maid den Frosch küsst.«

Es war angenehm warm im Schlafraum und trotzdem überzog eine Gänsehaut meinen Körper. Ich konnte knapp erkennen, dass Zara auf dem Rücken lag, die rechte Hand auf dem Brustkorb. Zaghaft streckte ich meine Hand nach ihr aus, ließ sie unschlüssig im Dunkeln schweben. Zara drehte ihr Gesicht zu mir, mit der Augenbinde sah sie in diesem fahlen Licht wie Zorro aus. Zara Zorro, ein lustiges Wortspiel! Mein Herz hämmerte gegen die Rippen. Ich ließ meine Hand langsam sinken. Dorthin gehen, wo ich schon lange hinwollte. Ich griff behutsam nach Zaras Hand, rückte näher, zog sie an meinen Mund, küsste die Innenfläche. Ein leises Aufseufzen. Da beugte ich mich zu ihr und während ich mich beugte, setzte mein Verstand aus. Als Zara meinen Atem auf ihrer Wange spürte, strich sie über meine Wange, fuhr mir durch das Haar, griff nach meinem Nacken und zog mich an ihren Mund. Ich sank an ihre Brust, in einen köstlichen Kuss. Beiläufig streifte ich ihre Augenbinde weg, und Zara wehrte sich nicht.

Unser Atem wurde eins, wurde schwer und schwerer, als jemand die Außentreppe hochpolterte, in die Küche stürmte und schrie: »Ich hab' einen Dachs gesehen, nur wenige Meter von unserem Lager entfernt! He, hört ihr mich, ich habe einen Dachs gesehen!«

Wir fuhren auseinander, ein paar von meinen Strähnen klebten an Zaras Wange. Felix brauchte ewig, bis er alles erzählt und sich beruhigt hatte. Er blieb bei uns, einfachheitshalber und bestimmt nicht aus Angst, wie er mehrmals versicherte. Als Felixens Atem schon längst regelmäßig geworden war, lag ich immer noch wach, auf Armeslänge von Zara entfernt, viele Liter Luft zwischen uns. Ich glühte im Dunkeln, meine Lippen brannten, das Herz auch. Was war passiert? Dumme Frage, ich wusste genau, was passiert war. Wir hatten uns geküsst. Und die Augenbinde hatte eine Zeit lang neben Zaras Kopf gelegen, nur war es zu dunkel gewesen, um ihre Augen erkennen zu können.

Dieser elende Neumond.

Am nächsten Tag kamen Renée, Lottchen und Luzia auf Besuch. Lottchen erkundete begeistert das Maiensäss, Luzia klappte ihren Laptop im Schatten auf und Renée nahm Zara zur Seite, um etwas mit ihr zu besprechen.

Rilke2 schielte unentwegt zu Luzia, die mit grimmigem

Gesichtsausdruck drüben am Tisch saß und die Tastatur des Laptops traktierte. Er erklärte mir, dass er sie überaus entzückend fände mit der gerunzelten Stirn, dem italienischen Aussehen und der miesepetrigen Art. Aber er wagte es nicht, sich zu ihr zu setzen. Ich machte Kaffee und stellte Tassen auf den Tisch, zerrte Rilke2 herüber und ließ mich neben ihm nieder. Er fuhr sich unentwegt durchs Haar, starrte abwechselnd in seinen Kaffee, zu Luzia und auf seine Hände. Ich eröffnete notgedrungen das Gespräch, Rilke2 war nicht fähig dazu, er sah aus, als fiele er demnächst in Ohnmacht. »Luzia, was machst du auf deinem Computer?«

Luzia schaute stirnrunzelnd auf, sie schien uns erst jetzt zu bemerken. »Muss ich fertig stellen. Geht um integrierte, offene und erweiterbare Datenmanagement-Lösungen. Eine komponentenbasierte Software, die über eine einzigartige Skalierbarkeit verfügt. Mit dem Programm können durch Makros und bewährte Muster die Komplexität und der Zeitaufwand eines Datenprojektes auf ein Minimum reduziert werden. Und das Beste ist«, sie schaute uns mit funkelnden Augen an, während wir verständnislos blinzelten, »das Allerbeste ist, dass auf alle diese Funktionen durch eine intuitive grafische Entwickleroberfläche, GDE, zugegriffen werden kann.«

»Alles klar«, grinste ich. »Ich lass euch kurz mal allein, muss nach Felix schauen, er hat etwas davon gesagt, dass er zum Bach gehen will, das muss verhindert werden.« Bevor ich jedoch aufstehen konnte, packte mich Rilke2 an der Schulter und schaute mich flehend an. So blieb ich.

Luzia nahm einen Schluck Kaffee und wollte sich schon wieder dem Computer zuwenden, als Rilke2 seine ineinander verknoteten Finger entflechtete und sagte: »Ich eh, d-das tönt ja sehr spannend, w-was du da machst. E-es hört sich sehr poetisch an.«

Luzia schaute ihn überrascht an. »Hä?!«

Rilke2 griff hastig nach seinem Notizbuch und fingerte darin herum, bis er die gesuchte Stelle gefunden hatte.

plattform unabhängig
plattform spezifisch! dezent, komplett
debugging, rotgewandet – aufgewendet
maximierte, permanente transformationen
ich wüsste deine prozesse
gern
wüsste ich?

Luzia starrte ihn erst verblüfft, dann entzückt an. »Hey, das ist gut, ja, sehr gut ist das. Knapp gesagt, aber auf den Punkt gebracht!«

Rilke2 klappte das Notizbuch ungläubig zu. »Du verstehst es?!«

»Ja, es beschreibt für mich sehr schön, wie Compile einer COBOL-Source auf dem Host oder eines lokalen Java-Moduls über gleichnamige logische Prozesse gestartet werden können. Ich habe noch nie etwas so Poetisches gehört.«

Rilke2 rührte heftig in seiner Kaffeetasse, obschon er den Kaffee dunkel und ohne Zucker trank.

»Zeig mir mehr davon.«

Die beiden blieben lange am Tisch sitzen und tauschten Gedichte und Computerwissen aus, Rilke2 mit hochrotem Kopf. Ich schlich mich bald davon. Man konnte buchstäblich spüren, dass hier etwas Außerordentliches geschah, das man auch in hundert Jahren nicht verstehen würde!

Am nächsten Tag gingen die Frauen inklusive Rilke2 und Felix auf eine Wanderung. Zara und ich blieben in der Hütte und arbeiteten am Theaterstück. Am Nachmittag zog sich Zara in die Hängematte zurück und war bald eingeschlafen.

Ich schlich zur Hängematte und starrte die Sonnenbrille an. Nur ein wenig, sachte, ein bisschen anheben und drunter schauen, es würde ja niemand bemerken …

Ich tat es nicht, aber zweifelte langsam an meinem Verstand – und an meiner Selbstbeherrschung. So etwas passierte mir sonst nur, wenn ich ein Gerät nicht reparieren konnte, aber ewig verbissen weitermachte. Ich wollte Zaras Augen sehen, unbedingt, ich wollte sie sehen, ich wollte in ihre Seele blicken. Kann man einer Blinden in die Seele schauen?

Was wäre gewesen, wenn ich mich in jener Nacht nicht als Sarita ausgegeben hätte? Hätte Zara mich verführt? Ach was, nie im Leben, wir hätten vermutlich übers Theater gesprochen. Was wäre gewesen, wenn mich Renée nicht erkannt hätte? Hätte Zara mich ein zweites Mal verführt? Hatte Sarita Zara etwas bedeutet? Wohl kaum. Hatte die Nacht mir selber etwas bedeutet? Was für eine Frage. Natürlich hatte sie.

Als ich an diesem Morgen mit Rilke2 am Brunnen darauf gewartet hatte, dass sich der Wasserkessel füllte, sagte er: »Dich hat's schlimmer erwischt, als ich dachte.«

»Hä?« Ich war gerade dabei, von einer Steinplatte zur anderen zu hüpfen.

»Wie du Zara anschaust – das ist Stoff für viele wunderbare Liebesgedichte.«

»Du übertreibst maßlos.«

»**Sie ist es, meine Göttin! meine Liebe!**«, rezitierte er aus *Romeo und Julia*. »**O wüsste sie, dass sie es ist!**«

Ich ließ ihn verärgert stehen und holte die Butter und den Käse aus dem Keller. Soll er den Wasserkessel doch alleine tragen!

Ich betrachtete Zaras schlafendes Gesicht, die wenigen, klitzekleinen Sommersprossen auf Nase und Wange. Sie würde sich nie in mich verlieben, das wusste ich, ich war ihr zu verrückt. Immer war ich den Frauen zu verrückt! Ich hätte mir so gewünscht, dass Zara sich in mich verlieben würde, so wie ich mich in sie verliebt hatte, es müsste nicht gleich stark sein, aber so viel, dass sie etwas von mir wollte. So also fühlte es sich an, wenn einem jemand das Schwert ins Herz rammt und darin herumrührt! Stechen und rühren, als wäre das Herz Kartoffelpüree. Leise entfernte ich mich vom Haus mit Seitenblick auf die dösende Zara und setzte mich auf meinen Lieblingssteinbrocken, der mitten in der Wiese lag und auch nach Jahrtausenden nicht wusste, was er hier verloren hatte. Ich kletterte darauf, setzte mich hin und schaute zu, wie sich kleine, salzige Flecken auf meiner Hose bildeten.

Gegen Abend kehrten die drei Frauen in die Stadt zurück. Lottchen graste die Wiese ab und Renée musste den Riesenblumenstrauß ins Auto tragen. Luzia schaute beim Verabschieden ungewöhnlich lange in Rilke2s Augen. Rilke2 würde diesen **Blick, in dem Du&Ich in der Unendlichkeit der Endlichkeit sich erkennend überkreuzten,** in zehn Gedichten und Textfragmenten verarbeiten. In der Dämmerung zog er mit Rotschopf ans Lagerfeuer, den wilden Tieren und Geistern die Stirn bietend, beschützt von zwei Hunden, die ihre helle Freude am Leben draußen hatten.

Zara und ich blieben alleine zurück.

21

... die Beharrlichkeit, mit welcher der Magnet
sich immer wieder zum Nordpol wendet,
die Sehnsucht, mit dem das Eisen zu ihm fliegt,
die Heftigkeit, mit welcher die Pole der Elektrizität
zur Wiedervereinigung streben ...
Arthur Schopenhauer

Nachdem die Jungs mit den Hunden zum Nachtlager aufgebrochen waren, setzten wir uns auf den Balkon, Beine aufs Geländer, die mit Rotwein gefüllten Gläser daneben. Ich überlegte mir, was später im Schlafraum geschehen würde. Eine Fortsetzung der Frosch-holde-Maid-mit-den-hübschen-Hüften-Geschichte? Wollte ich das? Nein, man ging nicht mit Exaffären ins Bett. Andererseits wäre mir ein Vergnügen durchaus willkommen gewesen. Und Sarita ging mir nicht aus dem Kopf.

Am Morgen hatte mich Renée zur Seite genommen. »Was ist mit dir los – mal abgesehen davon, dass du braun geworden und wegen der Natur noch nicht durchgedreht bist?«, fragte sie.

»Ich habe im See gebadet.«

»Und sonst?«

»Bin ich in Badeanzug und Regenjacke gewandert.«

»Da ist noch mehr.«

»Sarita war kurz da.«

Wir saßen auf der Bank vor dem Holzhäuschen. Renée zündete sich laut eine Zigarette an und genoss eine Weile die Aussicht.

»So, so«, sagte sie, dann eine Weile nichts. »Habe ich dir

schon erzählt, dass Lottchen und ich im August Ferien auf den Kykladen machen werden?«

»Nein, hast du nicht – he, ist das alles, was du zu sagen hast?«

»Ich wollte bloß wissen, was der Grund für deine erotische Ausstrahlung ist. Nun weiß ich es.«

»Das reicht dir?«

»Zara, hab' ich jemals deine Frauengeschichten kommentiert? Ich helfe dir, tolle Frauen zu finden, die du dann im Expressverfahren eroberst und wieder wegwirfst. Ich bin seit über zehn Jahren mit der gleichen Frau zusammen und glücklich dabei. Mir fällt nichts zu deinem Frauenraubbau ein.«

»Wenigstens einmal könntest du deine Regel brechen und etwas sagen.«

»Ist es denn so wichtig?«

»Ich möchte es einfach wissen, aus Neugier.«

Renée seufzte. »Also gut: Erstens, es gibt keine Sarita. Zweitens, es gibt eine Emilia. Drittens, mit ihr stellst du gerade ein Theaterprojekt auf die Beine. Einem Mann würde ich sagen: Lass deinen Willi in der Hose. Also denn: Lass deine Wilhelmine aus dem Spiel. Und Achtung, gleich schlag' ich dich auf den Unterarm, eine Bremse will an dein Blut.«

Sie schlug zu.

»Getroffen?«

»Getroffen.«

Ja, sie hatte getroffen, in mehrerer Hinsicht. Sie hatte ja Recht. Es gab keine Sarita, und wir mussten ein Theater inszenieren.

Als Rilke2, Felix und die Hunde aufgebrochen waren, saßen Emilia und ich auf dem Balkon und hirnten angestrengt darüber, was es noch über *Romeo und Julia* zu besprechen gäbe. Ach ja, Julias Dolch, mit dem sie sich umbringen würde – sollten wir wirklich einen echten nehmen? Wir saßen nahe nebeneinander, unsere Oberschenkel berührten sich beinahe. Emilia sah es bestimmt. Ich spürte es jedenfalls.

Emilia goss Wein nach, ein neues Gesprächsthema musste her. Ein wankelmütiges Abendwindchen blies bald von dieser, dann von der anderen Seite. Ich roch Emilia. Sie hatte nie Parfum aufgetragen, außer in jener unseligen Sarita-Nacht. Sie roch ungekünstelt, schnörkellos und klar; es fällt mir schwer ihren Körpergeruch zu beschreiben, ich finde keine Vergleiche. Ja, sie roch unvergleichlich – unvergleichlich gut, ich atmete immer tief ein, wenn sie in meiner Nähe war.

Emilia sagte: »Warum stecken in deinen Socken kleine Sicherheitsnadeln?«

»Für jedes Sockenpaar gibt es eine festgelegte Höhe. So finde ich beim Zusammenlegen diejenigen Socken, die zusammengehören.«

»Wow!« Dieses kleine technische Detail gefiel ihr natürlich. Dann schien sie zu überlegen. »Weißt du, es ist das erste Mal, dass ich ein farbiges Kleidungsstück an dir sehe. Darauf sollten wir anstoßen.«

»Wie bitte?«

»Deine roten Socken. Gefallen mir gut.«

Ich befingerte meine Socken. »Das ist nicht wahr!«, rief ich, stand auf und holte aus meinem Rucksack den *Beta Color*, ein Farberkennungsgerät, das ich praktisch immer bei mir habe. Es funktioniert unabhängig von Lichtverhältnissen und kann bei so unterschiedlichen Stoffen wie Wolle, Teppiche, Möbel, Papier oder Kunststoff die Farbe erkennen. Die Farbmessung erfolgt blitzschnell per Sprachwiedergabe. Das Wundergerät kann siebenhundert verschiedene Farben bestimmen, außerdem informiert es mich darüber, ob und wo Licht brennt und ob es draußen dunkel oder hell ist. Die Frauenstimme bestätigte nun Emilias Behauptung – die Socken waren rot. Ich seufzte. »Das ist bestimmt Lottchen gewesen. Sie macht sich einen Sport daraus, mir immer mal wieder ein farbiges Accessoire in meine Garderobe zu schmuggeln. Sie wird es büßen!«

»Was hast du denn gegen farbige Socken?«

»Nichts, aber da ich Farben nicht sehen kann, brauche ich auch keine zu tragen.«

»Schwarze Kleider also, weil du Schwarz vor Augen hast?«

»Ich habe kein Schwarz vor Augen.«

»Nein? Wenn ich meine Augen schließe, sehe ich schwarz.«

»Du bist ja auch nicht blind.«

»Was siehst du dann?«

»Nichts.«

»Wie sieht denn nichts aus?«

»Es sieht nicht aus, weil, wenn man nichts sehen kann, sieht man eben nichts, auch nicht das Nichts. Wenn du die Augen schließt, ist das ein Spiel zwischen Sehen und Nichtsehen. Aber ich bewege mich schon lange nicht mehr zwischen diesen Gegensätzen. Wenn das Sehen wegfällt, tut es mit der Zeit auch das Nichtsehen. Nachdem ich ganz blind geworden bin, war für mich die Welt tatsächlich erst mal schwarz. Aber mit den Wochen und Monaten verlagerte sich meine Wahrnehmung auf die anderen Sinne, und es gab und gibt kein Sehen oder Nichtsehen mehr. Es gibt nur noch eine Welt, über die du stolperst, an der du dir Beulen holst, die riecht und stinkt, die sich weich anfühlt oder kalt, hart und borstig, die leise, laut, melodiös oder lärmig ist.«

»Wenn du weder Schwarz noch Farben siehst, ist es aber unlogisch, dass du nur schwarze Kleider trägst.«

»Schwarze Kleider haben den Vorteil, dass sie immer zueinander passen, bei Farben ist das weitaus heikler. Abgesehen davon ist es sowieso einerlei, welche Farbe man trägt.«

»Wieso?«

»Weil alles eine Illusion ist. Schopenhauer hat gesagt, dass der Mensch weder Sonne noch Erde kennt, sondern immer nur ein Auge, das die Sonne sieht; eine Hand, die die Erde fühlt. Dass die Welt, welche uns umgibt, nur als Vorstellung da ist.« Ich drückte die Zigarette aus. »So ist das: Das Leben ist eine Illusion, und die Wahrheit ist: Es gibt keine Wahrheit. Sehen, Hören, Tasten und Schmecken sind bloß Handlanger der Illusion. Wir nehmen die Welt als Blaupause der Blaupause der Blaupause des Originals wahr.

Das ist wenig, eine abgeschmackte Angelegenheit. Eine Farce. Ich als Blinde habe den fragwürdigen Vorteil, dass mir dieser Bluff vielleicht etwas bewusster ist. Das Leben ist eben eine elendigliche Angelegenheit, tückisch und verlogen. Und am Schluss stirbst du auch noch!«

Emilia stellte ihr Weinglas ab. »Na ja, es wäre ja ziemlich langweilig, wenn man von Anfang an schon alles wüsste. Das wäre, wie wenn alle Geräte schon geflickt wären. Sehr langweilig, wirklich.«

»Für mich ist es Augenwischerei. Das ist übrigens ein interessanter Ausdruck: Ohrenwischerei gibt es nicht. Das Sehen ist eben der fragilste Wahrnehmungskanal.«

»Mein Vater versucht seit Mutters Tod, ihr zu Ehren eine rote Zucchinisorte zu züchten. Er ist mittlerweile so weit, dass er die grünen für rot hält. Liebe ist eine machtvolle Kraft.«

»Am Ende seines Lebens werden wir uns vielleicht alle eingestehen müssen, dass Liebe nichts anderes ist als der erfolglose Versuch, grüne Zucchini in rote zu verwandeln.«

»Du scheinst von der Liebe nicht eben viel zu halten.«

»Ich bin eine Nihilistin. Liebe gibt es nicht.« Ich reckte mich. »Und die Nihilistin ist jetzt müde, ich geh wohl mal ins Bett – was ist mit dir?«

»Muss noch ein paar Sachen erledigen. Aber was hat denn plötzlich eine politische Partei mit der Liebe zu tun?«

»Hä?«

»Na, die Nihilisten sind doch ein extremer Flügel der Kommunisten. Ich wusste gar nicht, dass du politisch aktiv bist.«

Ich ging wiehernd in die Küche und kam gleich wieder heraus. »Da ich meinen *Beta Color* schon in der Hand habe, würde ich gern mal deine Kleider anschauen. Ich habe schon viel über sie gehört.«

Emilia schwieg.

»Komm her«, bittend streckte ich die Hand nach ihr aus.

»Willst du dich lustig über mich machen?«

»Ich möchte hören, was der *Beta Color* dazu sagt.«

»Na gut.« Sie stellte sich vor mich hin. »Aber wehe, wenn du lachst!«

Ich begann beim Kopf, berührte ihn mit der linken Hand und ließ den *Beta Color* in der rechten folgen. Im Haar steckte eine Sonnenbrille mit dunkelrotem Gestell. Sachte fuhr ich über ihr Gesicht, den Hals entlang, und während ich das tat, dachte ich, dass diese Idee wieder mal kolossal dumm war. Am Hals trug sie eine gelbe Kette aus Kunststoff. Das T-Shirt war purpurn, das Jäckchen darüber mittleres Seegrün, die halblange Hose limettengrün mit fuchsiaroten Blumen, die Flip-Flops mittleres Türkis.

»Wenn du jetzt lachst, kannst du draußen schlafen«, brummte Emilia.

Ich lachte nicht, aber weiß Gott, wie gerne hätte ich losgeprustet! Emilia war ein bunter Vogel, das war sie! Sie war zum Lachen, aber es wäre kein gemeines Lachen gewesen, sondern ein zärtliches und liebevolles.

Während ich die Zähne putzte, spülte Emilia die Gläser und füllte den Wasserkessel. Sie machte eine Runde ums Haus und trocknete die Gläser. Als ich zum Lager hinaufstieg, hörte ich, wie sie am Herd fuhrwerkte, Holz holte und wieder hinausging. Endlich kam sie herein und entledigte sich der Kleider. Die Treppe knackte, als sie hochkam. Die Falltüre quietschte, als sie sie schloss. Der Boden knarrte, als sie vorsichtig darüber ging.

Aufrecht sitzend erwartete ich sie. »Endlich kommt die Handwerkerin!«, sagte ich. »Ich bringe dieses blöde Ding nicht auf, es klemmt!« Ich brachte den Reißverschluss tatsächlich nicht auf, hätte das Jäckchen jedoch wie einen Pullover ausziehen können. Was wollte ich? Eigentlich nichts, aber ich konnte unseren Kuss von vorletzter Nacht nicht vergessen und Sarita sowieso nicht.

Emilia setzte sich vor mich hin. Schweigend untersuchte sie das Problem, sie ging vorsichtig ans Werk, zupfte und ruckte hier und da. Ich hielt still, hörte unseren Atem. Sie öffnete den Reißverschluss schließlich mit einem Ruck. Ich zog das Jäckchen aus, legte es sorgsam ans Bettende.

Das hier wurde kompliziert. Emilia schwieg, ich sagte auch nichts, und ich dachte: Verflixt, wo haben wir uns da hineingeritten? Die Stille zwischen uns war wie ein Schwarm Möwen, die im Abendlicht um ein Fischerboot fliegen. Unzählige Fragen hingen zwischen uns und keine einzige Antwort. Ich überlegte, was jetzt zu tun wäre, als Emilia sagte: »Wenn man bedenkt, dass morgen morgen ist und heute heute, dass gestern gestern ist, und wenn das Gestern gestern ist und das Morgen morgen, ist jetzt gerade jetzt und deshalb …«

Ich versuchte noch, ihre komplexe Abhandlung zu verstehen, als sie mir die Entscheidung abnahm: Sie rief »Achtung!« und hechtete in meine Arme.

Das Heute dehnte sich aus, wurde zum Morgen, zum frühen Morgen, und im Dazwischen geschahen Dinge, für welche es nur Worte gibt, aus denen man längst herausgewachsen ist. Zum ersten Mal verstand ich Rilke2s Gedichte, die sich wie eine sinnlose Aneinanderreihung von Wörtern anhörten. Es geht um das Dazwischen, nicht um die Wörter selber – um das, wohin Wörter einen nur auf halbem Weg hinführen können. Und dieser halbe Weg, dieses Dazwischen, zusammen mit Emilia, in jener Nacht, es war jede Torheit wert. Kein Felix kam, kein Dachs, kein Gewissen und kein Verstand. Das hier war gefährlich, es sollte nicht sein; doch da nichts und niemand dazwischen kam, weder Angst, Zweifel noch Fragen, verwandelten wir unsere einfache Schlafstätte hingebungsvoll in eine dampfende Höhle, in ein Becken leidenschaftlicher Gefühle, in ein Nest voller glückseliger Seufzer. Ich betrachtete Emilia mit meinen Händen, von Kopf bis Fuß, von außen nach innen, und ich fand keine Stelle, die ich nicht als schön empfunden hätte. Wir liebten uns mehrmals in einer Mischung aus Begeisterung und Verzweiflung, jedenfalls ich war begeistert und verzweifelt zugleich, ohne sagen zu können, warum. Wir liebten uns mit Hingabe und Ungestüm, Emilia war ungestüm, ohne Hintergedanken und Berechnung, sie war zügellos im besten Sinn des Wortes und brachte mich dazu, meine

Zügel ebenfalls loszulassen. Es wurde ein stürmischer Ritt, ein gefährlicher und einer voll unerwartetem Spaß.

Irgendwann kamen wir zur Ruhe, irgendwann nahm ich wieder das Rauschen des Baches wahr und einen Vogel, der zwitscherte. Offenbar dämmerte es schon. Ich tastete nach meiner Augenbinde. In stillem Einvernehmen rückten wir auf Armeslänge auseinander, und ich fiel sofort in einen tiefen, traumlosen, süßen Schlaf.

22

Sarah Guppy erfand ein Himmelbett aus einem von Vorhängen umgebenen Metallgestell, mit Schubladen unter der Bettstatt und Turnstange. Im geöffneten Zustand bildete jede Schublade eine Stufe, über die man ins Bett hochsteigen konnte. Die Turnstange ließ sich mit einem Flaschenzug heben und senken.

Als ich erwachte, brauchte ich nur ein Auge halb zu öffnen, um zu wissen, dass ich das Glück dieser Nacht nicht geträumt hatte: Die Decken und Duvets lagen verstreut, meine Beine lagerten ausgestreckt auf der lakenlosen Matratze, mein Kopf an Zaras Schulter. Als ich mich aufsetzte, sah ich, dass Zara doch tatsächlich wieder ihre blöde Augenbinde aufgesetzt hatte. Eigentlich wollte ich denken, dass sie nicht alle Tassen im Schrank hat, aber für diesen Gedanken war ich zu aufgewühlt, zu verliebt und zu verunsichert. Ich wusste nicht, wie ich mich verhalten sollte. Was tut man in solchen Momenten? Sie mit einem Kuss wecken? Ihr das Frühstück ans Bett bringen? So tun, als würde ich noch schlafen? Keine Ahnung. Ach, warum hatte ihr niemand eine Gebrauchsanleitung beigelegt?

Ich schlich aus dem Schlafraum, so weit dies bei dem knarrenden Boden möglich war, zog etwas über und machte mich an die Frühstücksvorbereitungen. Während ich Kleinholz machte, fuhr ich mit der Zunge über meine Lippen, die vom Küssen geschwollen waren. Sie fühlten sich schön und üppig an, ich kam mir irgendwie wie Julia Roberts vor. Sowieso, ich war überall ein bisschen geschwollen und sehr empfindsam. Als ich beim Holzhacken zufällig mit dem Oberarm meine Brust streifte, musste ich aufseufzen, so ganz wohlig war mir. Sumba, die von ihrem Außenlager allein zurückgekehrt war und nun neben mir am Boden lag, schaute mich erstaunt an. Wegen ihrer Fransen sah ich ihre Augen zwar nicht, aber ich wusste, dass sie mich erstaunt anglotzte. Ich jedenfalls hätte das getan.

Zara kam und kam nicht herunter – sollte ich nach ihr schauen? Nur, wie müsste ich mich dann verhalten? Sumba spitzte ihre Ohren, wobei *spitzen* bei diesem schlappen Gehänge maßlos übertrieben ist. Ich hörte Schritte im Stall. Wedelnd empfing Sumba die todesmutigen Männer aus dem Wald. Wir setzten uns bald an den Frühstückstisch und Felix befahl Zara laut schreiend, runterzukommen. Da endlich tauchte sie auf. Ich fand, dass ihre Lippen einen Angelina-Jolie-Einschlag hatten. Sie murmelte zerstreut ein »Gut'n Morg'n« und fragte, ob der Kaffee heute vielleicht besonders stark sei. Ich hätte gerne mit meinen Julia-Roberts-Lippen ihren Angelina-Jolie-Mund geküsst.

Zara war an diesem Tag eindeutig durcheinander, obschon ihr Felix wie immer genau beschrieb, wo sie was finden konnte (Konfitüre auf halb sechs, Milch zwölf Uhr, zwei Handbreit vom Teller entfernt, usw.). Einmal zündete sie sich ihre Zigarette versehentlich am falschen Ende an. Und irgendwie kamen unsere zwei Körper einander ständig ins Gehege. Mehr als sonst ließ sie sich von mir führen und wie beiläufig strich sie über meinen Arm, so beiläufig, dass ich mir nicht sicher war, ob es sich um Absicht oder Zufall handelte. Aber dass ich Gänsehaut, Stromstöße und weiche Knie kriegte, wenn sie mich berührte, das wusste ich bestimmt.

Der Tag zog sich dahin, es dauerte ewig, bis endlich Zeit fürs Abendessen war und ich nervöser und nervöser wurde. Ich wusste nicht genau, was mich an diesem Abend erwarten würde, aber ich wusste, was ich mir wünschte. Der Abend war ein dummes Gummiband, das sich zog und zog und zog. Dann endlich war Schlafenszeit. Kaum kroch ich über die Decken Richtung Kissen, packte mich Zara und zog mich zu sich.

Rilke2 und Felix schliefen auch die restlichen Nächte im Wald. Jeden Abend wartete ich sehnsüchtig darauf, endlich ins Bett gehen zu können – ehrlich gesagt, wartete ich schon beim Erwachen darauf, hin und hergerissen zwischen Hoffnung und Angst. Nach ungefähr tausend Stunden kam der Abend, nach weiteren fünfzig verzogen sich die Männer endlich in die Wildnis, und kaum taten sie das, putzte sich Zara schon die Zähne und verkündete, dass sie nach oben ginge. Die Treppe hochgehen und mit dem Schließen der Falltüre alle Bedenken, Ängste, die ganze Welt aussperren, mit zwei, drei Schritten zu Zara gehen und ihr in die Arme fallen. Stillschweigend verhielten wir uns tagsüber, als hätte es die Nacht nicht gegeben. Und in der Nacht, als existierte der Tag nicht.

Und ich hätte sagen können, dass ich verrückt war vor lauter Glück und Liebe, aber es wäre nur die halbe Wahrheit gewesen. In mir nagte eine Frage: Was würde nach den Ferien sein? Wir sprachen nicht darüber. Und ich, die ich mich mit solchen Dingen nicht auskannte, hoffte, dass Zara mir ein Zeichen geben würde.

Wir kehrten wehmütig in die Stadt zurück. Felix, erfüllt vom Grauen vor seinem Zuhause, verstummte und wollte nicht mehr zum Fenster hinausschauen. Beim Abschied sagte Zara leichthin: »Also bis zur nächsten Probe« und kehrte mir den Rücken zu. Verdattert schaute ich zu, wie sie im Haus verschwand.

Sie gab mir kein Zeichen. Mir wurde es leicht übel und schwindlig. Rilke2 schaute mich fragend an, während er Felix daran zu hindern versuchte, die Scheibe mit Spucke zu verschmieren. Ich setzte mich wieder ans Steuer. Hatte sich Julia so gefühlt, als Romeo nach der Hochzeitsnacht hatte gehen müssen? Es war die Lerche, nicht die Nachtigall. Es war diese verflixte Lerche!

23

Unser Dasein hat keinen Grund und Boden, darauf es fußte, als die dahinschwebende Gegenwart.
Arthur Schopenhauer

Emilia-Sarita und ich waren gewissermaßen quitt. Sie hatte mir etwas vorgemacht, ich würde ihr jedoch gar nichts vormachen und hart sein. Als ich aus Emilias Wagen stieg, wurde die Zeit in den Bergen zur Vergangenheit. Ich hatte jahrelange Übung darin, auf dem hauchdünnen Grat der Gegenwart zu wandeln, ohne einen Gedanken auf Vergangenheit und Zukunft zu verschwenden. Schopenhauer hat diesen Balanceakt einmal wunderschön beschrieben: **In der Vergangenheit hat kein Mensch gelebt, und in der Zukunft wird nie einer leben; sondern die Gegenwart ist immer da, samt ihrem Inhalt: Beide stehn fest, ohne zu wanken; wie der Regenbogen auf dem Wasserfall.**

Ich hatte mich in all den Jahren an diesen Regenbogen gehalten, das hatte mich davor bewahrt, mich wegen meiner Blindheit zu zerfleischen oder wegen Felicia. Es gab für mich immer nur diesen einen Schritt, den ich gerade tat, alles andere war unwichtig. Die Nächte mit Emilia waren vorbei, und egal, wie schön sie gewesen waren, sie waren nicht mehr. Ich ging weiter.

Wir trafen uns bei den Proben, und ich tat, als wäre nichts geschehen. Emilia kam nie auf die Nächte zu sprechen, wofür ich ihr sehr dankbar war. Ich wusste nicht, welche Blicke sie mir zuwarf, für einmal hatte meine Blindheit einen Vorteil. Wir diskutierten über das Stück, wir feilschten mit den Schauspielern um Gesten, wir organisierten und planten das Bühnenbild. Wenn wir außerhalb des

Tertianums etwas zu besprechen hatten, trafen wir uns im Restaurant oder auf einem Spaziergang. Nie jedoch zu Hause.

Und wie es das Wesen der Eroberung ist, treibt sie einen unaufhaltsam zur nächsten. Was hätte ich Emilia nachweinen sollen – auf jede befriedigte Begierde folgt sogleich eine neue, wie mein Philosoph richtig festgestellt hat! Nur nie stehen bleiben; um die nächste Ecke wartet ein weiteres Vergnügen, süße Frauen wollen gepflückt und zerpflückt werden. Ich tauchte ins Nachtleben ein, begab mich wie üblich auf Jagd. Aber ehrlich gesagt war das Erobern williger Frauen auch schon spannender gewesen. Es kam zu meinem Entsetzen vor, dass ich mich während eines Gesprächs mit der potenziellen Liebhaberin zu langweilen begann. Bisher hatte ich mich auf die hohe Kunst des Verführens konzentriert und war damit vollumfänglich beschäftigt. Hauptsache, Renée hatte mir grünes Licht gegeben, und Hauptsache, es würde Sex geben. Natürlich hatte ich mich früher auch schon gelangweilt, nur fiel neuerdings die Lust auf die Eroberung wie ein Käsesoufflee in sich zusammen. Und zeigte die Frau wegen meiner Blindheit Mitleid, zog ich mich angewidert zurück. Emilia hatte mich nie bemitleidet, das war eine ihrer großen Stärken.

Als mich Renée zwei Wochen nach der Retraite fragte, was nun mit Emilia sei, sagte ich bloß: »Erobert. Jetzt steht wieder *Romeo und Julia* an.«

Ich war froh, dass Renée wie immer keine Kommentare zu meinem Sexleben abgab. Jedenfalls keine direkten. Eines Abends saßen Lottchen, sie und ich auf unserem kleinen Balkon, auf den uralten Gartenstühlen, die nur zur Hälfte draußen Platz hatten, und aßen eine selbstgemachte Pizza. Wir diskutierten darüber, was wäre, wenn alles in unserem Leben anders verlaufen wäre. Lottchen war mit diesem Thema gekommen. Sie fragte Renée, wer sie interessieren würde, wenn es sie nicht gäbe. Mal so hypothetisch.

Renée überlegte nicht lange, sie überlegte genau genommen gar nicht, was bei ihr selten vorkommt. Tendenziell muss man ihr die Würmer aus der Nase ziehen – und daran hätte sie sich wohl besser auch diesmal gehalten. Sie sagte also ohne zu überlegen: »Emilia. Sie ist eine aparte Erscheinung, sehr fantasievoll gekleidet, kreativ, interessant, ungewöhnlich, eigenständig, witzig, und sie kann Autos flicken. Eine tolle Frau. Leider nur hat sie einen schlechten Geschmack, was die Liebe angeht.« Sie schubste mich, worauf ich in einen Hustenanfall ausbrach.

»Blöde Pizza«, erklärte ich, als ich mich erholt hatte.

»Eher blöde Pizza-Esserin«, ergänzte Renée.

Renées Aussage zog einen Streit mit Lottchen nach sich, die sich eine andere Antwort gewünscht hatte, im Sinne von: Mein Schatz, wenn es dich nicht gäbe, würde ich ein Leben lang allein bleiben! Beleidigt ging sie hinein, um den Abwasch zu machen. Es gibt eben Fragen, die man in einer Beziehung nicht stellen sollte. Genau deswegen bevorzuge ich mein Single-Dasein.

24

»Die Waschmaschine für die Dame« von Anna Smith bestand aus zwei Waschbrettern, die horizontal in einen Holzzuber gesetzt und gegeneinander aktiviert wurden.

Ich kniete in meinem Laden vor einer Waschmaschine, die mir ein Nachbar überlassen hatte und die ich auf Vordermann bringen wollte. Ich öffnete das Pumpengehäuse, umging vorsichtig den Dichtungsring, hielt das Lüfterad des Motors fest, um das Flügelrad von der Welle abzudrehen; verkeilte den Motoranker mit dem Schraubenzieher, nahm die dahinter befindliche Schleuderscheibe ab; hebelte die Wellendichtung vom Motorträger ab und zog sie von der Welle; polierte die Pumpenwelle; nahm die neue Welldichtung, füllte die Fettkammer mit Fett, setzte die Dichtung ein, montierte das Flügelrad, schraubte das Pumpengehäuse zu und baute die Pumpe in die Maschine ein.

Fertig.

Während ich mich streckte, fiel mein Blick auf den Boden: Die Schleuderscheibe lag vor der Waschmaschine – die hätte aber mit dem Flügelrad eingebaut werden sollen. Himmelsakrament! In diesen Tagen arbeitete ich wie eine Irre, und dabei kam auch nur Irres heraus. Ich schraubte und schnitt und schraubte und verband und schraubte und ersetzte und schraubte und suchte den Rundkabelentmantler und ließ die Kombizange fallen und schraubte und suchte den verflixten Phasenprüfer und schraubte und lötete und verstand die Welt nicht mehr. In den Bergen war ich vor Glück fast geplatzt und jetzt konnte ich nicht mal die einfachste Reparatur ausführen. Ich verlor die Lust aufs Essen und fauchte Felix und Sumba wegen jeder Kleinigkeit an. Rilke2 bot sich mehrmals zu einem Gespräch an, aber ich winkte ab. »Man kann nicht über etwas reden, das eigentlich nicht stattgefunden hat«, sagte ich bitter. »Ha! Nicht stattgefunden hat – da lachen ja die Kreuzotter!«

»Das heißt ni–«

»Ja, ja, die Redewendung geht anders, ich weiß. Da lachen halt die Nattern.«

Von wegen nicht stattgefunden! Die Nächte mit Zara brannten in meiner Seele, raubten mir den Schlaf und würden meinen Laden in den Konkurs treiben.

Ich vermisste Zara. Ich verstand nicht, warum sie so tat, als wäre nichts zwischen uns geschehen. Es war viel zwischen uns geschehen und noch mehr in mir drin.

Ich liebte Zara.

So war es.

Ich wollte Zara eigentlich nicht lieben und tat doch nichts lieber als das. Bekanntlich kümmert sich die Liebe wenig darum, ob man jemanden lieben will oder nicht, sie schüttet sich ungefragt ins Herz und ertränkt jedes Wenn und Aber. Die Liebe ist die strengste Meisterin überhaupt, neben ihr sind Karatemeister Weicheier, die können ihren schwarzen Gurt glatt an den Haken hängen. Die Liebe sagt: Emilia, ich habe diese Frau für dich auserlesen. Aber bevor ich sie zurückfragen könnte: Hast du denn auch mich für Zara ausgewählt?, ist sie schon um die nächste Ecke verschwunden. Die Liebe ist nicht nur streng, sie ist außerdem so auskunftsfreundlich wie ein defekter Lautsprecher.

Mir kamen dauernd Episoden mit Zara in den Sinn, das machte mich fertig. Zum Beispiel ihre schöne Angewohnheit, ein Geschenk mitzubringen: Blumen, die sie aus einem Garten gestohlen hatte – merkwürdige Sträuße, denn sie wusste ja nicht so genau, was sie in die Hände bekam; eine kleine Flasche Dessertwein für die kleine Genießerin, wie sie es ausdrückte; ein kaputtes Gerät; eine Musik-CD, von der sie dachte, dass ich sie mögen würde; eine *Kinderüberraschung*, einen Knochen für Sumba, und seit sie wusste, wie sehr ich Oliven mochte, jede Olive, derer sie habhaft wurde. Wenn ich während der Proben müde wurde oder schlechter Laune war, brachte sie mich zum Lachen, indem sie die Schauspieler imitierte oder lustige Minihörspiele aus dem Ärmel schüttelte.

Und dann dies: Als wir in der zweiten und dritten Liebesnacht erschöpft wieder auf Armeslänge auseinander geglitten waren, hatte sich Zara noch einmal zu mir gebeugt, hatte sanft die Strähnen aus meiner Stirn gestrichen und mit zärtlichen Fingern mein Gesicht nachgezeichnet. Sie hatte mir die Decke bis unters Kinn gezogen – als wäre ich nicht schon heiß genug gewesen! –, und erst als sie den Eindruck hatte, dass ich gut gebettet war, hatte sie sich hingelegt.

Ihre Geste war so zärtlich, so unglaublich sanft gewesen, dass es mich schlicht umgehauen hätte, wenn ich nicht sowieso schon gelegen wäre.

Doch jetzt tat sie, als hätte es die wundervollen Nächte nicht gegeben. Zara verhielt sich nett mir gegenüber, nett und distanziert, nicht mehr. Kein Zeichen der Vertrautheit, nichts. Zara behandelte mich, als wäre ich nie etwas anderes als ihre Co-Regisseurin gewesen. Und weil ich mich mit Freundinnen und Liebhaberinnen nicht auskannte, wusste ich nicht, was das zu bedeuten hatte und wie ich mich verhalten sollte. Ich fragte Kobi und Otto um Rat, aber die schwafelten bloß alles, was ihnen grad durch ihr verqualmtes und alkoholisiertes Hirn waberte. Kobi begann: »Mädel, das kommt vor.«

Der dümmste Spruch folgte auf dem Fuße: »Ja, und was willst du mit einer Blinden? Man kann mit einer Blinden nicht mal zusammen ins Kino.«

Ich hatte mich zu früh gefreut.

»Schenk ihr Blumen, wunderschöne Blumen!«

»Frauen sind eben Flittchen. Aua, Emilia, das hat weh getan! Ich hab doch nicht dich gemeint!«

»Wie wär's mit einem Bierchen?«

»Schau, da kommt Frida. Ihr Dekolletee ist bestimmt tausend Mal schöner als das von Zara.«

Meine Ersatz-Väter waren manchmal einfach nur Nieten.

Langsam schlitterte ich auf einen Abgrund zu. Ich versuchte mich irgendwo festzuhalten, doch da war nichts, also schlitterte ich ungebremst weiter. Erst kurz vorm Absturz stellte sich mir doch etwas in den Weg, und zwar die Tertianer, die sich von einer Sommergrippe niederstrecken ließen. Das lenkte mich von meinen Problemen ab, worüber ich froh war, ansonsten kam es aber äußerst ungelegen, denn der Theaterplan geriet dadurch mal wieder völlig durcheinander. An Proben war nicht mehr zu denken. Jetzt ging es darum zu verhindern, dass die Leutchen während der Grippe ihre Texte vergaßen! Also beschlossen wir, sie zu besuchen, um die Passagen mit ihnen durchzugehen. Geduldig saßen wir an ihren Betten, hielten trockene Hände, auf denen sich die Altersflecken wie ein Sternenhimmel ausmachten. Wir hörten uns Geschichten aus der Jugendzeit an und lenkten mehr oder weniger erfolgreich die Aufmerksamkeit auf die Theatertexte. Wir erstickten schier in Wohnungen, in denen die Fenster geschlossen waren (der Durchzug!), und mussten mit ansehen, wie die mühsam gelernten Texte langsam aus den alten Köpfen wichen.

Zwischendurch traf ich mich mit Zara in der Cafeteria.

»Wie war's?«

»Stickig.«

»Schrank-Hildes Fieber ist endlich runtergekommen, aber sie meint immer noch, dass ich ihre Enkelin bin.«

»Pink-Rosy hat mir alle Liebhaber aufgezählt und erörtert. Ich weiß mehr, als mir lieb ist!«

Seufzend setzten wir unsere nutzlose Arbeit fort.

Die Schauspieler lagen bleich in den Laken, um Jahrzehnte gealtert. Es kam mir vor, als hätten sich die Runzeln noch tiefer in ihre Gesichter gegraben. Ich versuchte die kranke Luft nur durch den Mund einzuatmen; erfuhr traurige und witzige Episoden aus langen Leben, und mir wurde bewusst, dass das Leben rasend schnell vorbeizieht – und dass Zaudern und Zögern schlechte Ratgeber sind.

Nach zwei Wochen hatte sich die Grippe im Tertianum

ausgetobt und machte sich frohgemut daran, anderen Menschen die Freude am Sommer zu verderben. Die Tertianer steckten die Köpfe aus der Türe, aber sie waren vom Antibiotikum sehr geschwächt. Ihre Beine schienen krummer, der Gang gebeugter, sie gingen schrecklich unsicher und kletterten erst zwei Wochen nach der Genesung wieder vorsichtig auf die Bühne.

Wir hatten einen ganzen Monat Probezeit verloren! In den ersten Proben nach der Grippe hießen wir die Tertianer das Stück aufführen, soweit sie es eingeübt hatten. Sie gaben sich Mühe, aber ihre Köpfe waren wie durchlöcherte Kessel, es war sinnlos, damit Wasser holen zu wollen. Als sie fertig gespielt hatten, saßen Zara und ich stumm und wie betäubt auf unseren Stühlen. Wir hätten etwas sagen wollen, loben, ein bisschen kritisieren, mehrheitlich jedoch loben und Mut machen. Aber das konnten wir nicht, die Aufführung war so krötenschlecht, so gähnend langweilig, abstrus und lückenhaft, dass ich am liebsten rumgeschrien und mir die Haare gerauft hätte. Oh ja, ich hätte gerne geschrien, meine Nerven lagen blank, wegen der Grippesache und wegen Zara, ich war am Ende. Mir war so sehr nach schreien, dass ich es dann auch tat. »Ich hab's so satt, jawohl, satt habe ich es!«, schrie ich, packte meine Tasche und verließ mit Sumba und mit Tränen in den Augen den Probenraum. Blindlings eilte ich durch die Korridore an die frische Luft, nahm den Weg zum nahe gelegenen Wäldchen, wo ich mich an einen Baumstamm lehnte und weinte. Sumba stupste mich vorsichtig in die Seite, da fiel ich auf die Knie und umarmte meinen Hund, noch lauter schluchzend. Das Gesicht in Sumbas stinkendem Fell vergraben, weinte ich, während die Feuchtigkeit des Waldbodens durch meine Hose drang. Auch nachdem die Schluchzer verebbt waren, blieb ich stumm knien und fühlte, wie sich der Nebel in mir lichtete.

»Sumba, ich muss was klären«, sagte ich ins stinkende Fell, »so geht das nicht weiter. Es ist Zeit, Nägel mit Köpfen zu machen. Und weil du mich so toll getröstet hast, kriegst du eine Extrawurst.«

25

Die Wahrheit kann warten,
denn sie hat ein langes Leben vor sich.
Arthur Schopenhauer

Nachdem Emilia aus dem Probenraum gestürzt war, versuchte ich die Tertianer zu beruhigen. Als das nicht klappte, erklärte ich den verdatterten Altchen, dass die Probe hiermit beendet sei. Ich rief Renée an und bat sie, einen Ausflug mit mir zu machen, jetzt, sofort, su-bi-to.

Renée holte mich eine halbe Stunde später ab, und bald rollten wir in Renées amerikanischem Schiff samt offenem Dach und hechelnder Allegra auf dem Rücksitz durch die Hügel. Renée lässt sich auf solchen Ausflügen immer alle Zeit, sie will gleiten, nicht rasen, den Arm lässig aus dem Fenster hängen lassen und Elvis hören. Gott sei Dank hat Elvis eine Menge Lieder produziert, ich wäre sonst längst schon durchgedreht, so aber kommt es doch immer mal wieder vor, dass ich ein Elvislied zum ersten Mal höre. Bei manchen Stücken sangen wir mit, ich die zweite Stimme, Renée die ungefähr dreieinhalbte. Wenn wir genug durch die Hügel gerollt sind, nimmt Renée gewöhnlich die Straße zu einem der Seen und sucht uns ein Restaurant. Es kommt vor, dass wir einmal um den See herumfahren, bis Renée fündig wird. Es war sehr warm an jenem Abend, überall waren Leute unterwegs und glotzten – wie mir Renée stolz erklärte – ihren blau-weißen Chevytraum an, während sie die Bewunderungen huldvoll entgegennahm wie die Queen das Gewinke der Zaungäste. Es war so warm, dass sie ihre alte Fliegerjacke auszog, diese Lederschwarte, die bei jeder Bewegung ächzte.

Ich genoss das Fahrgefühl, den Fahrtwind, das Klimpern des Schlüsselbunds, der am Zündschlüssel hing, Elvis' Stimme, das tausendfache Gezirpe der Grillen und Renées Getrommel auf das Steuerrad; aber all das konnte meine Gedanken doch nicht daran hindern, immer wieder zu der Frage zurückzukehren, was Emilia gemeint haben mochte, als sie sagte, dass sie alles satt habe. Sie hatte so verzweifelt geklungen, verletzt auch, ich hätte sie am liebsten in den Arm genommen. Ich nehme jedoch Exaffären nicht in den Arm, da bin ich konsequent.

Renée bog in eine Einfahrt ein, der Schotterweg knirschte unter den Rädern. »Das wird dir gefallen«, versicherte sie mir. »Hier ist das mondäne Hotel *Vue du Lac* – wir waren noch nie da. Ein wuchtiger Bau aus dem neunzehnten Jahrhundert mit einer großen Terrasse am See.« Die Terrasse war gerammelt voll, aber wenn ich mit Blindenhund oder -stock auftauche, gibt es immer ein freies Tischchen, diesmal vorn an der Brüstung. Wir bestellten Weißwein und Eingelegtes, und Renée hängte den Arm lässig über die Brüstung – ich war mir sicher, dass sie es tat, sie hängt ihren Arm immer über irgendwas. Wir sprachen an solchen Ausflügen nicht besonders viel, mal brummte die eine, zehn Minuten später brummte die andere eine Erwiderung, dann wurde wieder geschwiegen.

Der Weißwein war schon nicht mehr kühl, als ich sagte: »Heute hat Emilia in der Probe geschrieen, sie habe alles so satt, und weg war sie.«

»Du bist ihr hoffentlich gefolgt und hast die Sache geklärt?«

Ich schwieg.

»Nein, hast du nicht. Ach, Zara.«

»Renn du ihr doch nach, ja, mach mal, du bist ja diejenige, die Emilia vergöttert!«

»Das tut nichts zur Sache. Du hättest ihr folgen sollen.«

»Ha! Du hast dich also tatsächlich in sie verguckt?«

»Lenk nicht ab!«

»Uh, hör ich da etwa Unsicherheit in deiner Stimme?! Jetzt verstehe ich, warum Lottchen vor Eifersucht schäumt, kaum dass Emilia auftaucht!«

»Lottchen übertreibt gewaltig. Du weißt ja, wie sie ist.«

»Ja, zum Beispiel nicht grundlos eifersüchtig. Sieh an, sieh an, du bist in Emilia verliebt! Das solltest du dir aber gleich wieder abgewöhnen, nicht weil's mich stört, nee, mir ist das ja egal, aber du willst es dir doch nicht mit Lottchen verderben!«

»Natürlich nicht. Es ist eine kleine Vernarrtheit, sonst nichts. Und sogar wenn ich etwas von ihr wollte, will sie jemand anderen, nur ist dieser Jemand eine dusselige Hornkuh.«

»Keine Ahnung, von wem du sprichst.«

»Zara!«

»Nun ja, mich kannst du nicht meinen, denn ich bin keine dusselige Hornkuh, sondern das Licht, in dem die Motten verbrutzeln und der Abgrund, in den sich die Leguane stürzen.«

»Zara!«

»Ist doch wahr!«

»Es hat was mit Felicia zu tun, gib's zu.«

»...«

»Mach nicht ein solch finsteres Gesicht. Es hat was mit Felicia zu tun, die du so selten erwähnst, aber wenn du es tust, siehst du wie ein anderer Mensch aus. Glühend und verzweifelt zugleich. Du musst das mit Felicia endlich auf die Reihe kriegen!«

Ich senkte den Kopf. »Hab ich längst«, sagte ich tonlos. »Und außerdem ist es viel zu lange her.«

»Du kannst mich nicht täuschen, es gibt eine Verbindung zwischen Felicia und Emilia.«

»Wenn du meinst«, ich zuckte die Schultern.

»Hast du dir überlegt, warum Emilia davongerannt ist und was sie satt hat? Ich nehme doch an, dass sie von dir genug hat oder im besseren Fall – für dich jedenfalls – hat sie genug vom Theater. Sie ist während der Proben weggerannt, also geht's dich was an. Du musst das mit ihr klären!«

»Du sag mal, findest du Emilia schön?«

Langes Schweigen. »Das fragst gerade du, die du bei jeder sich bietenden Gelegenheit deinen unseligen Schopenhauer –«

»Dein Elvis ist genauso unselig!«

»– zitierst wegen der Schönheit und so – wie ging das nur noch?«

»**Wie der schönste Menschenkörper in seinem Inneren Kot und grässlichen Dunst verschließt …**«

»Das ist die Antwort.«

»Schlag mich nicht mit meinen eigenen Waffen! Sag mir: Ist sie schön?«

»Wenn dem so wäre, würde das deine Haltung ihr gegenüber ändern? Sie muss für *deine* Sinne schön sein, nichts sonst. Aber wenn du's unbedingt hören willst, auch wenn du nichts davon hast: Ja, ich finde sie schön – ein Gedicht, ein indisches Gedicht! Schon nur die grünen Augen zu ihrem dunklen Haar! Ihr sinnlicher Mund zu der langen, gleichmäßig gebogenen Nase! Der Ausdruck ihres Gesichts, klar, freundlich und lebendig! Ihre selbstvergessene Haltung, aufrecht, aber ganz dem gewidmet, was sie gerade tut! Der Schalk in den Augen!«

»Ich sage ja, du bist verliebt, Renée«, ich stieß eine Lachsalve aus, die die Tochter einer rostigen Türangel hätte sein können.

»Ich habe dir eine Antwort gegeben, das ist alles. Ich schlage vor, dass ich dich jetzt zu Emilia fahre, damit du sie fragen kannst, was los ist.«

»Spinnst du?!«

»Ich muss wohl noch deutlicher werden: Ich fahre dich jetzt zu ihr, ob du willst oder nicht.«

»Du Tyrannin!«

Gegen elf Uhr stoppte Renée vor Emilias Haus. »Ich warte, bis dich Emilia hochlässt.«

Missmutig ging ich zur Haustür und klingelte. Das heißt, ich tat nur so, als würde ich, drei Mal tat ich als ob, dann schlenderte ich zum Auto zurück. »Sie ist nicht da«, sagte ich, »lass uns nach Hause fahren.«

Renée stieg aus dem Auto. »Ach ja? Bist du sicher?« Sie packte mich, ging mit mir zur Haustüre zurück und klingelte. »Mir machst du nichts vor«, sagte sie.

Doch es kam wirklich niemand an die Tür. Ich quietschte innerlich vor Freude.

Zu Hause ließ mich Renée aussteigen und fuhr weiter zu Lottchen. Ich öffnete die Haustür, dem Lärm nach zu urteilen waren die Zwillinge da. Ich stieg die Treppen hoch. Als ich die letzte Treppe in Angriff nahm, merkte Allegra auf. Ich hörte das Flapp-Klatsch eines Hundeschwanzes, der an das Treppengeländer schlug, und das Rascheln von Kleidern.

»Hallo Emilia«, sagte ich betont ruhig, »eben waren wir bei dir, ich habe drei Mal geklingelt.«

»Ich muss mit dir reden«, sagte Emilia, und ich war überrascht, wie bestimmt und beinahe kalt ihre Stimme tönte.

26

Louisa Brown erfand 1907 einen Kindersarg. Der Sarghalter hatte zahlreiche Haken, an welche man den Grabschmuck hängen konnte.

Kaum hatte Zara die Wohnungstür geöffnet, flitzten Allegra und Sumba hinein. »Willst du etwas zu trinken?«, fragte mich Zara.

»Ich will mit dir reden, nicht trinken«, erwiderte ich kurz angebunden.

Zara brummte missbilligend.

»Gehen wir auf den Balkon«, schlug ich vor. Ich setzte mich auf einen Gartenstuhl und wartete ungeduldig auf Zara. Sie nahm sich wahnsinnig lange Zeit für ihr Glas Wasser – vermutlich musste sie es erst aus einem weit entfernten Brunnen holen!

Als sie endlich vor mir saß, nahm ich allen Mut zusammen: »Ich will nicht mehr so weitermachen, Zara, denn sonst gibt's in mir einen Kurzschluss. Ich habe gehofft, dass du ein Zeichen geben würdest, aber ich könnte wohl bis zum St. Nimmerleinstag darauf warten.«

»Eben habe ich bei dir drei Mal geklingelt.«

Ich winkte ab. »Wie kann es sein, dass wir drei großartige Nächte miteinander verbracht haben und du so tust, als wäre nichts gewesen? Läuft das bei dir immer so: ab ins Bett, dann tschüss und auf Nimmerwiedersehen? Zuerst: ›Ich krieg' nicht genug von dir‹, dann: ›Hallo, kennen wir uns von irgendwoher?‹ Kein Wort haben wir über diese Nächte verloren! Ich wartete ab, ich Dummkopf wartete und wartete, aber dabei könnte ich alt und grau werden. Ich brauche Klarheit, will wieder frei atmen können. Meine

Wahrheit ist einfach, aber ich ersticke an ihr, wenn ich sie nicht rauslasse.«

Ich hielt inne, Zara fingerte nervös an ihrem Glas. Ich schaute in den Garten, der nur schwach von einer Straßenlaterne beleuchtet war. Insekten umschwärmten das Licht. Im Nachbarshaus hantierte ein Mann mit nacktem Oberkörper am Herd, und Kinder lärmten auf der Quartierstraße. Ich hatte mir vorzustellen versucht, wie es sein würde, mich Zara zu offenbaren, aber jetzt, da es so weit war, schien mein Vorhaben und das ganze Drum und Dran geradezu lächerlich: der kleine Balkon, Zara, die nun unentwegt mit der Zigarette auf die Tischplatte hämmerte, was ein neuer Tick von ihr war und mich an Otto erinnerte, und die Hunde unter dem Tisch, zur Hälfte auf dem Balkon, zur Hälfte im Wohnzimmer.

Ich atmete tief ein. »Zara, ich liebe dich, und ich möchte wissen, was ich dir bedeute.« Ich brach ab. Zara war bei meinen Worten erstarrt und wäre wohl wie ein Brett umgekippt, wenn es auf dem Balkon Platz gehabt hätte. Sie rutschte stattdessen steif auf ihrem Stuhl hin und her. Endlich holte sie Luft und brachte heraus: »Wie bitte?«

»Du hast schon richtig gehört: Ich liebe dich.«

Zara war kalkweiß im Gesicht geworden. »Ich weiß nicht, was ich sagen soll.«

»Wie wär's mit: Ich liebe dich auch.«

Nun sah es aus, als würde sie über die Brüstung kippen, was glücklicherweise nicht ging, weil sie zwischen Geländer und Tisch eingeklemmt war. »Du bist das unverschämteste Miststück, das ich kenne! Was bildest du dir ein? Woher willst du wissen, was ich für dich empfinde?!«

»Ich hab so ein Gefühl«, ich zuckte die Schultern, »oder es ist ein Wunschgedanke, ich weiß nicht genau. Deshalb frage ich dich ja.«

»Vergiss es, ich verliebe mich nie! Mich interessiert das nicht. Auch wenn ich es vielleicht möchte, was ich aber nicht tue. Es ist mein Schicksal und mein Wille, ich kann eben nicht anders.«

»Wenn ich mich nicht so elend fühlen würde, bekäme ich jetzt einen Lachanfall. Ich glaub dir kein Wort.«

»Weil du nicht verstehst.«

»Oh, ich verstehe einiges. Zum Beispiel, dass du Frauen gerne das Herz aus dem Leib reißt und durch den Fuchs drehst.«

»*Wolf*, *Wolf*, *durch den Wolf drehen* sagt man, musst du immer alles verdrehen? Und Quatsch! Nur weil ich nicht auf Beziehungskisten stehe, bin ich noch lange kein Monster!«

»Zara, warum bist du so geworden?«

»Was?«

»Warum bist du so abweisend und kühl geworden?«

»Deine Liebeserklärung wird ja immer inniger!«

»Und zu allem Übel meinst du auch noch, eine tolle Verführerin zu sein.«

»Du bist mir doch auch erlegen.«

Ich verwarf meine Arme. »Aber doch nicht *weil*, sondern *obschon* du dich wie ein blöder Casanova benimmst!« Ich stützte den Kopf auf meine Hand und betrachtete Zara eine Weile. »Was hat dich so werden lassen? Sag's mir, ich will's verstehen!«

»Ich bin nicht –«

In diesem Moment öffnete sich die Wohnungstür und Luzia fegte herein. »Hast du zufälligerweise ein« – sie sagte ein Wort, das sich wie Qexrakoguloisch anhörte –, »meines ist kaputtgegangen. Oh, hallo Emilia, arbeitet ihr an eurem Musical?«

Zara drehte sich verärgert um. »Scheiße, das hier ist meine Wohnung, kein Computerladen! Klopf nächstes Mal erst an und geh jetzt!«

»Du bist dir ganz sicher, dass du keines hast? Ich könnte es dir vorübergehend aus deinem Computer rausmontieren, du kriegst es wieder zurück.«

»Lu-zi-a!«

Luzia wandte sich an mich: »Sag Rilke2 einen schönen Gruß.«

Als sie gegangen war, schwiegen wir eine Weile. Dann

nahm ich den Faden wieder auf. »Es muss doch etwas geschehen sein.«

»Was?«

»Dass du mich wegstößt.«

»Ich stoße alle weg.«

»Mich solltest du aber nicht wegstoßen.«

»Ach ja? Woher willst du denn das wissen! Du hast ja keine Ahnung, wer ich bin und was ich will.«

»Ich weiß, dass du sanftmütig bist. Ich weiß, dass du gerne Geschenke machst, dass du die älteste aller Theatercrews führen kannst, dass du deinen Hund liebst, dass du eine tiefsinnige Denkerin bist, besessen von Schopenhauber, charmant, aber manchmal rücksichtslos. Ich weiß, dass du eine begnadete DJ bist und spannende Radiobeiträge machst. Ich weiß, dass du gerne Ball mit mir spielst, noch lieber Tandem fährst und die Skifahrten mit mir genossen hast. Ich weiß, dass du eine Memme bist, im Bett jedoch bist du – mhmm! Zugegeben, ich weiß nichts über deine Liebesbeziehungen. Ich kann mir ehrlich gesagt nicht vorstellen, dass du je eine hattest.«

Zara saß verkrampft und bleich da und verlor auf einmal – ganz unerwartet – die Nerven. »Nichts weißt du, nichts! Ich kann lieben, tiefer und stärker, als du je vermuten würdest. Ich habe geliebt, gerade deshalb tue ich es nicht mehr.«

»Was ist mit dieser Frau geschehen? Hast sie wohl in die Pampa geschickt.«

»*Wüste*, *Wüste*, *in die Wüste schicken* heißt das!« Zaras Fingerknöchel traten weiß hervor, als sie die Tischplatte umklammerte. »Wage nicht, über Felicia zu sprechen«, zischte sie. »Nichts weißt du! Nichts! Ich hasse dich, lass mich in Ruhe, verdammt nochmal!«

»Wo ist diese Felicia, was ist mit ihr geschehen? Zara, erzähle es mir.«

»Das geht dich nichts an, verschwinde jetzt!« Zaras Stimme zitterte bedenklich.

Ich blieb sitzen. »Ich gehe erst, wenn du mir gesagt hast, dass du mich nicht liebst.«

Zara schwieg.
»Sag, dass du mich nicht liebst, und ich bin weg.«
Zara schüttelte den Kopf, »du lässt nie locker, was?«
»Und du lässt mich zappeln.«
»...«
Ich stand seufzend auf. »Also gut, ich gehe, aber eines sollst du wissen: Niemand kann mir die Erinnerung an unsere gemeinsamen Nächte nehmen. Die Stunden mit dir trage ich tief in meinem Herzen.« Ich beugte mich zu ihr und berührte ihre Schulter: »Ich geh jetzt. Tschüss, Memme.«
Als Zara das Wort *Memme* hörte, hob sie trotzig das Gesicht, fuhr sich durchs Haar und hielt mich am Arm zurück. Ihr Griff war so hart, dass ich förmlich spüren konnte, wie sich ein blauer Fleck bildete. Sie sagte mit brüchiger Stimme: »Du willst es wissen? Also gut! Also gut! Felicia und ich sind ins Gymnasium gegangen, in dieselbe Abiturklasse. Über zwei Jahre waren wir ein Paar, doch niemand wusste das. Mit ihr war es der Himmel auf Erden, ja, das war es, der Himmel auf Erden! In unseren Seelen waren wir eins, sie hat mich glücklicher gemacht, als ich je erträumt hatte, dass man sein könnte. Und das wäre bis heute so, dessen bin ich mir sicher, wenn nicht das Schlimmste geschehen wäre, das Schlimmste überhaupt! Ich habe sie vom Turnen abgeholt, unterwegs haben wir geblödelt und getrödelt, bis ich realisierte, dass ich meine Schultasche im Umkleideraum liegen gelassen hatte. Ich wollte umkehren, doch Felicia sagte, ich solle schon vorausgehen, ich hätte den Stock ja dabei, sie hole mir die Tasche. Das sollte das Letzte sein, was ich von ihr hörte. Ein Idiot mit Handy am Ohr fuhr sie zu Tode, als sie den Fußgängerstreifen überquerte. Niemand wusste von unserer Liebe, also wusste auch niemand von meinem bodenlosen Schmerz.« Zara schlug auf den Tisch. »So viel zu meiner Liebesfähigkeit! Meine Blindheit hat Felicia getötet, kapiert?! Nein, du kapierst nicht, du siehst in mir bloß einen gefühllosen Steinsbrocken. Und du willst mich lieben?!«
Ich löste mich aus Zaras Griff und setzte mich wieder.

»Es tut mir Leid«, sagte ich.

»Verschon mich mit deinen Mitleidsfloskeln!«

»Aber so hab' ich es doch nicht gemeint. Leid tut mir vor allem, dass du aus diesem schlimmen Erlebnis die falschen Schlüsse gezogen hast. Erstens hat nicht deine Blindheit Felicia getötet, sondern der Autofahrer! Und zweitens schließt eine Liebe die andere nicht aus. Liebe schließt immer ein. Das ist das Schöne an der Liebe, sie schließt ein, sie reicht weiter als jeder Schmerz und jeder Verlust.« Ich sprach, ohne zu überlegen, was ich sagte, und während ich dem verblüfft zuhörte, was da aus meinem Mund kam, wusste ich, dass es die Wahrheit war.

Zara legte ihren Kopf auf die Arme und begann zu weinen. Verblüfft schauten die Hunde und ich zu ihr hin. Allegra stand auf und legte die Pfote auf Zaras Oberschenkel, worauf sie noch lauter schluchzte. Ich suchte in der Wohnung nach Taschentüchern. Ich hatte ein einziges Mal – während der Sarita-Nacht – Zaras Schlafzimmer betreten, aber damals war es dunkel gewesen. Natürlich hingen keine Bilder an der Wand, dafür herrschte millimetergenaue Ordnung. Die Taschentücher lagen fein säuberlich auf dem Nachttischchen neben dem Wecker, dem Radio und der Handcreme, große Braille-Bücher standen in den Regalen. Ich kehrte auf den Balkon zurück und reichte Zara die Tücher. Still wartete ich ab. Gern hätte ich sie getröstet, aber ich hatte in diesem Schmerz nichts verloren. Und während ich ihr Schluchzen hörte, das einer anderen Frau galt, begriff ich, dass es keine gemeinsame Zukunft mit Zara geben würde.

Als sie sich etwas beruhigt hatte, stieß Zara dumpf zwischen ihren Armen hervor: »Bitte geh! Ich halte es nicht aus, dass du mich weinen siehst.«

Ich stand zögernd auf, selbst mit den Tränen kämpfend. »Okay, aber etwas will ich vorher noch klären: Ich führe das Theaterprojekt mit dir zu Ende. Falls die Truppe jedoch auf Tournee gehen will, wie das Nana angedeutet hat, bin ich nicht dabei. Ich will mich so bald als möglich zurückziehen.«

Zara nickte nur. Ich strich zum Abschied kurz über ihren Oberarm, kraulte Allegra hinter dem Ohr, dann tastete ich mich durch die dunkle Wohnung zum Ausgang. Und während ich das Treppenhaus hinunterrannte, hörte ich, dass mein Herz auseinanderbrach. Ich radelte nach Hause, Sumba trabte neben mir auf dem Gehsteig. Nun war es also soweit: Meine Seele schlitterte über die Kante des Abgrunds.

Zu Hause legte ich mich aufs Bett, entschlossen, nie mehr aufzustehen. Ich verfolgte nüchtern, wie mein Herz weiter in Stücke ging. Ich würde hier liegen bleiben und abwarten, bis es ganz gesplittert war. Die Herzenssplitter würden vom Blut in jeden Winkel meines Körpers getragen werden, und auf ihrem Weg dorthin würden sie alles zerschneiden, bis mein Körper in kleinste Teilchen geschnitten wäre, und Ameisen, Mäuse und Vögel die Fetzen auffressen und mit ihrem Kot in die Welt hinaustragen würden. Der Schmerz, in solch kleine Teilchen aufgeteilt, verdaut und verstreut, wäre kein Schmerz mehr, und alles wäre gut.

Doch wenn man einen Hund und einen Nachbarjungen hat, kann man sich nicht einfach niederlegen, um nie mehr aufzustehen, weil der Hund einem das Gesicht abschlabbert – mit einem Mundgeruch, der Tote aufweckt –, und weil der Nachbarjunge unbedingt das neueste Modellboot vorführen will und auch dann in die Wohnung kommt, wenn man das Klopfen ignoriert. Ich stand seufzend auf, um mich Sumba zu widmen und das Modellboot zu loben. Ich beschloss, das Niederlegen zu vertagen, ich konnte mich ja noch später vom gesplitterten Herz zerschneiden lassen.

Oh, ich hatte nicht gewusst, dass einem das Herz so weh tun kann! Die Nächte wurden zur Qual, die Tage waren auch nicht besser, und die Proben verkamen zur reinsten Folter. Ich fühlte mich wie eine zerlegte Maschine, der alle Schrauben fehlten, wie eine Uhr, in der die Unruh zerbrach, wie ein Benzinmotor, in den Zucker geschüttet wurde. Und als wäre das nicht schon genug gewesen, geschah etwas Erstaunliches, völlig Unerwartetes: Längst vergessene Erinnerungen stiegen in mir auf – Erinnerungen an sanfte Hände, die eine merkwürdig riechende Paste auf meine Haut strichen. An eine warme, weiche Stimme, die in einer fremdvertrauten Sprache schöne Schlaflieder sang; an Arme, die mich hin- und herwiegten; an den intensiven Geruch von Gewürzen. Auf einmal spürte ich lange, nach Rosen duftende Haare mein Gesicht kitzeln; ich sah dunkelbraune, warme Augen, Armreifen, die in der Sonne aufblitzten; bunte, weite Kleider, die sich lustig im Wind aufblähten. Ich erinnerte mich, dass diese Augen traurig und stumpf wurden und dunkle Ringe bekamen, hörte wieder das fürchterliche Husten und erlebte, wie die Farben aus der Wohnung wichen. Ich spürte das Loch, das sich öffnete, als Mutter nicht wiederkam, erinnerte mich auf einmal, dass ich immer und immer wieder an ihren Kleidern roch und darüber verzweifelte, dass der Geruch verblasste.

Die Bilder überschwemmten mich, purzelten übereinander, klopften mich weich und schälten mich wie ein Ei. Ich, die ich keine Mutter hatte, begegnete ihr auf einmal überall: in meinen Träumen, in meinen Gedanken, in schemenhaften Erinnerungsfetzen, in den Herzklappen und Zellen. Die Sehnsucht nach ihr nahm von mir Besitz, sie überwältigte mich schier; sie bildete mit der jungen Sehnsucht nach Zara ein dichtes Geflecht, unter dem man an heißen Sommertagen Schatten gefunden hätte und im Regen Schutz. Aber das Geflecht war weder Schattendach noch Regenschutz, es legte sich wie ein Korsett um mich und schnurte mich ab, bis mir Tränen in die Augen schossen.

27

Welche Kräfte zum Leiden und Tun
jeder in sich trägt, weiß er nicht,
bis ein Anlass sie in Tätigkeit setzt.
Arthur Schopenhauer

Nachdem Emilia gegangen war, legte ich die Sonnenbrille ab, wischte mir die Tränen fort und griff nach meinen Zigaretten. Als ich die Schachtel nicht fand, brach ich erneut in Tränen aus und brauchte lange, bis ich mich endlich beruhigt hatte. Dann leckte Allegra meine Hand, und ich flennte wieder los. Das konnte ja heiter werden!

An diesem Abend begann ein sonderbarer Abschnitt in meinem Leben, in dem ich viel Zeit damit verbrachte zu weinen, flennen, schluchzen, heulen, plärren, salzige, stille, große und kleine Tränen zu vergießen. Meine Seele troff und schwemmte lange Zurückgehaltenes heraus, breitete meine Trauer um Felicia aus und reinigte mein Herz.

Ich brach wegen allem und jedem in Tränen aus: Weil ich das Konfitüreglas nicht aufbrachte, wenn ich mir die Nachrichten anhörte, wegen einer spöttischen Bemerkung, weil Renée etwas Leckeres gekocht hatte und mich das rührte, weil mir eine Radiosendung besonders gelungen und eine andere total misslungen war, weil ich Allegra nie würde sehen können, weil sich die alten Leutchen so viel Mühe auf der Bühne gaben – und immer wieder weinte ich um Felicia. Nach all den Jahren des Schweigens und Verdrängens empfand ich das übergroße Bedürfnis, mich mitzuteilen. Ich erzählte allen, die es hören wollten (oder auch nicht) von Felicia, von unserer gemeinsamen Zeit, von der Tragik ihres Todes, und während ich erzählte, kugelten die Tränen über meine Wangen. Einzig Nana erzählte ich nichts – ihre Missbilligung meines Lesbischseins hätte ich nicht ertragen.

Meine Umgebung staunte und freute sich gleichermaßen über diese aufgeweichte, offene, empfindsame Zara. Aber als Wochen später die Schleusen immer noch offen standen, ging ihnen die wandelnde Heulsuse, die einen ständig umarmte und das Wort *Felicia* auf der Zunge trug, auf die Nerven.

Emilia und ich führten während der Proben einen Eiertanz auf. Ihre Stimme hörte sich schrecklich an, das tat mir im Herzen weh. Aber ich sagte mir: lieber ein Ende mit Schrecken als ein Schrecken ohne Ende.

Man muss konsequent sein.

Die Tertianer legten sich ins Zeug, sie wandelten in der Freizeit rezitierend durch die Korridore und nötigten den Koch, jeden Tag ein Fischmenü zu kochen, weil Fisch gut für das Hirn sei. Je näher es auf die Premiere zuging, desto mehr mutierten sie zu lausigen Omas und Opas. Sie, die sonst immer voller Ungeduld auf die Besuche ihrer Kinder und Kindeskinder gewartet hatten, ließen sich gar nicht erst blicken, wenn ihre Töchter und Söhne vorbeischauten. Sie weigerten sich schlichtweg, ihre Enkel zu hüten – sie hatten Wichtigeres zu tun!

Die Kostüme waren fertig (drei Tertianerinnen hatten seit Monaten dafür geschuftet) und waren offenbar so farbenprächtig schön, dass die Schauspieler am liebsten darin geschlafen hätten. Emilias Männer brachten die großen Bühnenelemente, Emilia kümmerte sich ums Technische, es wurde gestrichen und gestapelt, Lampen wurden montiert, die Lichtanlage getestet, und die Hunde standen im Weg. Ich feilte mit Tiny an ihrer Aussprache, Stilzchen-Ida bekam neuerdings auf der Bühne den Schluckauf, das Giftflacon ging verloren und wurde wiedergefunden, dafür blieb der frisch angeschaffte Plastikdolch ein paar Tage unauffindbar. Nana fuhr im Rollstuhl wie eine Irre umher, und alle hofften, dass sich der Akku vorzeitig entleeren würde. Frack-Reimer hatte die Einladungen gestaltet. Vor kurzem hatte er einen Computerkurs besucht und für die Karte aus dem Gelernten geschöpft, wobei er geschickt jede grafische Regel gebrochen hatte: Die Einladung war in sieben verschiedenen Schriftarten und -formen sowie siebzehneinhalb Farben gehalten. Selbst Emilia sagte nur »Igitt«, die Tertianer hingegen waren begeistert.

Idas Schluckauf legte sich wieder, dafür geriet Pink-Rosy in eine Krise: »Ich hab meinen Text vergessen! Ich hab meinen Text vergessen!«, kreischte sie verzweifelt, bis Nana ihr in die Kniekehlen fuhr und sagte: »Ein Wort noch, und wir streichen dich aus dem Stück.« Das war nicht nett von Nana, sie war nie nett zu Rosy, sie konnte dieses Weib, das den Busen auf dem Tablett herumtrug, nicht ausstehen. Aber die Schocktherapie war ein Volltreffer – Rosy erinnerte sich sofort wieder an jedes Wort.

Vorderhand jedenfalls.

28

1908: Ella McAllister Bennetts Küchenschrank hatte Schiebetüren mit Fußpedal, einen Mehlkasten mit Entladungsdüse und einen Schwenkarm, auf dem eine Zuckerdose montiert war.

Schließlich war er da: der Tag der Generalprobe.

Die Garderobe, die wir hinter der Bühne notbehelfsmäßig eingerichtet hatten, war hoffnungslos überfüllt. Mit zittrigen Händen zogen die Schauspieler ihre Kostüme an, ließen sich von Rosy das Gesicht schminken und puderten einander die Nase. Sie sprachen durcheinander, wieselten hin und her, wuselten mit roten Wangen in Ecken und Kleiderbergen. Ich ging mit Zara die Checkliste durch, Otto beugte sich Zigarettenfilter kauend (Rauchen war verboten) über die Lichtanlage, um die letzten Tests durchzuführen, Vater und Kobi fuhrwerkten am Balkon, wo Julia und Romeo einander anschmachten würden. Wir hatten lange am Balkon herumgetüftelt, er musste erhöht, zugleich aber für Nanas Rollstuhl zugänglich sein. Schließlich kamen wir auf die Idee, den Balkon auf vier mobile Hebeböcke zu setzen, mit denen wir ihn dann heben und senken konnten.

Als ich eine halbe Stunde vor Theaterbeginn die Tore des Aufführungsraumes öffnete, warteten die Tertianer schon ungeduldig im Korridor. Die Geh-Hilfen waren an der Wand entlang parkiert worden, es gab fast kein Durchkommen mehr, man war aufgekratzter Stimmung und strömte erwartungsvoll in den Saal.

Ich kehrte noch einmal mit Zara in die Garderobe zurück, um toi, toi, toi! zu wünschen und die Schauspieler zu beruhigen, was aber nicht gelang. Die saßen bleich und erstarrt auf den Bänken, einzig Tiny versuchte ein verwegenes Lächeln.

Der Zeiger rückte auf fünf Uhr. Felix, der als Souffleur vor der Bühne auf dem Boden sitzen würde, öffnete den Vorhang. Bald stellte sich heraus, dass es kaum etwas zu soufflieren gab. Die Schauspieler liefen auf Hochtouren und umschifften elegant jede Schwierigkeit. Als Felix am Schluss den Vorhang wieder zuzog, gab es frenetischen Beifall. Ich war schweißgebadet, Zara hatte sich kurz vor Schluss eine Träne weggewischt und lächelte jetzt zufrieden.

Ich ging mit Zara nach hinten, wo wir von einer euphorischen und überdrehten Truppe empfangen wurden. Man umarmte und küsste sich, das Publikum kam hinzu, es wurde noch mehr umarmt und geküsst, dann gab es ein rauschendes Fest mit Orangensaft, Kaffee, Tee, Schnaps, Kuchen und Canapés. Ich nahm stolz das Lob des Publikums entgegen und fragte mich, ob es nicht ein schlechtes Zeichen war, wenn die Generalprobe gut lief. Ich blickte bisweilen zu Zara hinüber, was ich mir verboten hatte, nur waren meine Augen flinker als mein Wille. Bald würde das mit Zara vorüber sein, ich wünschte mir nichts sehnlichster. Nun gut, es gab etwas, was ich mir noch sehnlicher wünschte, aber gerade weil das nicht in Erfüllung gehen würde, wünschte ich mir das Gegenteil.

Uff, war das Leben verzwickt!

Am Tag der Premiere erwachte Schrank-Hilde ohne Stimme. Sie rannte im Nachthemd zu Putz-Claire und versuchte gestikulierend mitzuteilen, dass sie außer Krächzen nichts zustande brachte. Als Putz-Claire das endlich kapierte, hetzte sie im Nachthemd zu Nana, um ihr die Hiobsbotschaft zu übermitteln, worauf Nana bei Zara und mir Sturm läutete und eine Krisensitzung einberief.

»Wir müssen die Vorstellung verschieben!«

»Ach was, mit meinem Spezialtee kann Hilde bald wieder wie ein Vögelein singen.«

»Wir brauchen einen Ersatz!«

»Und wo willst du den hernehmen?«

»Hilde, was ist denn? Schaut doch, sie will uns etwas mitteilen. Hier hast du ein Stück Papier, schreib's auf.«

»Was hat sie geschrieben?«

»*Felix*.«

»Felix? Ich verstehe nicht.«

»Hilde, beruhige dich und hör auf, mit hochrotem Kopf herumzufuchteln.«

»Aber ja, sie hat Recht: Felix ist die Lösung, er ist der einzige, der Text und Ablauf in- und auswendig kennt!«

Ich wurde beauftragt, Felix heranzuschleppen. Der Junge kriegte rote Ohren vor Aufregung, als er von seiner Aufgabe erfuhr. Die Schneiderinnen versuchten, Hildes Kostüm auf Felix' Größe umzuändern, was eine besondere Herausforderung war: Hilde hieß ja nicht umsonst *Schrank*-Hilde, und Felix war ein schmächtiger Junge. Er sah in seinem Kostüm wie ein Narr aus, die Hose hatte fünf Mal hochgekrempelt werden müssen, weshalb er nun mit gespreizten Beinen ging.

Die Vorstellung war ausverkauft, ein Journalist des Lokalblattes war gekommen, ein Vertreter der Seniorenzeitung »Herbstblüte« und die Verwandten der Schauspieler. Im Raum vor der Bühne saßen zwei Kollegen Zaras aus dem Radiostudio, der Tonmeister, der die Mikrofone installiert hatte, und ein Journalist. Der Aufführung würde in dem Sendegefäß »Spätlese« ausgestrahlt werden. Pink-Rosy hatte die Idee gehabt, den Kindern Ballone zu verteilen; jetzt saßen die Kleinen im Publikumsraum und verdeckten die Sicht auf die Bühne. Ich beschriftete jeden Ballon mit dem Namen des Besitzers und band alle hinter der letzten Sitzreihe fest. Dann ging ich durch den berstend vollen Raum. Ein paar Kinder plärrten wegen der Ballons. Ich setzte mich neben Zara, ruckte den Stuhl in die richtige Position und atmete ihr Parfum ein.

Felix öffnete den Vorhang und flitzte anschließend hinter die Bühne. Am Anfang lief alles gut. Nun ja, es wäre schön gewesen, wenn Felix seinen Text nicht wie ein Weihnachtsgedicht heruntergeleiert hätte, aber das war ein Detail. Ich hatte meinen Arm auf Zaras Rückenlehne gelegt, mein Mund war nahe an ihrem Ohr, damit ich ihr das Geschehen auf der Bühne beschreiben konnte.

Als die taube Mathilda beziehungsweise Lady Capulet das erste Mal auf die Bühne kam, war uns sofort klar, dass sie das Hörgerät nicht bei sich hatte. Sie sprach viel zu laut, verpasste ihre Einsätze und fiel den anderen ins Wort. Zara bat mich, Mathilda das Hörgerät in der Pause *anzuschweißen*!

Der zweite Zwischenfall ereignete sich in der fünften Szene, als Julia Romeo bat, noch nicht zu gehen, es sei die Nachtigall und nicht die Lerche gewesen.

»Oh nein!«, flüsterte ich in Zaras Ohr, »Frau Mösli stürmt auf die Bühne! Ihr geblümtes Leintuch hat sie wie ein Cape umgebunden.«

»Es war der Spatz auf der Tanne«, schrie Frau Mösli, »keine Lerche, ein Spatz und eine Tanne!«

»Wir müssen etwas tun!«, zischte Zara.

»Nanas Kopf läuft rot an, Tiny packt das Cape samt Frau Mösli und zerrt sie von der Bühne.«

Das Publikum lachte. Tiny war durch diesen Einsatz offenbar durcheinander geraten, als sie nämlich kurze Zeit später sagte: »**Leb wohl, fare well! Ein Kiss! – ich steig hinab**«, passierte etwas Unglaubliches. An Zaras Schulter gelehnt, flüsterte ich: »Tiny beugt sich über Julia und – ui! – sie gibt ihr einen richtigen Kuss auf den Mund! Jetzt laufen beide rot an, das solltest du sehen!« Ich gab mir Mühe, nicht laut loszulachen. Noch ein letztes Mal Zara riechen, dachte ich. Noch einmal ihre Nähe spüren. Ein letztes Mal meinen Arm über ihre Stuhllehne legen und dabei ein bisschen auch ihre Schulter spüren. Ich sah im Augenwinkel, dass Renée zwei Reihen weiter hinten saß und mich beobachtete, mit einem seltsamen Blick. Lottchen war nicht gekommen, aber die Zwillinge und Luzia. Erst jetzt bemerkte ich, dass Rilke2 neben Luzia saß, er winkte mir zu.

Ich beugte mich wieder zu Zara und beschrieb das weitere Geschehen. »Nana fährt auf die Bühne. Aber – was ist denn das?! Der Rollstuhl stockt! Fährt rückwärts! Wieder vor! Im Kreis! Hoch und runter! Ich muss was tun!«

Die Hebevorrichtung richtete Nana auf, senkt sie wieder, und das nicht eben sanft. Jetzt stotterte sie in einem merkwürdigen Tanz über die Bühne. Während das Publikum lachte, hechtete ich nach vorn, packte den Vorhang und riss ihn zu, dann schwang ich mich auf die Bühne, um Nana von der Achterbahn zu erlösen. Ich steckte den Kopf durch den Vorhang und sagte freundlich lächelnd: »Liebes Publikum, wegen einer technischen Panne gibt's eine Viertelstunde Pause.«

»Meinen Tod, wie inszeniere ich jetzt meinen Tod, wenn ich keine Hebevorrichtung habe?!«, jammerte Nana.

»Wie wär's mit schauspielern?«, bemerkte Tiny, aber das war wohl die falsche Bemerkung zur falschen Zeit.

»Halt du den Mund!«, fauchte Nana. »Wie konntest du es wagen, mich zu küssen?!«

Nachdem Zara, die inzwischen auch hinter die Bühne gekommen war, ein unmissverständliches Machtwort gesprochen hatte (»Ruhe, verdammte Scheiße!«), beruhigten sie sich wieder. Dann ging es weiter. Pink-Rosy vergaß den Text, was sie auch gleich ins Publikum hinausposaunte, Felix musste ihr den Einsatz dreimal zuflüstern, bis sie sich wieder gefangen hatte.

Diese Vorstellung würde als die schlechteste seit der Erfindung des Theaters in die Geschichte eingehen. Aber es war noch nicht ausgestanden.

»Romeo und Paris liefern sich nun das Duell vor dem Familiengrab der Capulets. Aber was ist das?«, flüsterte ich, als wir eben wieder zu glauben begannen, dass alles noch gut werden konnte. »Das Bühnenlicht flackert, und na Prost, jetzt haben wir Discobeleuchtung!« Ich schaute nach hinten zum Lichtpult. Im Publikum wurde gemurmelt, die Duellisten senkten ihre Schwerter (aus Pappe, Felix hatte sie in der Schule im Handwerken gemacht). Ich huschte nach hinten. Otto lag vorn übergebeugt auf dem Mischpult und schnarchte. Der Dummkopf war doch tatsächlich eingeschlafen und hatte mit seinem Eierkopf die Schalter verstellt. Kobi traf auch ein und riss Otto nicht eben sanft aus seinen Träumen.

Als das Licht wieder auf Friedhofsstimmung eingestellt war und die Schwerter aufeinander prallten, legte sich das Tuscheln im Saal. Die letzten Momente des Stücks waren so, wie sie sein sollten: dramatisch, schmerzvoll und leidenschaftlich. Am Schluss sagte der Fürst: »**Kommt mit; wir sprechen mehr von diesen trüben Dingen: Dann folgt teils Freispruch und teils Strafgericht; denn größres Leid geschah wohl nirgendwo als Julia hier und Romeo.**«

Die Schauspieler verbeugten sich und riefen die Regisseurinnen zu sich. Noch einmal verbeugen und noch einmal. Ich sah die Freude in Nanas Gesicht, ihren Stolz, und ich wusste, dass sich das Theaterprojekt gelohnt hatte. Zara wischte sich verschämt eine Träne weg, auch sie schien zufrieden, obschon die Vorstellung eine Katastrophe gewesen war. Und während ich mich noch einmal und noch einmal verbeugte, dachte ich immer wieder: Nun ist es vorbei – endlich ist es vorbei.

Und dann dachte ich: Wie nur kann es vorbei sein, wenn es noch gar nicht richtig begonnen hat?

29

Fast möchte man glauben,
dass die Hälfte alles unsers Denkens
ohne Bewusstsein vor sich gehe.
Arthur Schopenhauer

Romeo und Julia waren tot. Vergiftet und erdolcht lagen sie in der Gruft, unschuldig gestorben, für immer vereint, bevor sie fett hätten werden können und sich gestritten hätten, mit fünfunddreißig Großeltern geworden wären und mit fünfundvierzig von der Pest dahingerafft.

Die Tertianer waren trotz der missglückten Premiere in ihrer Freude und ihrem Elan ungebrochen und stürzten sich in die nächsten Vorstellungen. Emilia und ich regelten, was es zu regeln gab, damit sie auf ihre Tournee gehen konnten. Dann verabschiedeten wir uns von der Gruppe und voneinander.

»Ruf mich bitte nicht an«, hatte Emilia mit gepresster Stimme gesagt, »ich melde mich, wenn's nicht mehr weh tut.«

Ich nickte, ergriff die Führerstange und wollte gehen. Warum ich stattdessen Emilias Arm packte (und ihn auch tatsächlich auf Anhieb zu fassen kriegte), war mir ein Rätsel. Und warum ich ihn nicht mehr losließ, erst recht.

»Was ist?«, fragte Emilia erstaunt.

»Ich, äh, nichts.« Natürlich war nichts, aber meine dumme Hand hielt Emilias Arm immer noch.

»Zara, lass mich los.«

Da endlich ließ ich los, nuschelte »Ja, natürlich« und kam mir wie der letzte Idiot vor. Auf dem Heimweg überlegte ich mir, ob ich erleichtert oder traurig sein sollte, dass sich jetzt Emilias und mein Weg trennten. Dann musste ich an den flüchtigen letzten Abschied von Felicia denken und weinte ein bisschen.

Am darauf folgenden Dienstag stand ich schon angezogen im Korridor, als mir einfiel, dass es keine Proben mehr gab. Ich zog die Jacke erleichtert aus. Na ja, so erleichtert nun auch wieder nicht. Ich hatte Emilia die Erlebnisse und Überlegungen der letzten Tage erzählen wollen, so wie ich das immer tat. Es war lästig, das nicht tun zu können. Ich erinnerte mich daran, wie es war, nicht mehr mit Felicia reden zu können, wie schmerzhaft der Verlust gewesen war, wie groß das Loch, das sich in mir aufgetan hatte. Daraufhin weinte ich wieder ein bisschen.

Der Oktober verkürzte die Tage wie ein krisengebeutelter Chef die Löhne seiner Angestellten. Und irgendwie verlor ich den Tritt. Nicht von einem Tag auf den anderen, sondern allmählich. Es ist wegen Felicia, sagte ich mir, Renée hätte etwas anderes gesagt, aber ich würde Renée gewiss nicht um ihre Meinung fragen. Mit ihr konnte man zurzeit sowieso nicht vernünftig reden, denn sie war am Boden zerstört. Lottchen hatte eine Beziehungspause gefordert, und alle wissen, dass eine Beziehungspause nur ein anderes Wort für Trennung ist. Seit bald zwei Jahren drängte Lottchen darauf mit Renée zusammenziehen, aber Renée wollte nicht. Sie sagte, dass sie mich nicht allein lassen wolle, aber in erster Linie glaubte sie nicht an das Konzept des Bett-und-Küche-Teilens. Dann vernarrte sie sich dummerweise in Emilia, und obwohl das ein Herzgespinst blieb, drehte Lottchen langsam durch. Eines Abends nahm sie ihre Kleider und ging. Als Renée am Abend bemerkte, dass sie sogar die Zahnbürste mitgenommen hatte, brach sie in einen Weinkrampf aus. Spätestens jetzt würden noch die in der hinterletzten Reihe erkennen, dass Renée nie und nimmer eine Truckerlesbe war!

Also, mit Renée konnte ich nicht reden, aber genau genommen gab es auch nichts zu bereden, schließlich ist mein Schicksal und Wunsch, von Eroberung zu Eroberung zu gehen und mich dabei göttlich zu amüsieren. Also ging ich. Nur war es in diesem Herbst eher ein Gang von missglückter zu misslungener Eroberung. Die eine Frau war allergisch auf Hunde, die andere redete ohne Punkt und Komma, die dritte wollte das ganze Kamasutra durchprobieren, die vierte mich gleich den Eltern vorstellen. Es lief entschieden nicht rund. Es eierte. Die Frauen hatten den falschen Händedruck, die Haut fühlte sich nicht richtig an, oder sie hatten sich in der Wahl des Parfums vergriffen.

»*Shit*, *shit*, *shit*, die Frauen sind nicht mehr, was sie einmal waren!«, wetterte ich am Morgen nach einer weiteren schalen Nacht.

»Oder du bist nicht mehr, was du einmal warst«, mutmaßte Gürkchen, die wie meistens am Sonntagmorgen auf unserem Sofa fläzte.

»Was erzählst du da?!«

»Na ja, seit du so viel heulst, ist dir vielleicht der Biss abhanden gekommen, den es zum Erobern braucht. Genau betrachtet benimmst du dich seit längerem, als hättest du Liebeskummer – es ist vermutlich wegen Felicia, oder?«

»Ja, natürlich ist es wegen Felicia«, brummte ich und steckte den Kopf in den Kühlschrank.

Es war doch wegen Felicia, oder?

Der November verkürzte die Tage noch rabiater als sein Vorgänger. Auf den Spaziergängen durch den Herbstwald brachen tausenderlei Ästchen unter meinen Schuhen und verwandelten den Waldboden raschelnd, knackend und knisternd in einen dichten Klangteppich. Ich hätte für einen Spaziergang durchs Laub sterben können. Ich hätte auch sonst ein bisschen sterben können, so mies fühlte ich mich. Ich hatte genug von diesen Frauen, die wie Pilze aus dem Boden schossen, nur um das Falsche zu sagen, sich falsch anzufühlen und das Falsche zu tun. Es war, als würde man Entrecôte bestellen und stattdessen Popcorn vorgesetzt kriegen.

Ich wusste nur zu genau, wie eine Frau sein müsste, damit es sich richtig anfühlte. Irgendwie.

Als der Dezember die Nächte wie irre in die Länge zog, dämmerte es mir, dass mein schwermütiger Zustand schon lange nicht mehr nur mit Felicia zu tun hatte. An Sylvester schwor ich mir, nur noch dann mit einer Frau ins Bett zu gehen, wenn sie mir auch wirklich gefiel.

Von da an hatte ich keine Bettgeschichten mehr.

Es waren die Schneeflocken, welche die Erkenntnis über den Zustand meines Herzens beschleunigten. Sie fielen auf mein Gesicht, kleine kühle, prickelnde Küsschen auf der Haut. Ich dachte an die schrägste Tandem-Skifahrt aller Zeiten, die erregende Freude über das Fahrtgefühl, an dieses kurze Gefühl sorgloser Freiheit. Ich hielt mein Gesicht dem Himmel entgegen, meinen offenen Mund bot ich dem Schneetreiben dar, mitten im Ausverkaufsgedränge. Allegra setzte sich neben mich und wartete geduldig, das gute Tier. Mit einem Mal zog ich meine Sonnenbrille ab, ich wollte die prickelnden Schneeküsschen auch auf meinen Lidern spüren. Wie oft hatte Emilia gewollt, dass ich die Brille abnahm! Sie war darin geradezu ätzend verbohrt. Sie konnte allgemein sehr ätzend sein, schonungslos direkt, fürchterlich undiplomatisch, unverfälscht, originell, unterhaltsam und witzig. Und heiß. Einfach umwerfend. Ich dachte an unsere Nächte, die mein Blut zum Singen gebracht hatten.

Wie ich das vermisste ...

Wie ich sie vermisste ...

Emilia!

Die Erkenntnis traf mich wie eine Ohrfeige, sie ließ mein Herz kurz aussetzen. Und in diesem Moment, da das Herz pausierte, da mein ganzes Leben zu Ende sein könnte, erkannte ich, dass ich die größte dusselige Hornkuh des Universums war. Das Herz setzte wieder ein, padam, padam, padam – Emilia! – padam, padam, padam. Jetzt, in diesem Moment wollte ich Emilia sehen, so schnell wie möglich, unbedingt! Mein Herz fühlte sich auf einmal übervoll an, es rief Emilias Namen, nein, es sang ihn mit einer Stimme, die belegt und kratzig tönte: Emilia.

Ich gab Allegra den Befehl, zur nächsten Tramhaltestelle

zu gehen. Am Hauptbahnhof stieg ich in den Bus um. Ich eilte, als ginge es um Leben und Tod, was mir einige blaue Flecken eintrug. Im Bus fragte ich laut, ob es irgendwo einen freien Platz gab. Ein Mann sagte: »Ja, dort drüben.« Anstatt dass ich wütend geworden wäre wegen der dummen, unbedachten Antwort, lächelte ich und fragte, wo denn genau *dort drüben* sei. Ich fuhr die drei Stationen, die ich seit unserem Abschied nicht mehr gefahren war. Mit klopfendem Herzen stieg ich aus, brauchte Allegra nur zu sagen, dass es zu Emilia ging, und die Hündin zog los. Ich wollte Emilia vieles sagen, eine ganze Menge, ich musste ihr sagen, dass diese Funkstille unsinnig war, dass ich sie vermisste, dass wir – ja, dass wir was denn?

Allegra blieb erwartungsvoll vor Emilias Haus stehen. Mittlerweile schneite es dicke Flocken. Meine Finger zitterten, als ich die Klingel drückte. Es dauerte ewig, bis sich etwas im Treppenhaus tat. Ich lauschte, um sie leichtfüßig wie immer die Treppe hinunter rennen zu hören, diesmal aber ging sie langsam und trat ungewohnt fest auf. Die Tür öffnete sich.

»Ja?«, fragte eine mir unbekannte Frauenstimme.

»Äh, entschuldigen Sie, ich habe wohl die falsche Klingel erwischt. Ich wollte zu Emilia Schneefeld.«

»Sie sind schon richtig, nur ist Emilia für längere Zeit weg. Ich hüte ihre Wohnung.«

»Fort? Sie ist fort?! Ja, was, wohin, also ich meine wann, wie lange!?«

»Nach Afrika, oder war es Asien? Vielleicht auch Nahost, einfach irgendwo in diese Gegend. Sie kommt in zwei, drei Monaten wieder, jedenfalls kann ich so lange hier wohnen.«

»Ja aber, ich – können Sie mir sagen, ob Rilke2, äh, ich weiß seinen richtigen Namen nicht, ob ihr Etagennachbar da ist?«

»Der Musik nach zu urteilen ist er da, wollen Sie mit hochkommen?«

Ich nickte stumm.

Emilia war fort!

Rilke2 stieß einen kleinen Freudenschrei aus, als er mich sah. »Du hier? Wie erstaunlich – und schön! Komm doch rein!«

Ich war so gerührt, dass ich ihn umarmte. Der Poet war magerer, als ich mir vorgestellt hatte. Ich setzte mich an den Küchentisch, konnte kaum abwarten, von ihm zu hören, was los war. Aber Rilke2 schenkte uns erst mal in aller Ruhe Wein ein.

»Du weißt wohl, warum ich hier bin. Wo ist sie? Warum ging sie? Wann kommt sie wieder? Wieso weiß ich nichts davon? Natürlich, es geht mich nichts an, aber trotzdem, ich versteh es nicht! Sag mir: Wo ist Emilia?«

»In Indien.«

»In Indien? Warum?! Seit wann? – erzähl mir alles! Komm schon, Rilke2!«

»Mitte November ist sie geflogen. Sie sucht die Verwandten ihrer Mutter. Die Sache mit dir hat einiges in ihr ausgelöst. Sie will ihre indischen Wurzeln kennen lernen und wohl auch die Zeit nützen, um von dir loszukommen.«

»Man darf doch nicht das eine mit dem anderen vermischen«, stieß ich hervor.

»Was soll nun das wieder heißen?«

»Ich weiß es doch auch nicht!«

»**Sie ist es, meine Göttin! meine Liebe! O wüsste sie, dass sie es ist!**«, rezitierte Rilke2 lachend.

»Was erzählst du da für einen Blödsinn – und komm mir nicht mit *Romeo und Julia*! Sag mir lieber, wie ich Emilia erreichen kann.«

»Vor einer Woche habe ich eine Karte erhalten, die ist jetzt etwa vier Wochen alt. Da war sie in Mumbai. Wusstest du, dass Mumbai der neue Name für Bombay ist? Jetzt muss man also nicht mehr von *Bollywood*-Filmen sprechen – sondern von *Mummywood*.« Er lachte.

»Rilke2, bitte!«

»Schon gut. Sie hat mir keine Adresse gegeben, da musst du dich an ihren Vater wenden. Ob der in Stimmung ist, dir

Auskunft zu geben, bezweifle ich jedoch. Er wollte nicht, dass Emilia sich auf die Suche nach der Familie ihrer Mutter begibt. Das hat er nie gewollt. Es gab einen Riesenkrach zwischen den beiden, dann endlich rückte er genauere Koordinaten heraus.«

»Ein ziemlicher Dickkopf, was?«

»Vor allem ein eifersüchtiger Dickkopf.«

»Zeigst du mir die Postkarte?«

Rilke2 stand auf und rumorte am Kühlschrank.

»Auf dem Bild sieht man enge Straßen, voll gehängte Wäscheleinen, die von der einen Seite zur anderen reichen, und Händler, die im Türrahmen ihres Geschäfts stehen. Geschrieben hat sie folgendes: »**Lieber Rilke2, so eng und verwinkelt wie diese Gassen ist meine Suche. Ich bin hin und weg von dieser Welt. Mir geht's erstaunlich gut, grüß mir Sumba und verabrede dich endlich mit Luzia. Alles Liebe, Emilia.**«

Ich sank etwas in mich zusammen. »Es geht ihr erstaunlich gut. Sie hat mich überwunden. So, so.«

»Ja, das ist doch gut.«

»Ja, ja, sehr gut«, brummte ich, dann setzte ich mich wieder gerade auf. »Ich muss sie unbedingt sehen!«

»Was willst du ihr denn sagen? Es freut mich, dass du über mich hinweg bist, könntest du es bitte rückgängig machen?«

»Sehr witzig!«

»Im Ernst, was willst du ihr sagen?«

»Keine Ahnung. Aber es ist wichtig, ich will ihr sagen, dass ... na ja, ich muss sie einfach sehen, mit ihr reden, ihr erklären, dass es sich lohnen würde, einander wiederzusehen. Ich habe etwas erkannt, das mit ihr zu tun hat und das ich selber noch nicht verstehe.«

»Da musst du noch eine Weile warten.«

»Wer kann mir mehr zu dieser Reise sagen?«

»Ihr Vater verrät dir bestimmt nichts.«

Ich grinste. »Er vielleicht nicht, aber bestimmt die anderen beiden.«

Ich machte mich zur Kneipe *Um die Ecke* auf, wo ich mich von einer Frau, die eben hinauswollte, an die Bar führen ließ und dort nach den beiden fragte. Bevor ich eine Antwort bekam, standen Kobi und Otto schon neben mir und drückten mich an sich.

»Da schau einer an, unsere Zara!«, rief Kobi, tätschelte erst meine Wange, dann Allegra.

Otto packte meinen Arm und führte mich an ihren Tisch. »Das müssen wir begießen! Frida, eine Runde für uns.«

»Dummkopf, dein Glas ist ja noch halb voll.«

»Das spül' ich in einem runter.«

»Ha! Du Dummkopf erstickst ja schon an deiner eigenen Spucke!«

»Selber Dummkopf, guck, wie ich's kann.«

Ich hörte Ottos Schlücke, im Hintergrund das Klirren und Klappern an der Bar und das Gemurmel der Gäste. Otto verschluckte sich, Kobi lachte schallend. Ich schüttelte grinsend den Kopf – kein Zweifel, das hier waren Kobi und Otto!

Als ich ihnen erklärte, was mich zu ihnen geführt hatte, seufzte Kobi. »Da hat uns Emilia etwas eingebrockt! Fritz ist völlig von der Rolle – und wer muss das fünf Tage die Woche aushalten? Wir! Fritz ist ungenießbar wie ein altes Stück Schuhsohle, er dreht fast durch vor Angst, dass Emilia etwas geschehen oder dass sie länger bei ihrer Familie bleiben könnte.«

»Was hat er denn gegen die?«

»Oh, das ist eine lange Geschichte. Es ist die Geschichte ihrer Liebe.« Er verstummte.

»Na, erzählst du sie mir?«, fragte ich ungeduldig.

Er zögerte.

»Na, mach schon«, sagte jetzt Otto, »jetzt dürfen wir ja.«

Kobi nahm einen Schluck Bier. »Nun gut. Also, als Fritz jung war, bereiste er Asien, er war damals ein ziemlicher Hippie, mit langem Haar und einer Vorliebe für dicke Joints. Irgendwann ging ihm das Geld aus, da nahm er hier und dort einen Job an. Er landete schließlich in Indien, am

Fuß des Himalaja, wo er in einem Hotel einen Job als Gärtner und Handwerker bekam. Damals sah Fritz ganz gut aus, er war schlank und kräftig, wie gesagt, hatte er sogar Haare auf dem Kopf und strahlend blaue Augen. Außerdem trug er noch keine Overalls.

In diesem Hotel hatte sich die reiche Familie Bhaddam-, nein Bhadduna–«, schlimmer Fluch, »ich kann mir den Namen einfach nicht merken!«

»Sie heißen Budhamannanda«, sagte Otto.

»So ein Quatsch, nie heißen sie so, es ist etwas mit Bhaddudana–«

»Budhamannanda!«

»Jetzt gottverdammte Schei–«

»Hört auf, es ist doch egal, wie die heißen, erzähl jetzt weiter!«, warf ich ein.

»Also, die Familie war dort eingemietet, die hatten drei Söhne und eine Tochter, die hieß Sarita.«

»Sarita!«

»Ja, Sarita. Sie war neunzehn Jahre jung und hatte sich bisher erfolgreich Heiratsarrangements widersetzen können. Sie war schön wie der Taj Mahal, aber sie hatte auch ziemliche Langeweile und sehnte sich nach etwas Aufregendem. Da kam dieser fremde Mann im Garten gerade richtig. Sie beobachtete interessiert den hübschen Gärtner–«

»Also hübsch war der Fritz nun wirklich nie!«, Otto tippte mit seiner Zigarette auf den Tisch.

»Erzählst du die Geschichte oder ich?!«, schnappte Kobi.

»Ich sag ja nur.«

»Jedenfalls starrte der Gärtner zurück. So wie ich Fritz kenne, war das nicht allzu diskret. Tag für Tag himmelten sich die reiche Inderin und der mittellose Schweizer an. Das ging einige Zeit so, bis es Sarita nicht mehr aushielt. Sie schrieb auf Englisch einen Zettel: **Komm zu meinem Balkon, um Mitternacht**, wickelte ihn um einen Stein und warf ihn zu Fritz in den Garten.«

»Sie hat ihn am Kopf getroffen«, lachte Otto.

»Ja genau. Fritz war benommen vor Glück. In der Nacht

kletterte er an Dachrinnen und Rosenspalier zu ihr hinauf. Und da sah er, dass Sarita noch schöner als der Taj Mahal war.«

»Ich habe nie verstanden, warum Fritz sie mit dem Taj Mahal verglichen hat«, warf Otto ein, »sie war doch nicht wie ein Gebäude. Sie war anmutig wie eine Anemone, biegsam wie Gras, mit Augen, so geheimnisvoll wie die Nacht.«

»Otto, pass auf, dich schlabbert wieder die Muse ab!« Zu mir gewandt sagte Kobi: »Weißt du, Otto war total verrückt nach ihr.«

»Ja, und du? Du bist kein Stück besser gewesen! Bist um sie herumscharwenzelt und hast ihr den Hof gemacht.«

»Gna, gna, gna.«

Ich schnalzte. »Wie geht die Geschichte weiter?«

Otto zündete sich die Zigarette an. »Also, die zwei schauten sich in die Augen, und ich sage dir, es war pure Liebe, was sie in denen des anderen sahen. Sie herzten sich und flüsterten sich tausend Schwüre zu. Erst in der Morgendämmerung verließ Fritz den Balkon. Dummerweise erhielt Saritas Vater früh morgens einen geschäftlichen Anruf, der ihn dazu veranlasste, mit der Familie noch am selben Tag abzureisen, ohne dass sich Sarita vorher mit Fritz hätte unterhalten können. Fritz hatte es voll erwischt, und er dachte, dass die einzige Möglichkeit, Sarita wiederzusehen, darin bestand, weiter in diesem Hotel zu arbeiten – die Familie machte ja seit Jahren hier Ferien. Er musste fast ein Jahr warten, da tauchten sie wieder auf. Sarita war immer noch unverheiratet. Kaum sahen sie einander, ging das mit dem Schmachten wieder los. Fritz konnte mittlerweile besser Englisch, und sie gingen dazu über, einander nachts im Garten oder auf dem Balkon zu treffen. Die beiden waren verrückt vor Liebe, und so gedieh in ihnen der Plan einer gemeinsamen Flucht, denn es war klar, dass Saritas Vater Fritz niemals als Schwiegersohn akzeptieren würde.«

Otto nahm einen Schluck Bier. »Sie flohen in die Schweiz. Als erstes kamen sie in meiner Wohnung unter, ich zog währenddessen zu Kobi.«

»Die schlimmste Zeit meines Lebens, das kann ich dir sagen!«, warf Kobi ein.

»Sei ruhig! Also, Sarita war überhaupt nicht arrogant oder überheblich, obschon sie ja einer reichen Familie entstammte, sondern ausgesprochen nett, ja schüchtern. Am Anfang schaute sie uns kaum in die Augen. Es war für sie natürlich sehr hart – in einem fremden, kalten Land, einer total anderen Kultur, ohne ihre Familie, in einer viel tieferen sozialen Schicht. Sie musste kochen, waschen und putzen, was sie vorher bestimmt nie hatte tun müssen, als stinkreiche Tochter, aber sie erledigte alles mit erstaunlicher Leichtigkeit, als hätte sie nie etwas anderes getan. Und ich glaube, sie liebte Fritz wirklich, ja, die beiden hatten es trotz der kulturellen Unterschiede gut miteinander.«

»Abgesehen davon hätte Sarita sowieso nicht mehr zurückkehren können, sie wäre von ihrer Familie geächtet worden. Und außerdem erwartete sie ein Kind.«

»Emilia.«

»Ja. Ach, sie liebte ihre Tochter abgöttisch – sie freute sich so sehr über die Kleine! Doch die schwierige Situation zehrte offenbar an ihrer Lebensenergie. Ja, und dann erkrankte sie an einem äußerst aggressiven Lungenkrebs und starb innerhalb eines halben Jahres.«

Die Männer schwiegen bedrückt.

»Fritz war außer sich vor Schmerz und vielleicht hätte er sich umgebracht, wenn Emilia nicht gewesen wäre. In der ersten Zeit kümmerten Kobi, Emilias Opa und ich uns hauptsächlich um die Kleine. Wir gaben uns alle Mühe, aber sicherlich fehlte ihr die Mutter.«

Kobi seufzte. »Das ist die Geschichte. Fritz hat den Tod seiner Frau nie richtig überwunden, du kennst bestimmt die Sache mit seinen Zucchini. Er konnte seine Sarita nicht loslassen, erzählte aber Emilia sich widersprechende Geschichten über sie, oder sollte ich sagen: Märchen? Er war in dieser Hinsicht völlig meschugge – vielleicht seine Rache an Saritas Familie, weil er sie nicht hatte heiraten dürfen. Wer weiß.«

»Und ihr beide habt Emilia nicht die Wahrheit erzählt, obwohl ihr wusstet, wie sehr sie sich nach Informationen sehnte? Ich verstehe das nicht!«

»Was sollten wir tun – wir haben Fritz geschworen, ewig zu schweigen. Er ist unser Freund, wir hintergehen einen Freund nicht.«

Otto legte seine schwielige Hand auf meine. »Ja, aber glücklicherweise weiß Emilia jetzt alles und ist nach Indien gegangen.« Er tätschelte meine Hand. »Warum eigentlich willst du das alles wissen?«

Ich kaute auf meiner Unterlippe, dann stieß ich hervor: »Ich muss sie sehen. Ich muss sie unbedingt sehen, mit ihr reden. Ich habe etwas begriffen, was ich nicht begreife. Oder habe ich begriffen, dass ich nichts begriffen habe? Ich – ich – ich vermisse Emilia. Das – ja, das Leben macht einfach nicht so viel Spaß ohne sie. Ich will mit ihr zusammen sein.« Mein Unterkiefer klappte runter, als ich realisierte, was ich eben gesagt hatte.

30

Mrs. Barrons Fluchtvorrichtung war ein aus Drahtgeflecht geformtes »Kleid«. Brach ein Feuer aus, zog man es sich über, hängte das freie Ende des daran befestigten Seils in einen verankerten Ring und ließ sich die Außenwand hinunter.

Als ich in Mumbai aus dem Flugzeug stieg, war mir, als würde ich in den Heißluftkanal eines Warenhauses treten – glücklicherweise ohne lästiges Gebläse, unglücklicherweise auch ohne die Möglichkeit, ihn wieder zu verlassen. Die Luft flimmerte und die Sonne brannte unnachgiebig, obschon es erst Vormittag war. Der Airport war so sehr mit Menschen vollgestopft, dass ich meine Schuhe nicht mehr sehen konnte – nicht mal meine Hände konnte ich noch ausmachen, ich konnte bloß spüren, wie sie gepackt und mit mir zusammen zum Ausgang gezerrt wurden. Es waren Taxifahrer, die mich hinausgeschleift hatten und mir nun irrsinnig gute Angebote machten, das behaupteten sie jedenfalls. Bevor ich mich für eines der Taxis hätte entscheiden können, entschied der eine Taxifahrer für uns alle, indem er mich zusätzlich an der Schulter packte und zu seinem Auto zerrte. Er fragte mich, wohin ich wollte. Ich bat ihn in meinem Englisch, das nicht viel schlechter als das seine war, mich zu einem *nice hotel in the city* zu fahren. Da wackelte er heftig mit dem Kopf, was wohl als Nicken zu deuten war. Er nötigte einen älteren Inder mit Enkel sowie ein japanisches Ehepaar in seinen Wagen, sie wollten offenbar in die gleiche Richtung wie ich, dann raste er mit durchgedrücktem Gaspedal los. Ich bestaunte den chaotischen Verkehr auf der achtspurigen Straße und das große Loch im Autoboden, durch das man den Straßenbelag betrachten konnte. Es sah toll aus! Die Japaner waren kreidebleich geworden.

Der Taxifahrer hatte eine recht weit gefasste Vorstellung davon, was *die gleiche Richtung* ist, die Fahrt dauerte nämlich ewig. Wir schienen erst ans eine Ende der Stadt zu fahren, wo die Inder ausstiegen, dann fuhren wir für die Japaner ans andere Ende. Auf dem Weg zu meinem Hotel hielten wir am Straßenrand, wo ein altes dürres Männchen vor einer noch älteren Kanne saß, die auf einem noch älteren, klitzekleinen Ofen stand. Der Taxifahrer ließ sich einen Becher geben und forderte mich auf, auch einen zu nehmen. Ich kannte mich mit den Rupien noch nicht aus, aber mir schien, dass ich wesentlich mehr als der Taxifahrer bezahlte. Das Männchen grinste ein breites Zahnlückengrinsen. Ich schaute ratlos in die braune Brühe. »Chai«, erklärte der Taxifahrer, »*black tea with spices, sugar and milk.*« Das Getränk roch herrlich und schmeckte noch herrlicher, wunderbar süß, würzig und fremd! Nach dem dritten Schluck wusste ich, dass das Kapitel Kaffee für mich erledigt war und die Chai-Ära begonnen hatte. Ich überlegte mir, wem ich meine wunderschöne Kaffeemaschine schenken könnte, was eine unnötige Frage war, ich würde sie Zara geben, sie hatte solche Freude daran gehabt. Aber an Zara wollte ich nicht denken, nicht jetzt, sonst würde mein Herz wieder schwer und düster.

Das *nice hotel*, zu dem mich der Taxifahrer fuhr, sah nur andeutungsweise nett aus: Die Fassade war rissig, das Eisentor ein Rosthaufen, das Schild, auf dem der unleserliche Name des Hotels stand, hing schief. Ich fragte mich, ob der Taxifahrer ein Lump oder ob dieses Hotel nicht vielleicht aus irgendeinem Grund trotzdem *nice* war. Später sollte ich erfahren, warum er mich hierher geführt hatte: Er war der Schwager der Tante des Halbbruders des Onkels des Cousins der Hotelbesitzerin. Ich schulterte meinen Rucksack und trat ein. Drinnen war es dunkel und etwas kühler, an der Decke drehte ein riesiger Ventilator seine Runden und wackelte noch heftiger als der Kopf des Taxifahrers. Am

Empfang stand – wie Opa das ausgedrückt hätte – ein Felsbrocken von einer Frau in einem hellblauen Sari, mit einem roten Punkt zwischen den Augen, das schwarze Haar gescheitelt und zu einem losen Schwanz zusammengebunden. Kaum hatte sie mich gesehen, plapperte sie los und das in einer Sprache, die definitiv nicht Englisch war.

»*Sorry, I do not understood, no.*« Oder heißt es *understanded*?

Sie erklärte mir in ebenso lustig klingendem Englisch, dass sie mich für eine Inderin gehalten hätte, worauf ich mich geehrt fühlte. »*I'm not indian, I'm switzerlandish*«, erklärte ich, »*but my mother is from India.*«

Die Frau klatschte in ihre Hände, die mit wunderschönen Henna-Tattoos bedeckt waren. Sie kam hinter der Theke hervor, strich über meine Haare, tätschelte mir die Hüfte, kniff mich in den Oberarm, so wie das Opa auf dem Viehmarkt mit den Kühen zu tun pflegte, dann drehte sie meine Hände nach oben, schaute die Linien an und deutete sie. Sie sagte ungefähr folgendes: »Du funny farbenvoll angezogen, sehr schön! Deine Hände sind vergiftet, ja, du hast großes Gift für zu reparieren. Aber in deinem Herzen trägst du große Peinlichkeit, es ist verwundert wegen deiner Mutter und jemand, der dich nicht sehen kann.«

Es machte nicht alles Sinn, das Letzte aber schon: Jemand, der mich nicht sehen kann und es nie würde. Ich seufzte ein bisschen, da tätschelte die Hotelfrau liebevoll kräftig meine Wange. »*Don't worry, you are a lucky person, you will have a lot of children and a nice man with a slight squint.*«

»*A skwint?*«

Auf die Frage hin begann die Frau seltsamerweise zu schielen. Sie zeigte dann auf meine Augen, sagte, dass die schön seien, sie würden denen von »Shwrei« gleichen. Als ich sie verständnislos anstarrte, zog sie mich in das Zimmer hinter dem Empfang, wo eine Menge Bilder von Gottheiten und einer offensichtlich weitverzweigten Familie sowie verschiedene Filmplakate hingen. Sie zog mich zu einem der

Plakate und deutete auf die Schauspielerin: »*The same eyes as Shwrei!*«

Das Plakat, gegen das sie meinen Kopf drückte, zeigte den Film *Bride & Prejudice*. Sie tippte auf den Namen der Hauptdarstellerin: Aishwarya Rai. »*Green eyes like you, very nice. She is the most famous actrice in India.*« Als ich die Schauspielerin näher begutachtete, musste ich zugeben, dass es eine Ehre war, mit ihr verglichen zu werden. Wir gingen zurück ins Empfangszimmer. Die Frau fragte mich nach meinem Namen.

»Emilia Sarita Schneefeld.«

»Ah, Sarita!«

Von da an nannte sie mich Sarita, obwohl ich ihr erklärte, dass mein erster Name Emilia sei. Sie stellte sich als Jaiwanti Bhayakridbhayanashanachar vor. »*Just call me Jaiwanti*«, sagte sie. Ich war ihr dankbar dafür.

Jaiwanti führte mich durch die Hintertüre in einen unerwartet ruhigen Innenhof und über eine Außentreppe in den dritten, zugleich obersten Stock. Das Zimmer gefiel mir, es war voller alter Möbel aus der Kolonialzeit, die vielleicht wieder einmal hätten abgestaubt werden können. In der Mitte stand ein riesiges Himmelbett samt Moskitonetz. Während ich mich umsah, fixierte mich Jaiwanti. »*You take it?*«

»*I take it.*«

Es war Mittag, ich fiel vor Müdigkeit fast um, gleichzeitig aber war ich aufgekratzt und betäubt, geschockt und freudig erregt. Ich duschte, was ziemlich weh tat, denn das Wasser schoss in einigen wenigen dünnen Nadeln aus der Brause. Danach ging ich trotz Müdigkeit auf Entdeckungsreise. Jaiwanti deckte mich mit Adressen von Restaurants und Läden ein, mit deren Besitzern sie zufälligerweise über irgendwelche Ecken verwandt war.

In Indien als ehemaligem Kolonialstaat Englands herrscht Linksverkehr, nur war das nicht immer ersichtlich: In manchen Straßen fuhr man dort, wo es gerade Platz hatte. Autos, röhrende Mofas, Rischkafahrer, Fahrräder und dreirädrige Gefährte kurvten um Abfallhügel und Kühe, letztere tranken aus Rinnsalen oder legten sich zum Wiederkäuen nieder; Menschen, westlich gekleidet oder in farbigen Saris, drängelten zwischen den Fahrzeugen und den Kühen hindurch. Kleine und kleinste Läden boten einfach alles an, Bettler saßen oder standen am Straßenrand: einarmige, einbeinige, keinbeinige, zahnlose, Frauen mit Säuglingen, Kinder und Blinde, manche mit weißen Augen. Ich musste an Kobi denken, der mich oft genug mit dem Glasauge, falsch herum ins Gesicht gesteckt, durch die Schlosserei gejagt hatte. Ob Zara eine weiße Iris hatte und deshalb Tag und Nacht die Augen bedeckt hielt? Ich schob den Gedanken sofort weg, Gedanken an Zara waren nicht erlaubt. Sumba hätte es hier wegen der Gerüche gefallen, es roch nach einer gewagten Mischung aus exotischen Gewürzen, Räucherstäbchen, Kuhfladen, Abwasser, gebratenem Curry, Abgasen, Kot und wer weiß was! Ich fand einen Laden, von wo aus man ins Ausland anrufen konnte. Ich hatte Vater versprochen mich zu melden, wenn ich in Indien angekommen war.

»Seit drei Stunden warte ich auf deinen Anruf und stehe Todesängste aus, warum tust du das deinem Vater an?!«, bellte er ins Telefon.

»Ich wollte erst ein Hotel finden.«

»Komm nach Hause!«

Er war immer noch genauso von den Socken wie bei unserem Abschied. »Du dummer, alter Brummbär! Ich faxe dir die Adresse des Hotels durch, und beruhige dich endlich.«

»Ich bin gar nicht aufgeregt«, schnappte er, wobei er klang, als würde er gleich in einen Schreikrampf ausbrechen. »Die Familie deiner Mutter war gegen die Verbindung, deshalb sind wir gegen sie!«

»Du vielleicht, aber nicht ich.«

»Warum stellst du dich gegen mich?!«

»Vater –«

»Habe ich nicht gut nach dir geschaut?!«

»Vater, ich –«

»Was habe ich falsch gemacht, was nur? Sag es mir!«

»Du hast –«

»Du sprichst nicht mehr mit mir, warum?!«

Ich stieß ein löwenartiges Gebrüll aus, worauf mich die anderen Leute im Telefonladen verwundert anschauten. Beruhigend winkte ich ab und knurrte nochmals, aber leiser: »Vaterrrrr, du kannst mich mal!« Schwungvoll schmiss ich den Hörer auf die Gabel.

Seit ich Vater eröffnet hatte, dass ich nach Indien wollte, befand er sich in einem Zustand permanenten Ausflippens. Ich befürchtete, dass er deswegen einen Herzinfarkt kriegen würde, aber ich blieb trotzdem bei meinem Entschluss: Ich würde nach Indien gehen und zwar so bald als möglich. Wenn ich schon nicht Zara bekam, so wollte ich wenigstens meine indischen Wurzeln finden. Papa hatte mich inständig gebeten zu bleiben, hatte mir mehrere Szenen gemacht, mir geschmeichelt und den Himmel auf Erden versprochen, aber ich blieb hart. Da drohte er mich zu enterben. Ich bekam einen Lachanfall.

Nachdem er mir auf verschiedene Arten erfolglos gedroht hatte, drohte ich ihm auch, sagte, dass ich mich nie mehr blicken ließe, wenn er nicht endlich mit echten Informationen herausrückte. Er versuchte Kobi und Otto gegen mich einzunehmen, aber die standen schon längst hinter mir. Schließlich gab er klein bei.

Nach dem Telefonat fand ich zu meiner Erleichterung in einem Lebensmittelladen eine Cola – mit seltsamem Nachgeschmack zwar, aber immerhin. Die Bettler standen und saßen übrigens nicht nur untätig am Straßenrand, sondern streckten mir die hohle Hand unter die Nase und schrien *»please, please!«*. Am Abend stellte ich fest, dass ich den Jahreslohn eines indischen Bauern verschenkt hatte. In den folgenden Wochen lernte ich, mich auf einen Monatslohn täglich zu beschränken, darunter schaffte ich es nicht.

Die Mechanikerin in mir war natürlich mit nach Indien gekommen und machte sich bald nützlich. Als ich Jaiwanti zeigte, wie schön das Wasser floss, nachdem ich die Brause entkalkt hatte, klatschte sie in die Hände und schrie vor Entzücken. Da konnte ich nicht anders, als auch das Hotelschild anzuschrauben, die kaputten Lampen zu flicken, den Ventilator zu fixieren und wieder alle Feuerstellen des Gasherds funktionstüchtig zu machen. Jaiwanti hatte ihren Mann vor zehn Jahren verloren, seither war nie mehr etwas repariert worden. Als Dank durfte ich das Abendessen mit Jaiwanti, ihren drei Töchtern samt Ehemännern und Kindern einnehmen. Wollte ich mal nicht mit ihnen essen, war sie beleidigt und sprach einen Tag lang nicht mit mir, was seine angenehmen Seiten hatte, denn sie redete viel.

Eine Woche nach meiner Ankunft machte ich mich auf die Suche nach Mutters Familie. Zu wissen, dass Mumbai zweimal mehr Einwohner als die ganze Schweiz hatte, war ehrlich gesagt nicht der Mutmacher des Tages.

Ich gab in Zeitungen Inserate mit dem Foto meiner Mutter auf, mit dem Hinweis, dass ich die Familie dieser Frau suchte. Ich streifte durch reiche Viertel. Jaiwanti aktivierte ihr riesiges Netzwerk. Ich trat allen Ernstes in eine Bank, um dort nach meinem Großvater zu fragen (einen ehemaligen Bankier), aber ich ließ mich von der Drehtüre gleich wieder hinausführen, die Idee war einfach zu blöd. Und ich begab mich auf einen Höllenritt durch die indischen Ämter. Nie hätte ich gedacht, dass ich mich eines Tages nach schlecht gelaunten und wortkargen Schweizer Beamten sehnen würde, bei denen man innerhalb von fünfzehn Minuten alles geregelt bekommt. In Mumbai wartete ich auf den Ämtern stundenlang darauf, dass ich endlich an die Reihe kam, um zu erfahren, dass man mir hier nicht weiterhelfen konnte, weil eine andere Stelle zuständig war. Dort verwiesen sie mich zur nächsten Abteilung, die sich wenn möglich am anderen Ende der Stadt befand. Die Inder, die mit mir warteten, hatten zum Teil ihre Familien mitgenommen und reichlich zu essen, von dem sie mir freundlicherweise anboten. Als ich dann am hunderttausendsten Schalter von einer beleibten Beamtin erfuhr, dass ich bei dem Amt fündig würde, bei dem ich vor drei Tagen abgeblitzt war, bedeutete für mich das Tüpfelchen auf dem i! Ich knüllte mein einfaches Englisch zu einem Ball zusammen und warf ihn der erschrockenen Beamtin an den Kopf.

Betrübt kehrte ich ins Hotel zurück. Als Jaiwanti mich so sah, quetschte sie mich an ihren Busen, was mir augenblicklich den Atem nahm und mich kolossal aufheiterte. Mit meinem Kopf zwischen ihren Brüsten dachte ich, dass aus mir wohl nie *Die Kommissarin* geworden wäre, auch nicht Miss Marple oder Jack Bauer aus der Serie *24*, der jede noch so abwegige Information per Knopfdruck abrufen kann und nie sein Handy aufladen muss. Jaiwanti tätschelte liebevoll meine Wange und besah sich wieder meine Hände: »*Don't worry, soon you will be very happy. I can see a nice man for you who*«, sie begann erneut zu schielen. Ich zog meine Hände weg und erklärte ihr, dass ich zuallerletzt einen Mann wolle, was sie nicht verstand. »*I'm lesbish*« erklärte ich, worauf Jaiwanti strahlte und erwiderte, dass ihr jetzt klar sei, warum wir so gut miteinander harmonierten – sie sei nämlich Waage.

Neben meinen Suchaktionen erkundete ich Mumbai und seine Umgebung. Manchmal saß ich an einem Strand und schaute zu, wie sich die Menschen halb angezogen im Meer tummelten. Ich dachte über das indische Kastensystem nach. Ghandi hatte es zum Teufel geschickt und mittlerweile ist es zum Glück verboten, aber viele Inder halten es immer noch für richtig, Menschen in Schubladen zu stecken, wo sie nur bestimmte Berufe ausüben, bestimmte Dinge essen und bestimmte Menschen heiraten dürfen. Die Kaste der *Parias* ist die schlimmste, dort muss man die Drecksarbeit machen und es ist einem verboten, Menschen der höheren Kasten in die Augen zu schauen.

Genau genommen saß ich auch in einer Schublade, die beschriftet war mit: *Erfolglose Pfadfinderin*! Aber trotz meines Misserfolgs geschah etwas in mir, das mich gleichermaßen erstaunte und beglückte: Unter der schonungslosen Sonne, inmitten des indischen Chaos, umgeben von bizarren Gerüchen, unter Menschen, denen ich ähnlicher sah als den Schweizern, verblasste mein bisheriges Leben zu einem Schatten. Und während ich durch die Straßen Mumbais streifte, an uralten, von Ochsen gezogenen Karren vorbeibummelte; während mir ein Elefant über den Weg lief; während ich zuschaute, wie ein Barbier am Straßenrand einen auf einer Kiste sitzenden Mann rasierte; während ich in einer klitzekleinen Bude einen köstlichen Chai trank und mich nach einer wunderschönen Inderin umschaute, konnte ich förmlich hören, wie das Blut meiner mütterlichen Vorfahren durch meine Adern rauschte. Und zum ersten Mal in meinem Leben fühlte ich mich wirklich als Tochter meiner indischen Mutter Sarita Schneefeld-Budhamaranda.

Ich grub die Zehen in den heißen Sand und begann über den Sinn meines Lebens nachzudenken, aber kam dabei auf keinen grünen Zweig. Ich dachte an Zara. Ein paar Mädchen neben mir neckten sich und sprangen kichernd hintereinander her, ihre Saris leuchteten in der Sonne. Zara hatte mir die Liebe gebracht, um sie mir gleich wieder zu nehmen. Sie hatte mein Herz singen lassen, um es sofort zum Schweigen zu bringen. Sie hatte mir Leidenschaft geschenkt und sich aus dem Staub gemacht. Doch jetzt war das weit weg, wie eine Geschichte aus einem anderen Leben. Ja, meine ganzen Gefühle für sie waren nur noch wie ein leeres Gehäuse, ein ausgeschlachtetes Auto auf dem Schrottplatz. Ein junger Inder mit einem umgebundenen Holztablett bot Limonade, Nüsse und klebrige Süßigkeiten an, ich winkte lächelnd ab. Ich packte meine Sachen und schlenderte den Strand entlang. Ach, wie fühlte ich mich frei und ungebunden! In diesem Augenblick gab es nichts, das ich wollte, nichts, wonach ich mich sehnte, nichts, das ich mir wünschte, nichts, wofür mein Herz schlug. Nicht mal für Zara.

Am nächsten Tag war mein Gefühl nicht mehr so freiheitlich. Ich hatte Durchfall – was heißt da Durchfall? Durchbruch, Durchschwall, Durchsturz! Ich verbrachte mehrere Tage und Nächte auf dem Klo – eine Beschäftigung, die meine Seele schälte. Jaiwanti stopfte mich mit obskuren

Medikamenten voll, die gleich wieder aus mir herausflossen. Manchmal schickte sie Ahisma, ihre jüngste Tochter, zu mir. Ahisma war auf verwirrende Weise schüchtern und frech zugleich: Meistens mied sie meinen Blick, aber manchmal funkelte sie mich so intensiv an, dass sich mir die Nackenhaare aufstellten.

Als ich wieder genesen war – abgemagert und leichenblass, aber genesen –, zog ich meinen letzten Trumpf aus der Tasche: Ich würde das Hotel aufsuchen, in dem Mama und Papa einander kennen gelernt hatten. Es hieß *Anãnda* und befand sich am Fuße des Himalaya, 260 km nördlich von Delhi. Das luxuriöse Hotel war auf dem Grundstück eines Maharadscha-Palastes gebaut worden. Mutters Familie hatte während der heißesten Zeit im *Anãnda* residiert, des milden Klimas wegen. Mein Großvater hatte seine Geschäfte vom Hotelzimmer aus abgewickelt, meine Mutter und ihre Brüder Privatunterricht im Palastflügel erhalten, wo sich eine alte Bibliothek mit seltenen antiken Büchern und Manuskripten befand.

Nach einem tränenreichen Abschied von Jaiwanti und ihrer Familie und einem letzten intensiven Blick von Ahisma flog ich nach Delhi. Dort fuhr ich als Sardine in der Büchse mit Zug und Bus zum *Anãnda*. Hatte ich jemals so etwas gesehen? Nein, bestimmt nicht! Das Hotel war elegant, eine Perle, mein Zimmer so luxuriös, dass ich mich fast nicht zu setzen wagte: alles in edlem Dekor, mit Stilmöbeln, Kunstobjekten und so. Ich trat auf den Balkon hinaus und genoss den überwältigenden Blick auf den Ganges und die Vorläufer des Himalaja. Betäubt setzte ich mich auf einen Korbstuhl und musste an drei Dinge zugleich denken: Daran, dass meine Eltern auf einem dieser Balkone einander geküsst und sich die Liebe gestanden hatten; daran, dass Zara und ich stundenlang an der Balkonszene in *Romeo und Julia* gefeilt hatten; und daran, dass ich auf Zaras kleinem Balkon sitzend ihr meine Liebe gestanden hatte – und abserviert worden war. Ein Jüngling kam und stellte einen Begrüßungstee auf den Beistelltisch. Während er mir einschenkte, sagte er – ohne mich dabei anzublicken: »Miss, wenn ich mir die Bemerkung erlauben darf, Sie haben die gleiche Augenfarbe wie –«

»Aishwarya Rai, ich weiß.«

Das *Anãnda* war ein Traum, unwirklich, aber wunderschön. Ich hielt mich oft im großzügig angelegten Park mit Treppen, Aussichtsplätzen und lauschigen Verstecken auf und fragte mich, was Vater hier alles gemacht haben mochte. Ich versuchte mir vorzustellen, wie er zum Balkon hochgeklettert war. Eigentlich unvorstellbar! Am zweiten Tag ging ich zum Hoteldirektor und erklärte ihm in meinem Englisch, das durch Jaiwanti viel besser geworden war, mein Anliegen. Der Hoteldirektor lachte während meiner Ausführungen von Zeit zu Zeit herzlich, was mich etwas irritierte, außerdem nickte er in den unpassendsten Momenten gedankenvoll und sagte »*Yes, yes*«. Als ich fertig erzählt hatte, stand er strahlend auf, versicherte mir, dass so etwas manchmal bei ayurvedischen Behandlungen vorkäme, sich aber wieder legen werde, und er wünsche mir weiterhin einen schönen Aufenthalt.

Er verstand offenbar überhaupt kein Englisch.

»*No, no!*«, ereiferte ich mich. Ich schrieb Mutters Familiennamen auf und zeigte ihm ein Foto von ihr. Ob er die kennen würde. Endlich begriff er, worum es mir ging. Er verschwand in seinem Büro. Nach ewig langer Zeit kam er zurück und schüttelte bedauernd den Kopf. Er führe das Hotel erst seit fünfzehn Jahren, was davor gewesen sei, wisse er nicht. Aber vielleicht könne mir der alte Gärtner weiterhelfen, er habe vierzig Jahre für das Hotel gearbeitet; er lebe im Dorf oben. Er ließ den Jungen Madhu holen und beauftragte ihn damit, mich zum Gärtner zu führen. Wir machten uns gleich auf.

Das Haus, in dem der Gärtner lebte, war sehr klein, dafür war der Garten groß und voller unglaublicher Pflanzen und Blumen. Der Gärtner hieß Jiddhu, er war eben dabei, einen Strauch zu gießen, als wir ankamen. Ich glaube, ich hatte noch nie solche O-Beine gesehen, so viel faltige Haut und so wenig Zähne, dabei war ich von den Tertianern einiges gewohnt. Als der Gärtner mich erblickte, geschah etwas, das nicht erstaunlicher hätte sein können, nein, es war das Erstaunlichste überhaupt, das ich je erlebt hatte. Er machte große Augen, ließ seine Gießkanne fallen und näherte sich mir rasch, dabei schnatterte er aufgeregt in einem fort. Er kniff mich in die Wange und schrie: »Sarita?!« Er machte die üblichen Viehmarktsachen an mir – in Oberarm klemmen, Kopf hin und herdrehen, die Hüfte tätscheln – und schrie in einem fort »Sarita! Sarita?!«

Sarita? Ich blickte verdattert zu Madhu. Der hörte eine Weile dem Gärtner zu, dann erklärte er mir höflich: »Sie erinnern Jiddhu an jemanden, den er vor langer Zeit gekannt hat. Die Ähnlichkeit mit ihr ist geradezu verblüffend. Er lässt fragen, woher Sie kommen und wer Ihre Mutter ist.«

Mit klopfendem Herzen erzählte ich Madhu das Wesentliche, und er übersetzte es dem Gärtner. Der begann bald zu strahlen und umarmte mich überschwänglich. Immer wieder sagte er »Sarita!« und tätschelte mir freundlich die Wange, bis mir leicht schwindlig wurde. Er bat uns aufgeregt in sein Haus, wo er nach seiner Frau rief, die fast noch hutzeliger als ihr Mann aussah. Kaum erblickte sie mich, ging das Sarita-Geschrei wieder von vorne los. Als sie sich ein wenig beruhigt hatte, machte sie sich daran, uns einen frischen Chai zuzubereiten.

»Madhu, bitte sag mir, was sie sagen!«

Was dann folgte, war ein langes Gespräch, das zwischen dem Gärtner, seiner Frau, Madhu und mir hin und her ging. Langsam kristallisierte sich die Geschichte von Sarita, meiner Mutter, heraus, eine Geschichte, die ganz anders als alle Geschichten war, die mir Vater erzählt hatte. Sarita war die Tochter eines Unberührbaren gewesen, gehörte also der niedersten Kaste an und trat ihren Dienst im *Anãnda* schon als kleines Mädchen an. Sie arbeitete in der Wäscherei, unscheinbar, niemals jemandem in die Augen schauend, so wie das für die *Parias* Gebot ist. Sie war bildhübsch und klug, aber das konnte sie nicht davor bewahren, in der untersten Kaste zu bleiben – das jedenfalls hatten alle gemeint. Ihr Schicksal sollte sich durch den jungen Schweizer *Fritzhu Shnefeld* völlig ändern. Er war ein toller Bursche, tüchtig und nett. Leider verliebte er sich fast sofort in Sarita und hörte nicht auf den Gärtner, der ihn davor warnte, sich der jungen Frau auch nur zu nähern. Er war stur (ich rief dazwischen: »Oh ja, das ist er!«) und machte ein Jahr lang behutsam kleine Schritte auf Sarita zu. Sie blühte sichtlich auf und Fritzhu ebenfalls, und obschon Jiddhu ihm immer wieder geraten hatte, die Finger von ihr zu lassen, warb er weiter um Sarita. Fritzhu wollte das Kastensystem schlicht nicht anerkennen. Saritas Eltern hätten nie und nimmer ja zu einer Heirat gesagt, das hätte ihr Karma viel zu sehr belastet. Eines Morgens dann erschien Fritzhu nicht bei der Arbeit, und bald wurde klar, dass Sarita ebenfalls fehlte.

Für Saritas Familie bedeutete die Flucht eine große Schande, und sie zog innerhalb einer Woche weg – niemand wusste, wohin und niemand hatte sie jemals wieder gesehen.

Gelähmt saß ich vor meinem Chai und starrte die Gärtnersleute an. Ich ließ sie fragen, ob es irgendeine Möglichkeit gäbe, meine Großeltern zu finden. Sie schüttelten den Kopf. *Parias* sucht und findet man nicht, erklärte Jiddhu. Er wollte wissen, wie es meiner Mutter gehe, da erzählte ich ihm von ihrem frühen Tod. Traurig tätschelte er meine Hand und sagte, das sei bestimmt geschehen, weil sie das Karma herausgefordert habe.

Nein, erwiderte ich, wegen des Karmas sei sie nicht gestorben, sondern wegen eines Lungenkrebses. Das verstanden sie nicht.

Voller Dank verabschiedete ich mich von den beiden. Sie umarmten mich, lobten meine farbigen Kleider, fragten mich, ob ich wüsste, dass ich die gleichen Augen wie Aishwarya Rai hätte, und wünschten mir Krishna als Begleiter auf allen meinen Wegen.

In dieser Nacht lag ich lange wach. Erst vor kurzem hatte ich erfahren, dass meine Mutter Tochter einer steinreichen Familie war, und nun war sie auf einmal Mitglied der untersten sozialen Schicht! Und diesmal schien es wohl die Wahrheit zu sein. Ich war also die Tochter einer Unberührbaren. Wie seltsam! Wie – wie aufregend! Ich beobachtete vom Bett aus die Reise des halbvollen Mondes durchs Himmelsdunkel. Mein Vater hatte mir also wieder nur eine Lüge aufgetischt – aber warum? Ich konnte mir keinen Reim darauf machen. Eines jedoch war gewiss: Ich würde ihn mir vorknöpfen, wenn ich wieder zu Hause war!

In dieser Nacht hatte ich einen ellenlangen Traum. Ich musste mit Mama in großen Waschzubern die blutige Unterwäsche aller menstruierenden Inderinnen waschen, von Hand mit großen Rührkellen. Davon kriegte ich Blasen an den Händen, worauf mir Mama eine Paste draufstrich und die Blasen sofort verschwanden. Immer wenn ich aufsehen und Passanten anschauen wollte, schlug mir Mama mit der Rührkelle sanft auf die Schulter. »Stell dir vor, du bist blind, du siehst die Menschen nicht, du siehst ihre Augen nicht.« »Oh, ich weiß, wie das ist, nicht in Augen sehen zu können und es sich doch so sehr zu wünschen!«, rief ich unter Tränen. In diesem Augenblick entstieg einem Zuber Zara. Sie trug keine Brille, aber hatte die Handteller auf ihre Augen gelegt. Sie wollte sie eben wegnehmen, als ich schweißgebadet erwachte. Der Mond war schon fast untergegangen. Zara stand auf einmal glasklar vor mir. Ich wurde von einer riesigen Sehnsucht erfasst und musste erkennen, dass meine Liebe zu ihr immer noch lichterloh brannte. Ich merkte aber auch, dass sich etwas verändert hatte. Hier in Indien, dem Reich der Gurus, verrückten Asketen und Fakire, die alle ihre Verhaftung mit der Welt überwinden wollten, ließ ich mich vom Feuer meines Herzens nicht mehr verbrennen – stattdessen wärmte ich mich daran.

Ich verließ das *Anãnda*. In einigen Wochen würde ich in die Schweiz zurückkehren müssen, bis dahin wollte ich herumreisen und unter anderem auch den *Taj Mahal* besuchen, das hatte ich Kobi versprochen. Der *Taj Mahal* ist die in Stein gehauene Liebe des Moghulherrschers Shah Jahan für seine verstorbene Gattin Mumtaz Mahal. Sie starb im Jahre 1629, als sie das vierzehnte Kind gebar – na ja, wer stirbt nach vierzehn Kinder nicht?! Man sagt, dass er zwei Jahre um sie getrauert habe und sein Haar weiß vor Schmerz geworden sei. (Weshalb ich wegen Zara kein einziges weißes Haar bekommen hatte, war mir ein Rätsel!) Der Mogul gelobte ein Grabmal zu bauen, das dem Andenken seiner Frau würdig sei. 20.000 Arbeiter mit Experten aus Italien, Frankreich, Iran und Hinterasien waren fast zweiundzwanzig Jahre lang mit dem Bauwerk beschäftigt. Wow!

Ich stand lange vor dem *Taj Mahal*, Reisegruppen zogen schnatternd an mir vorbei. Ich hatte noch nie etwas so Vollkommenes gesehen. (Ich meine das Gebäude, nicht die Reisegruppen!) Die Tatsache, dass es Liebe war, die Anlass für den Bau dieses Wunderwerks gegeben hatte, entzückte mich. Gibt es etwas Wundervolleres als Antrieb? Und in diesem Augenblick beschloss ich, meinen eigenen *Taj Mahal* zu bauen, um meiner Liebe für Zara Ausdruck zu geben, einer Liebe, die nun einmal in meinem Herzen wohnte.

Überwältigt von meinen Gefühlen und Ideen, setzte ich mich auf eine steinerne Bank, den Blick weiterhin auf den *Taj Mahal* gerichtet. Schon bald wurde ich von einer alten Frau gestört, die ungefragt meine Hand packte. Sie betrachtete lange meine Handfläche, als gäbe es dort das achte Weltwunder zu sehen, dann fixierte sie mich mit stechendem Blick. Sie drückte auf die Stelle zwischen meinen Augen und tätschelte meine Wange, ähnlich wie das Jaiwanti zu tun pflegte.

Sie begann: »*The colour of your eyes –*«

»*Yes, I know: like Aishwarya Rai, verflixt again!!*«

Sie nickte zufrieden und erklärte, dass die Augen meines zukünftigen Ehemannes so grau wie ein wildes Meer seien und dass dieser Ehemann – sie suchte nach einem Wort, schien es aber nicht zu finden, stattdessen begann sie zu schielen. Ich hatte im Reiseführer offensichtlich den Abschnitt verpasst, in dem die Bedeutung des Schielens in Indien erwähnt wird! Die Frau spulte das übliche Programm ab: Dass ich viele Kinder haben, sehr erfolgreich und glücklich sein würde und dass ich meinen Vater schonen solle. Am Schluss sagte sie, dass ich in der Liebe nichts unternehmen müsse, »*your true love will find you*«. Diese unschätzbaren Ratschläge und Weißsagungen kosteten mich natürlich ein paar Rupien, aber nicht allzu viele, ich war mittlerweile ziemlich gut im Feilschen geworden, wie mir der verärgerte Blick der Frau bestätigte.

Dann kam der Tag, an dem ich mich vom Land meiner Mutter verabschieden musste, dem Land, das ja gewissermaßen meine zweite Heimat ist. Im Flughafen warf ich einen letzten Blick zurück, atmete noch einmal indische Luft ein (Kerosin- und Abfallkübelgestank), genoss ein letztes Mal die Ofenhitze, die mich manches Mal zermürbt hatte, dann stieg ich ins Innere des Fliegers und hoffte, jemand würde mich k.o. schlagen, so dass ich den Flug besinnungslos hinter mich bringen könnte.

Da flog ich nun Zara entgegen und würde ihr doch keinen Millimeter näher kommen.

31

Aber vielleicht ist kein Mensch frei
von der Narrheit des Herzens.
Arthur Schopenhauer

Zu erfahren, dass Emilia in Indien war und es ihr laut der Postkarte, die Rilke2 erhalten hatte, gut ging, war wie ein Schlag ins Gesicht. Auf dem Heimweg schneite es noch stärker, die fetten Flocken breiteten auf dem Boden dicke Duvets aus. Mir war das Schneegestöber gerade recht, obwohl mir Schnee beim Gehen und Orientieren Schwierigkeiten bereitet. Als ich vor der Wohnungstür Allegras Fell trocknete, stellte ich fest, dass sich in ihren Pfoten Eisknäuel eingenistet hatten, ich brauchte ewig, um sie rauszuklauben. Ich zog mich in mein Zimmer zurück und zerrte alle Schopenhauer-Bücher aus dem Regal auf der Suche nach einem Gedanken, der meine innere Aufruhr besänftigen und lindern würde; nein, ich suchte nicht nur einen, sondern eine ganze Horde davon. Der erste, der mir in die Hände, beziehungsweise unter die Fingerkuppen fiel, war der hier: **Unser ganzes Leben ist ein unausgesetzter Kampf mit Hindernissen, die am Ende den Sieg davon tragen.** Das war durchaus wahr, für einen blinden Menschen sowieso, aber hilfreich war diese Erkenntnis nun wirklich nicht. Ich legte mich aufs Bett, obwohl ich in dieser Lage schwerlich weiterlesen konnte, was aber keine Rolle spielte, denn ich fiel fast sofort in einen komatösen Schlaf. Dieser Abend, die Erkenntnisse über meine Gefühle für Emilia, zu erfahren, dass sie in Indien weilte, waren zu viel des Guten.

Der nächste Tag war glücklicherweise mit einem Interview und mit Hörspielaufnahmen ausgefüllt, so dass ich nicht groß dazu kam, über Emilia nachzudenken. Dachte ich. Die Frau, die ich interviewen sollte, war Caroline Perrette, der neue Stern am Himmel der Installationskunst. Ihre Kunst war auch für mich als Blinde von Interesse, da sie ertastbar ist. Das Interview wurde im Sendegefäß »Persönlich« geführt, das ich regelmäßig moderierte.

Es sollte eines meiner schlechtesten Interviews werden.

Caroline Perrette erwähnte fatalerweise am Anfang unseres Gesprächs in einem Nebensatz, dass sie vor einigen Jahren für ein paar Monate in Indien gewesen war, was sie zu der Installation *Verbrannte Witwen im Ganges* inspiriert hatte.

Ich kam augenblicklich von meinem fein säuberlich vorbereiteten, in Braille geschriebenen Fragenkatalog ab und fragte sie, wie es denn in Indien so sei. Und bevor wir uns versahen, steckten wir mitten in einem Gespräch über Indien. Die Künstlerin versuchte zwar von dem Thema wegzukommen, aber sie hatte keine Chance. Ich fragte sie, ob sie Mumbai kenne, ob es dort jetzt sehr heiß sei, ob es gefährlich für eine allein reisende Frau sei, ob man dort eine verloren gegangene Familie ausfindig machen könne, ob sie das Hotel *Anãnda* kenne, ob dieses Land einen Menschen sehr verändere und so weiter. Als ich ein Musikstück einspielte, fragte mich Caroline mit gereizter Stimme, ob ich noch lange auf diesem Thema herumreiten wolle, sie sei doch wegen ihrer neuen Ausstellung hier und nicht wegen Indien. Ich entschuldigte mich bei der blöden Zicke.

Nachdem das Lied fertig war, sagte ich: »Nun wollen wir uns über Ihre Ausstellung *Schau dir in die Augen, Kleines* unterhalten. Wie gesagt wird sie in Zürich, Basel und Genf gezeigt. Sie können sich auf einen umfassenden Einblick in Caroline Perrettes Werk freuen. Seit langem ist wieder ihr *Salon de Thé* zu sehen, ein Raum, tapeziert mit Tausenden von Teebeuteln. Und natürlich fehlt auch nicht die Installation *Verbrannte Witwen im Ganges*, zu dem sie sich in Indien inspirieren ließ. Und an dieser Stelle würde ich doch gern wissen: Sind die Krankheiten, an denen man in Indien erkranken kann, sehr gefährlich?«

Zugegeben, mir war nicht mehr zu helfen.

Nach der Sendung wurde Caroline Perrette etwas ausfällig, aber glücklicherweise führte der Techniker sie bald hinaus. Verwirrt ging ich in mein Büro zurück, legte meine Post nacheinander in den Scanner und ließ sie mir vom Computer vorlesen. Dann hörte ich mir die Emails an und machte mir dazu am Computer Notizen. Wie ich beim Nachlesen auf der Braillezeile feststellen musste, hatte ich fürchterlich viele Schreibfehler gemacht. Ich überflog mit den Fingern den Hörspieltext, den wir heute aufnehmen würden, und machte danach erst mal einen Spaziergang mit Allegra. Der Höhepunkt dieses Tages bestand darin, dass ich die Hauptfigur des Hörspiels, den heruntergekommenen Detektiv Mallony, mit *Romeo* ansprach. Habe ich schon erwähnt, dass mir nicht mehr zu helfen ist?

Am Abend aß ich mit Renée zusammen. Renées Laune war seit der Trennung von Lottchen unter jedes Niveau gefallen, sie hatte ihren Gleichmut, ihr Gleichgewicht und die zuversichtliche Art verloren. Neuerdings schmetterte sie die Türen zu und saß unerwartet lautlos da, so dass ich sie nicht orten konnte. Es kam vor, dass sie mitten im Essen fluchend die Gabel durchs Wohnzimmer pfefferte oder stundenlang durch das TV-Programm zappte. Als ich ihr die Neuigkeiten bezüglich Emilia erzählte, flippte sie aus: »Verdammt, was interessiert mich Emilia, soll sie doch ihre indischen Verwandten suchen! Scheiße, hätte ich sie bloß nie kennen gelernt! Hättest du Dummkopf bloß früher gemerkt, dass du sie liebst, dann wäre ich noch mit Lottchen zusammen! Aber nein, du musstest ums Verrecken an deinem Eroberungswahn festhalten, zum Kotzen ist das! Warum hat mich Lottchen verlassen? Weil ich fremd gegangen bin? Bullshit! Weil ich sie nicht mehr liebe? Bullshit!« Sie kratzte mit dem Messer über ihren Teller, dass es mir kalt den Rücken runterlief. »Glaubst du allen Ernstes, dass es mich interessiert, ob Emilia in Indien ist? Gottverdammtetittenscheiße!« Neben Gabeln werfen, Türen zuschmettern und lautlos herumsitzen fluchte Renée neuerdings wie ein Stallknecht, was gewöhnungsbedürftig war. Sie schob ihren Stuhl abrupt nach hinten, stürmte in Richtung ihres Zimmers und – natürlich! – schmetterte die Tür zu. Eine Zeit lang schien sie ihr Zimmer auf den Kopf zu stellen, dann drehte sie die Musikanlage voll auf – Elvis, was sonst? –, und zwar die Scheibe, die ich am wenigsten mochte. Ich ging seufzend mit Allegra zu den Zwillingen runter. Dort war es ungewöhnlich ruhig, normalerweise lief der Fernseher oder das Radio oder beides zusammen. »Ist jemand da?«, rief ich in die Stille hinein. Ich hörte ein leises Kleiderrascheln aus dem Wohnzimmer. »Wir sitzen auf dem Sofa«, hörte ich Güne sagen.

»Ist was los?«

»Hugo hat uns zusammen gesehen«, sagte Gürkchen.

»Und du glaubst nicht wo«, fuhr Güne fort, »auf der Autobahnraststätte!«

»Blöder hätte es nicht gehen können.«

»Du wolltest ja unbedingt zu IKEA«, fuhr Güne ihre Schwester an.

»Und wie hat Hugo reagiert?«

»Er sagte: Bin ich betrunken oder seid ihr wirklich *zwei* gemeine Biester?«

»Wir haben ihn zur Wiedergutmachung zu einem Kaffee eingeladen.«

»Wie großzügig von euch!«

»Spotte du nur, es war nicht die Bohne lustig.«

»Euer Spiel mit ihm war auch nicht gerade von der feinen Art.«

»Zara, verschon uns mit einem moralischen Vortrag!«

»Was ist dann geschehen?«

Güne hüstelte. »Hugo hat uns ausführlich dargelegt, welch schlimme Biester wir seien und dass wir dafür zahlen müssten. Als Wiedergutmachung verlangt er einen flotten Dreier.«

Ich begann schallend zu lachen.

»Findest du es lustig, wenn man von mir verlangt, mit meiner eigenen Schwester ins Bett zu gehen?!«, maulte Gürkchen.

»Das nicht, aber der krönende Abschluss einer verkorksten Geschichte ist es allemal.«

Sie murrten. Grinsend ging ich zu Luzia rüber. Seltsamerweise war kein Klappern auf der Computertastatur zu hören. Ich fand sie in der Küche.

»Was tust du?«

»Ich lese.«

»Du liest?«

»Ja, Poesie.« Sie legte mir ein Buch in die Hände.

»Hä?!«

»Habe ich geschenkt gekriegt.«

»Von wem, wenn ich fragen darf?«

»Darfst du nicht.«

Ich tastete den Gedichtband ab. Er fühlte sich nicht nach einem gedruckten Buch an und roch auch nicht danach. Ich fuhr prüfend über die Seiten. »Das ist handgeschrieben. Lass mich raten – mhmm … wen kennst du, der ernsthaft Gedichte schreibt?«

Luzia sagte nur: »Pfhh.«

Ich ging wieder in unsere Wohnung zurück. Eines war gewiss: In unserem Haus war der Teufel los! Bei einem Glas Wein dachte ich über meine Herzensangelegenheit nach. Schopenhauer war der Meinung, dass man nur mit sich allein in vollkommenem Einklang leben könne. Wollte ich meine jahrelange Unabhängigkeit, dieses einsame Glück wirklich aufgeben – mal abgesehen davon, dass dieses einsame Glück nicht eben berauschend war? Und hatte mein lieber Philosoph nicht treffend festgestellt, dass eine Heirat die Rechte halbiert und die Pflichten verdoppelt? Hatte er nicht ebenso richtig konstatiert, dass die Liebe vergänglich ist?

Ja, die Liebe ist vergänglich, so wie das Leben vergänglich ist, wie die Blumen vergehen, wie ein sonniger Sommertag vorbeigeht und hoffentlich bald Renées nervende Musik verklingen würde. Letzteres erfüllte sich nicht annähernd,

Elvis begann zu meinem Leidwesen *Love me tender* zu singen. Das Lästige an diesem Lied ist, dass ich mich seiner kitschigen Schönheit nicht entziehen kann. Und gefühlsduselig, wie ich nun war, dachte ich, dass – obwohl dieses vermaledeite Leben vergänglich ist – ich *jetzt* lebe, dass die Blumen zwar verwelken, aber zuvor einfach köstlich riechen und sich wunderbar anfühlen, dass es tausend Gründe gibt, einen sonnigen Sommertag zu genießen, auch wenn er abends endet, und dass sich die Liebe lohnt, auch wenn sie wie Stein und Eisen bricht.

Ich goss mir Wein nach und streichelte Allegra, die sich sofort auf den Rücken legte, so dass ich mich weit hinunterbeugen musste, um ihren Bauch kraulen zu können. Sie seufzte selig. Das waren also Schopenhauers und meine eigenen Erkenntnisse: Die Liebe ist ein unhaltbarer Zustand. Hielt mich das davon ab, mit Emilia zusammen sein zu wollen? Bewahrten sie mich davor, mich nach ihr zu sehnen? Sie schmerzlich zu vermissen? Ihre Nähe zu wollen?

Ohne Zweifel nicht.

Und ich verstand plötzlich, was Schopenhauer mit dem *Willen* gemeint hatte, welcher der Urgrund zu allem sein soll, dieser grund- und ziellose blinde Drang zum Leben. Dass der Mensch zwar tun kann, was er will, aber dass er nicht wollen kann, was er will. Dass die Vernunft nur Dienerin des *Willens* ist, der unbezwingbar mächtig, grausam und zutiefst unvernünftig ist. Ja, ich *wollte* mit Emilia zusammen sein, mehr als alles andere in dieser Welt (nun ja, wieder sehen können würde ich ebenso gern). Ich war durchdrungen von einem Verlangen nach ihr, einer Sehnsucht, seit Monaten schon, als ich noch meinte, diese Gefühle würden Felicia gelten. Ich sehnte mich nach Emilias verkorksten Redewendungen, danach, dass sie Schopenhauers Namen verdrehte, nach ihrer Frische, Spontaneität und Unbekümmertheit, nach ihren Einfällen, ihren ach so geschickten Händen und ihrem Körperduft.

Die Liebe interessiert es keinen Deut, ob ich sie im Herzen haben will oder nicht. Sie zwingt mich, Emilia zu lieben und duldet dabei keine Widerrede. Sie bringt mich dazu, an die Liebe zu glauben. Ja, die Liebe ist raffinierter und gescheiter als alle Schopenhauers dieser Welt, die können glatt einpacken. Die Liebe sagt: Ich habe Emilia für dich auserlesen, Punkt. Sie ist, ganz nüchtern betrachtet, reichlich herrschsüchtig – gegen ihren Willen bin ich machtlos.

Die Tage zogen sich dahin, ein altersschwacher, lahmer Esel zog sie. Ich hätte ihn gern mit all meiner Kraft gestoßen, damit bald März würde und ich Emilia wiedersehen könnte. Wenn ich mir jedoch bildlich vorstellte, wie das wäre, sie wieder zu treffen, hoffte ich, dass der Esel noch heute an Altersschwäche stürbe. Im Februar verbrachte ich mit Nana unser traditionelles verlängertes Wochenende im Engadin, wo wir immer stundenlang über gefrorene Seen spazierten und in St. Moritz das berühmte Café *Hanselmann* besuchten, um den Nachmittag bei Kaffee und Kuchen zu verbringen. Da Nanas Bein noch nicht verheilt war, humpelten wir diesmal nur von einer Bank zur andern, vom Stuhl einer teuren Boutique zum nächsten und eben zum *Hanselmann*. Dieses Jahr würde ich allein nach Hause zurückkehren, Nana blieb und verbrachte eine Woche mit Tiny Steiner-Stone. Seit *Romeo und Julia* waren sie beste Freundinnen – ich würde sogar behaupten, dass Nana ein wenig in Tiny verliebt war, was sie sich aber nur über ihre Leiche eingestehen würde. Ich schwieg vergnügt.

Als ich Nana von Emilias Reise erzählte, wollte sie alles haargenau wissen, aber ich konnte ihr auch nicht viel erzählen. Der Kellner brachte mir eben die zweite heiße Schokolade, als ich herausplatzte: »Nana, ich liebe Emilia.«

»Bitte? Du musst lauter sprechen, es ist fürchterlich lärmig hier.«

Nach vorn gebeugt schrie ich: »Ich liebe Emilia!«

»Was fällt dir ein so zu schreien, man schaut schon zu uns!«

»Wäre mir nicht aufgefallen.«

Nana schwieg, schlürfte ihren Tee. Offenbar war sie mit ihrem Latein am Ende, denn sie verwickelte die Leute vom

Nachbartisch in ein Gespräch über das Wetter und den Schokoladenkuchen, den es hier gab. Als die Familie gegangen war, wandte sie sich wieder mir zu. »Was war das vorhin? Das ist doch nicht dein Ernst?«

»Wenn ich gesagt hätte, dass ich einen Emil liebte, hättest du sofort verstanden, oder? Nana, du bist mir wichtig und teuer – ohne dich hätte ich meine Kindheit kaum überstanden und meine Blindheit nur halb so gut bewältigt. Ich bin deine Lieblingsenkelin. Könntest du dann nicht endlich, endlich, *endlich!* akzeptieren, dass ich Frauen bevorzuge? Es ist nun mal so.«

»Machst du ein Theater! Ich wollte bloß wissen, ob es dir ernst mit Emilia ist. Ich hoffe doch sehr, dass es nicht nur eine vorübergehende Anwandlung ist, was bei dir gut möglich wäre, du bist ja furchtbar liederlich! Ich habe mit Tiny über dich und Emilia gesprochen, und sie fand auch, dass ihr gut zusammenpassen würdet.«

»Ihr habt *was*?!«

»Tiny hat gleich gemerkt, dass du andersrum bist, und hat mich darauf angesprochen. Ich wollte mich darüber beklagen, aber sie fand, dass es natürlich sei, andersrum zu sein, Gott möge die Abwechslung. Das hat mir eingeleuchtet. Dein liederliches Verhalten ist trotzdem inakzeptabel, ich würde es dir nicht verzeihen, wenn du mit Emilia nur spielen würdest.«

Ich schluckte leer. Träumte ich?

»Weißt du«, fuhr Nana fort, »ich habe ordnungsgemäß geheiratet, bin Heinrich treu gewesen, alles *comme il faut*, aber war ich glücklich? Das einzig Schöne, was mir Heinrich geschenkt hat, sind unsere fünf Töchter. Ich dachte, dass sich die Ehe des sozialen Status und des Geldes wegen lohnen würde. Welch ein Irrtum, welch ein Fehler! Hannes war meine große Liebe, aber ich habe ihn abgewiesen, weil er bloß Schreiner war. Das war der größte Fehler meines Lebens und weiß Gott, ich habe bitter dafür bezahlt. Ich tröste mich damit, dass es meine Töchter und dich nicht gäbe, wenn ich den Hannes genommen hätte.«

»Schopenhauer sagt, dass alles, was gewesen ist, in diesem Augenblick genauso wenig noch existiert wie das, was nie gewesen ist. Was gerade in diesem Moment ist, ist im nächsten Augenblick schon vorbei. Die unbedeutendste Gegenwart hat der bedeutendsten Vergangenheit die Wirklichkeit voraus. Vielleicht täten wir gut daran, uns mehr auf die Gegenwart zu konzentrieren.«

Nana legte ihre Hand auf meinen Oberarm. »Nun, es mag sein, dass die Vergangenheit vorbei ist, aber innerlich lebt sie doch munter weiter, mehr noch: Sie verfolgt uns, weil sie uns einiges lehren will. Ich zum Beispiel verstand erst spät, dass man dem Herzen folgen muss – nicht dem Bauch, nicht dem Kopf, nicht dem Triebhaften und erst recht nicht den Gesellschaftsnormen. Sondern eben dem Herzen. Was der Liebe entspringt, kann nicht anders als richtig sein. Darum sag mir jetzt: Liebst du Emilia von Herzen, meinst du es ernst?«

»Du traust mir das nicht zu, nicht? Als Antwort möchte ich dir endlich von Felicia erzählen.«

»Deiner bezaubernden Schulfreundin, die so schrecklich umgekommen ist?«

Ich nickte und erzählte ihr von uns und unserer Liebe. Als ich fertig erzählt hatte, streichelte Nana meinen Unterarm. »Ach Liebes, wie musst du gelitten haben! Und nicht mal zu mir konntest du kommen – es tut mir so Leid!«

Auf der Heimreise rief ich Lottchen an. »Wie lange noch willst du Renée für etwas bestrafen, das sie nicht getan hat?«, fragte ich sie. »Renée geht langsam vor die Hunde, und das hat sie nicht verdient.«

»Hat sie doch«, schnappte sie.

»Weil sie nicht mit dir zusammen wohnen will und sich etwas verguckt hat? So lange eine Schwärmerei in der Fantasiewelt bleibt, ist das doch in Ordnung.«

Lottchen schnalzte abschätzig.

»Renée wirft neuerdings beim Essen die Gabel durchs Wohnzimmer.«

»Sie tut *was*?«

»Sie wirft mit Gabeln um sich, und dann wieder sitzt sie so ruhig da, dass ich sie nicht hören kann.«

»Unsinn!«

»Und sie flucht wie ein Stallknecht.«

»Das würde Renée nie!«

»Oh doch, es ist die bittere Realität, die ich tagtäglich ertragen muss. Ohne dich ist sie unerträglich und zu nichts zu gebrauchen – komm zurück.«

»Warum sollte ich? Ich habe ein neues Leben, ich bin glücklich!«, sagte Lottchen schluchzend und hängte auf.

Beeindruckend, dieses Glück!

Gibt es etwas Dämlicheres als Menschen in Liebesnöten? Wenn Schopenhauer sagt, dass Menschen so etwas wie Wassersuppen mit etwas Arsenik sind, dann hat er richtig beobachtet!

Wetten, dass Lottchen in ein paar Wochen bei Renée auf der Matte steht?

Wetten, dass ich die Wette gewinne?

32

Clara Wells entwickelte eine Reihe von Bahnhöfen, die auf Stützen ruhten und durch ein Netz von Hochbahnschienen verbunden waren. Heißluftballons, an denen die Kabinen hingen, sollten die Passagiere von einem Ort zum anderen bringen.

Alle meine Männer waren gekommen, um mich zu empfangen: Kobi und Otto, Felix mit Sumba, Rilke2 und Vater in seinem alten, schwarzen Anzug, der ihm erstaunlich gut stand; der Gute hatte abgenommen, er sah verhärmt aus, aber strahlte übers ganze Gesicht. Zum ersten Mal konnte ich ansatzweise nachvollziehen, warum sich Mama in ihn hatte verlieben können. Jeder wollte mich als erstes umarmen, weshalb ein Knäuel entstand und ich mich am Schluss wie beschädigtes Obst fühlte. Einzig Sumba schnupperte zehn Meter weiter drüben, sie erhob nicht den Anschein, als würde sie mich wiedererkennen, oder sie wollte mich dafür bestrafen, dass ich so lange weg war. Das Mistvieh.

Ich begann augenblicklich zu frieren, der Temperaturunterschied war ja auch gewaltig. Vater half mir in meinen Wintermantel, den er in weiser Voraussicht mitgenommen hatte. Schon im Flughafen erlag ich einem fürchterlichen Kulturschock – es war gespenstig leer und ruhig hier, so trist, kalt und grau, die Menschen in farblose Kleider gehüllt, und riechen tat es auch nach nichts.

Die Männer waren mit dem Zug gekommen, Felix hatte es so gewollt. Kaum saßen wir im Abteil, schaute mich Vater ängstlich fragend an, aber ich ignorierte ihn. Ich wandte mich stattdessen Felix zu, der aussah, als würde er gleich platzen.

»Felix hat dir etwas Wichtiges zu sagen«, erklärte Rilke2 unnötigerweise.

»Ja, ich werde Dompteur«, platzte Felix heraus, sein Kopf bekam diese unschöne Verfärbung, »und zwar der Beste der Welt!«

»Aha, und was willst du bändigen?«

»Ich will nicht, ich habe schon!« Er fixierte Sumba: »Komm zu mir!«

Der Hund stand träge auf und schaute Felix neugierig an. Der machte eine komplizierte Abfolge von Klatschern und Pfeiftönen und sagte: »Mach *Ssssitz*!«

Sumba setzte sich!

Jetzt folgte eine zweite Abfolge von Klatschern und Pfiffen – »Mach *Platzzzzz*!«

Sumba legte sich auf den Boden!

»Nicht schlecht, he?!«, Felix plusterte sich auf.

»Das ist mehr als nicht schlecht – das ist phä-no-me-nal! Ich glaub es nicht! Das musst du mir beibringen!«

Sumba schaute zu mir und endlich geruhte sie doch noch mich zu erkennen. Sie legte mir seufzend die Schnauze auf den Oberschenkel. Ich strich glücklich über ihren Kopf, während ich Rilke2 nach Luzia fragte. Nun wurde der auch puterrot, was ebenfalls kein berauschender Anblick war. »Gehen wir nach draußen eine rauchen«, meinte er.

»Rilke2, in Zügen besteht neuerdings Raucherverbot, vergessen?«

»Ja, ja, komm trotzdem«, er zog mich mit sich und stieß mich ins Klo, wo er sich hastig eine Zigarette anzündete.

»Wow, wie gemütlich! Kaum bin ich in der Schweiz, stecke ich in einem Zugklo und werde vollgequalmt.«

»Luzia und ich mailen fast jeden Tag«, erklärte Rilke2 unbeeindruckt von meinen Klagen. »Ich habe ihr einen handgeschriebenen Gedichtband geschenkt und sie an eine Computermesse begleitet. Das einzige, was ich dort verstand, war die Menukarte im Messerestaurant. Aber sie ist sooo süß, und nächste Woche geht sie mit mir an eine Slam Poetry-Veranstaltung.«

»Schön, und sonst?« Ich spielte mit dem Seifenspender.

»Ich verstehe nicht.«

Ich schubste ihn in die Seite, »habt ihr gedingsbumst?«

»Man darf nichts überstürzen.«

»Und weshalb nicht?«

Darauf wusste er keine Antwort, der Dummkopf.

Auf dem Weg zurück zu unseren Plätzen fing mich Otto ab und zerrte mich zurück ins WC, wo er sich gierig eine Zigarette anzündete und erleichtert aufatmete. »Züge sind zu grausamen Foltergeräten auf Schienen verkommen!«, klagte er.

Ich seufzte.

»Dein Vater ist mit Frau Ferrari ausgegangen«, sagte er.

»Was?!«

Ferrari hieß die italienische Schrebergartennachbarin, deren Mann vor einigen Jahren gestorben war. Seither half ihr Vater mit den schweren Sachen.

»Sie besuchten gemeinsam das Gartencenter, danach gingen sie in einen Tea Room und blieben bis Ladenschluss. Seither pfeift er manchmal bei der Arbeit.«

»Gib mir eine Zigarette!«, stotterte ich. »Und hol mir bitte Vater!«

Der ließ sich viel Zeit, er hatte wohl Schiss in der Hose, da wären wir ja genau am richtigen Ort. Als er endlich kam, zog ich ihn herein und verschloss die Türe. Obschon er dünner geworden war, wurde es doch eng. Vater griff sich an die Brusttasche, wo eine Zigarre steckte, aber als er meinen Blick sah, ließ er es bleiben.

»Du wolltest mit mir reden?«, begann er zögernd.

»Lüg-ner, du tau-send-fa-cher Lüg-ner!«

»Wa-was, ich –«

»Stinkreiche indische Familie hast du gesagt.«

»Nun, gew–«

»Großvater ein Bankier, Mutter und Onkel gebildet, ha!«

»Deine Mutt–«

»Hotelsuite im *Anãnda*, ha!«

»So lass mich do–«

»Ich hatte gemeint, dass du mir endlich die Wahrheit gesagt hast und jetzt das!«

»Es ist all–«

»Hast du wirklich gemeint, dass es für mich eine Rolle spielt, ob Mutter die Tochter eines Maharadschas, Bankiers, Gurus oder eines Unberührbaren ist? Denkst du so von mir? Du hast uns alle belogen – Kobi, Otto, mich, einfach alle!«

Jemand klopfte ungeduldig an die Tür. Ich rief: »Geht ein anderes WC suchen, hier ist alles schon voller Kacke!«

Vater war im Gesicht mittlerweile so weiß wie das Toilettenpapier, er kaute nervös auf seiner Zigarre. »Deine Mutter hatte es so gewollt, nicht ich! Sie hat mir auf dem Sterbebett das Versprechen abgerungen, dass ich dir nie erzählen sollte, aus welcher Kaste sie stammte. Sie wollte dir diese Schande – und in ihren Augen war es eine große Schande! – ersparen. Ich musste es ihr versprechen, das war ich ihr schuldig, sie nahm mir dieses Versprechen übrigens schon ab, bevor wir in die Schweiz flohen. Niemand sollte wissen, dass sie eine *Paria* war. Aber du hast ja deinen eigenen Kopf und wolltest es herausfinden, jetzt weißt du es.«

»Ja, jetzt weiß ich es, und es macht mir nichts aus, im Gegenteil, ich bin stolz, ihre Tochter zu sein.« Ich wandte mein Gesicht nach oben, gegen die Decke. »Hörst du, Mutter, ich bin stolz und froh, dass du diesem Dickkopf neben mir gefolgt bist!«

Dank des Jetlags konnte ich in der ersten Woche kaum schlafen, aber nicht nur deswegen – nun befand ich mich wieder in Zaras Nähe, und ich war krank vor Sehnsucht nach ihr. Ich fühlte mich, als würde ein schöner kaputter Apparat vor mir liegen, aber ich hätte keine Werkzeuge, um ihn zu reparieren. Es war, als hätte ich mein Auto frisiert, aber der Tank war leer. Es war, als stünde ich vor einem Kino, in dem der wunderbarste Film lief, aber er war ausverkauft. Ja, ich hatte kein Eintrittsbillet zu Zara, ich musste draußen bleiben. Ein paar Mal radelte ich rein zufälligerweise an ihrem Haus vorbei, es hätte ja sein können, dass ich sie rein zufälligerweise gesehen hätte, aber der blöde Zufall wollte es nicht.

Ich arbeitete an meiner Idee mit dem *Taj Zara*. Dreidimensional würde ich meine Liebe zu Zara umsetzen – ein Werk, das für alle Sinne (außer dem Sehsinn) voller Schönheit wäre.

Um diesem Vorhaben gerecht zu werden, kaufte ich eine Augenbinde und setzte mich regelmäßig der Blindheit aus. Meine Kaffeemaschine, an der Zara solche Freude gehabt hatte und die ich dank meiner neuen Chai-Sucht nicht mehr brauchte, bildete den Grundstein für mein Werk. Alles was ich entwickelte, testete ich mit der Augenbinde. Und mit jedem Mal, da ich dies tat, wunderte ich mich noch mehr, wie Zara so gut in der Welt zurecht kam.

Drei Wochen vergingen, ich lebte mich langsam wieder ein. An einem schon recht warmen Nachmittag machte ich während der Arbeit eine Chai-Pause und übte bei offener Türe mit Sumba die Befehle. Wie ich es von Felix gelernt hatte, klatschte und pfiff ich und sagte dann »*Ssssitz!*« und »*Platzzzzz!*«. Sie gehorchte zögernd, aber sie gehorchte!

Ich hatte nicht bemerkt, dass jemand über die Türschwelle getreten war, bis dieser Jemand sagte: »Offenbar ist ein Wunder geschehen.«

Wie von der Tarantel gestochen, drehte ich mich auf dem Bürostuhl um und das so schwungvoll, dass ich eine ganze Drehung machte und wieder vor meinem Chai saß. Beim zweiten Mal drehte ich mich vorsichtiger.

Zara stand in der Tür, mit Allegra und ohne Brille!

»...?!«

»Dies hier ist doch *Emilias Reparaturladen aller Art* – oder ist es neuerdings eine Hundeschule?«

Erstarrt schaute ich zu, wie Zara die Tür hinter sich schloss. Sie tastete zu ihrem Stuhl, aber der war hoffnungslos belegt, so blieb sie unschlüssig stehen. »Ich weiß, dass ich nicht kommen sollte, du wolltest dich melden, wenn du so weit sein würdest. Aber ich habe etwas, das beschädigt ist und wollte dich fragen, ob du es reparieren könntest.«

Sie war bloß wegen eines Flickauftrags gekommen! – Oh, wie war ich enttäuscht! »Was ist es denn?«, fragte ich zögernd.

»Etwas, das nur du reparieren kannst. Es braucht viel Fingerspitzengefühl.«

»Aha.«

»Also, erstens habe ich ein paar Schrauben locker«, sie deutete an ihre Schläfe. »Und zweitens läuft es hier«, sie zeigte auf ihre Herzgegend, »nicht mehr so gut.«

»Was ist denn los?«, fragte ich ganz ruhig, dabei sah es in mir aus, als wäre ich ein Flipperkasten und jemand hätte eine Kugel in Umlauf gebracht, so dass das Gerät nun wie verrückt klingen, scheppern, blinken, plinkern, krachen, rumpeln und schmettern würde.

»Es läuft nicht mehr rund, und wenn ich an eine besondere Person denke, tut es ausgesprochen weh. Ich habe solche Sehnsucht nach ihr.«

»Dann denk nicht mehr an sie, es ist zu lange her.«

»Ich rede nicht von Felicia.«

»Oh!«

»Wie gesagt, kannst nur du es wieder in Gang bringen«, sie zögerte, »wenn du willst.«

»Was soll das heißen?«

»Ich, eh, ist das nicht offensichtlich?«

Zara stand unsicher und aufmerksam lauschend vor mir, und erst jetzt begriff ich wirklich, dass sie keine Brille trug. Zara mit offenen Augen – ich war vom Donner erschlagen! Augen, die alles zu erblicken schienen und doch nichts sahen. Dieser Anblick rührte mich zutiefst. »Nein, ich verstehe nicht. Was willst du?«

»Meine Güte, sei doch nicht so begriffsstutzig! Weißt du noch auf meinem Balkon, als du mir gesagt hast, dass du mich liebst?«

»Wie könnte ich das vergessen?!«

»Da hast du gesagt: Sage mir, dass du mich nicht liebst,

und ich gehe. Ich habe dir damals nicht darauf geantwortet. Das möchte ich nun nachholen – stell mir die Frage noch einmal.«

»Was? Hier ist meinem Laden? Ich kann doch nicht einfach weggehen, wenn du sagst, dass du mich nicht liebst!«

»Bitte!«

»Also gut. Sag mir, dass du mich nicht liebst, und ich gehe – ähm – aufs Klo.«

Zaras Lippen formten sich zu einem schrägen Lächeln. »Ich kann dir nicht sagen, dass ich dich nicht liebe«, antwortete sie.

»Na super, jetzt sind wir wieder gleich weit!«

»Nein, warte Emilia! Ich kann es dir nicht sagen, weil – weil das Gegenteil wahr ist.«

Da war sie wieder, die Zeitlupe. Ich öffnete den Mund, und das dauerte eine Ewigkeit. Mein Blick glitt schneckenmäßig über die Regale meines Ladens, über Sumba und Allegra hinweg zu Zara. Ich starrte sie an und überlegte, ob ich in Ohnmacht fallen sollte oder was ich sonst tun könnte. Es müsste etwas sein, das romantisch, bedeutungsvoll und anmutig wäre. Es müsste elegant, graziös, aber auch souverän sein. Ich könnte etwas Poetisches sagen, sanft ihre Hand nehmen, es müsste einfach etwas Cooles sein. Aber ich rief bloß: »Zara, ich kann nicht anders, Achtung, ich komme!«, und stürzte mich mit so viel Schwung in ihre Arme, dass sie zu Boden stürzte und ich mit ihr fiel, glücklicherweise auf einen Stapel flachgedrückter Kartonkisten und nicht auf die harten Kacheln daneben. Bevor Zara einen Kommentar zu diesem Überfall hätte abgeben können, stammelte ich: »Du bist hier, oh, deine Augen, ja, ich repariere dein Herz, ach, ich habe dich so vermisst!« Zara nahm mein Gesicht in die Hände und strich mit den Daumen über meine Wangen, über die Tränenspuren, dann zog sie mich an ihren Mund und küsste mich, bis ich ganz geschwächt war und mich auf den Ellbogen stützte, um ihr Gesicht zu betrachten, das ohne Brille weniger geheimnisvoll, dafür verwundbar und jung aussah. »Was ist das für eine Augenfarbe – grau-blau?

grau-grün? Es sieht wie ein verdrecktes Meer an einem wolkenverhangenen Tag aus.«

»Na danke.«

»Du weißt offensichtlich nicht, wie schön ein solches Meer aussieht! Was steht in deinem Pass?«

»Grau.«

»Grau! Die haben wohl noch nie etwas von Zwischentönen gehört! Deine Augen sind sehr schön, und dann dieser wunderbare goldige Blick.«

»Mhmm, du meinst wohl Silberblick. Sag es nur richtig: Ich schiele, das ist hässlich. Aber du wolltest ja ums Verrecken meine Augen sehen.«

»Deswegen also die Brille und die Augenbinde, was bist du eitel! Nur, du schielst nicht, du hast einen Silberblick, das ist etwas ganz anderes. Du –«, plötzlich fiel der Groschen, »ja, jetzt sehe ich es – das linke ist ein Glasauge, habe ich Recht?!« Ich musste an Jaiwanti und die alte Handleserin denken, wie sie schielten, als sie von meiner Liebe sprachen. Dass Jaiwanti von einem *slight squint* sprach, einem Silberblick!

Zara drehte den Kopf zur Seite und nickte freudlos.

»Meine Güte, Zara, du siehst toll aus, und abgesehen davon bin ich dank Kobi doch *die* Glasaugenspezialistin!«

Das Bimmeln der Türglocke war zu hören, dann das »Huch« eines Kunden, der den Laden betreten hatte. »Ich störe wohl?«, stotterte er.

»Nein, nein«, lachte ich, »wissen Sie, ich muss das Herz dieser Dame flicken, und das geht auf dem Boden am besten.«

»Ja, sie macht es wirklich gut«, ergänzte Zara.

»Kann ich Ihnen helfen?«, fragte ich.

»Ach, nicht nötig«, der Kunde winkte hastig ab, »ich komme später wieder.«

Ich stand auf, um die Ladentüre abzuschließen und das Schild: *Wegen Krankheit geschlossen* an die Tür zu hängen. Nun kam ich endlich dazu, Allegra richtig zu begrüßen, worauf Sumba auch so tat, als hätten wir uns schon lange nicht mehr gesehen. Zara rief mich zu sich auf den Boden, um mich gründlich zu küssen. Dann flüsterten wir einander Zärtlichkeiten ins Ohr, die nicht einmal die Hunde verstehen konnten, obwohl sie penetrant nahe neben uns saßen. Als wir von den Kartonschachteln genug hatten, standen wir auf. Wir machten einen Spaziergang, Allegra ging brav neben uns her, Sumba weniger brav, aber das kennen wir ja. Dann musste ich Zara etwas sagen, dass mich gleichermaßen beschäftigte und verunsicherte.

»Zara?«

»Mhmm?«

»Manchmal benimmst du dich wie Casanova.«

»Mhmm?«

»Ich mag das nicht.«

»Auch dann nicht, wenn du für mich ab jetzt die vielen Frauen bist, die ich erobern werde?«

»Ich bin nur eine einzige Frau!«

»Bist du dir sicher?«

»Na ja, wenn ich in den Spiegel schaue, seh ich immer nur mich.«

»Dann bin ich die Casanova, die immer wieder die gleiche Frau erobert.«

»Ich bin schon lange erobert, ein zweites und drittes Mal ist nicht nötig.«

Da zog sie mich zu sich und flüsterte mir etwas ins Ohr. Ich lachte auf und war auf einmal erleichtert. Wir machten uns auf zu mir. Auf halbem Weg blieb Zara stehen: »Du weißt, ich bin blind und werde es bleiben. Es ist nicht einfach mit mir – ich ich weiß nicht mal, wie du aussiehst, und wenn wir eine Reise mit dem Auto machen, musstest du immer am Steuer sitzen.« Sie hob den Kopf und wartete unsicher auf meine Antwort.

Ich blieb auch stehen. »Ach ja? Du bist blind? Jetzt, wo du es sagst, fällt's mir auch auf. Danke, dass du mich gewarnt hast. Sumba, komm, wir gehen, Zara ist blind. Ein Glück, dass sie uns noch gewarnt hat.«

Auf Zaras Gesicht spiegelte sich eine Mischung aus gespieltem Entsetzen und Belustigung. Ich schüttelte lächelnd den Kopf und sagte nur »Zara, Zara!«, dann küsste ich sie und das so lange, dass die Brotverkäuferin, vor deren Laden wir standen, mit offenem Mund aus dem Laden gaffte. Als der Kuss etwas außer Rand und Band geraten wollte, besannen wir uns und gingen weiter. Vor meinem Hauseingang hielt ich Zara zurück: »Was ist eigentlich mit Schropenhauer?«

»Was soll mit ihm sein, mal abgesehen, davon dass er Scho-pen-hau-er heißt?«

»Na ja, du hast heute noch keinen Spruch von ihm vorgetragen. Sonst hast du immer einen auf Lager.«

Zara schaute mich lange an. Sie tat das natürlich nicht, aber irgendwie doch, direkt in mein Herz. Sie begann zu grinsen. »Von der Liebe wusste Schopenhauer etwa so viel wie unser Frosch vom Küssen.«

»Da bleibt uns wohl nichts anderes übrig, als eigene Sprüche zu erfinden, die wir dann rezitieren können.«

»Zitieren.« Zara lächelte.

Ich knurrte gefährlich, packte sie am Nacken und ging mit ihr plus zwei wedelnden und drängelnden Hunden hinein. Und ich grinste, weil Schobbenhauer am Ende seines Lateins war. Und ich hätte weinen können, so sehr freute ich mich auf die Weisheiten und Dummheiten, die Zara und ich gemeinsam entdecken würden.

Tausend Dank an …

das köstliche Getränk Chai — ohne es wäre mein Leben nur halb so flüssig und süß.

Mein Fahrrad (Vorderlicht defekt) — radelnderweise kommen mir wertvolle Ideen.

Susumba – diese wundervolle Bergamasker-Dame sieht Sumba verblüffend ähnlich (oder umgekehrt?), nur gehorcht sie eindeutig besser. Sie ist der einzige Hund, dem ich Asyl gewähren würde.

Schlafmütz — mit ihren Ausflügen über die Tastatur meines Computers erinnert sie mich daran, dass es Wichtigeres als Bücherschreiben gibt: Katzen streicheln zum Beispiel.

Marisa Pedretti — ihr Quängeln (»Wann kommt die Fortsetzung der Geschichte?!«) war mir seltsamerweise großer Ansporn.

Caroline Schenk (nein, wir sind nicht verwandt) — wir hassten Handarbeiten und ließen uns synchron ans andere Ufer schwemmen. Ihre Art, Dinge differenziert anzuschauen, ist mir große Inspiration, ihre Freundschaft Heimat.

Christine Funke — ihre Begeisterungsfähigkeit, auch für mein Schreiben, ist mitreißend. Sie erreicht in 24 Stunden so viel wie ich in einer Woche, was mir ein Rätsel bleibt.

Rosmarie Funke (Mutter der obigen) — seit zwanzig Jahren fragt sie mich *jedes* Mal: »So, was macht das Schreiben?« Erst nach fünfzehn Jahren sollte ihre Frage langsam Sinn machen.

Meine Eltern — ihr jahrelanges Training in Witz, Ironie, Sarkasmus und Sinn für Humor ist nicht spurlos an mir vorübergegangen (gelinde ausgedrückt).

Monika Bachmann, Borys Liechti, Christoph Lüthi, Jacqueline Simon und Stefanie Stäuble — sie warfen einen Blick über meine Schultern und gaben mir einige wertvolle Hinweise.

Buchhandlung Stauffacher und Belegschaft — für ihre Unterstützung.

Und schließlich Mona Schatzmann — dafür, dass sie mein Schatz ist (zugegeben, dieses Wortspiel ist nicht gerade erste Sahne ...) und dass sie ... mhmm ..., nein, ich halte meine Lobpreisungen lieber zurück, sonst kommt noch jemand auf die Idee und stiehlt sie mir (ich meine Mona, nicht die Lobpreisungen).

Die wunderbaren Erfindungen, mit denen ich die Emilia-Kapitel einleitete, verdanke ich Deborah Jaffé und ihrem Buch »Geniale Frauen. Berühmte Erfinderinnen von Melitta Bentz bis Marie Curie«, Düsseldorf, 2006.

Daniela Schenk

Der gleiche Geburtstag wie Whoopi Goldberg, im Jahr geboren, als die Bügelmaschine erfunden und Winnetou II abgedreht wurde. Deswegen lieber Indianer gespielt als dummen Puppen dumme Kleider angezogen, und deswegen schlechte Noten im Handarbeiten gekriegt. Nach der Schule in die Sterne geguckt, Servicetabletts balanciert, in der Nacht gewacht, Scheiben aufgelegt, Journalistik studiert, durch eine Fernsehredaktion gestolpert, in einer Werbeagentur gestrauchelt und zufällig im Buchhandel gelandet. Privat das Übliche: Wein, Weib (die beste von allen) und Gesang, zwei Katzen und im Keller eine Menge Holundersekt (selbst gebraut).

ZUM WEITERLESEN …

Daniela Schenk
Julia & Satine
Roman. ISBN 3-89741-153-9

Inselferien, Sonnenstrand. Hier entspannt sich Julia vom Rechtsstreit mit ihrem Exgatten, soweit ihre beiden Piratentöchter und die exzentrische Herzensfreundin Berthe das zulassen. Dort drüben versucht Satine zu vergessen, dass ihre Geliebte soeben einen Mann geheiratet hat … Wies es mit beiden weitergeht, erzählt dieser herzerfrischend naturtrübe und lebenspralle Roman.

Sandra Wöhe
Lass mich deine Pizza sein
Roman. ISBN 3-89741-107-5

Renates Leben pendelt zwischen ihrer fröhlichen Lesben-WG und dem durchwachsenen Alltag als Pflegeschwester. In beiden Sphären fehlt es nicht an Spannung: Da ist die Jo, neue Mitbewohnerin, die Motorrad fährt. Während drüben in der Welt der Gehhilfen ein tyrannischer Greis verdächtig viele Pillen hortet …

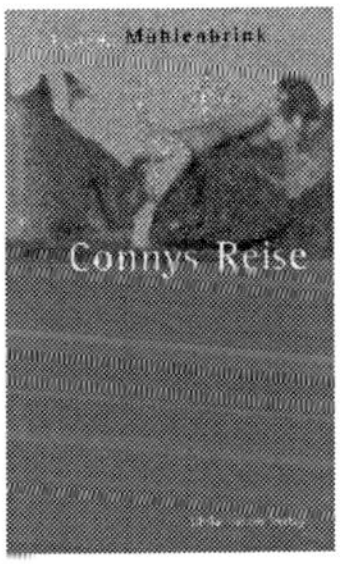

Veneda Mühlenbrink
Connys Reise
Roman. ISBN 3-89741-074-5

Die Begegnung mit Vera zwingt Conny, sich den Gefühlen zu stellen, die sie seit ihrer Kindheit verdrängt. Was sie dabei entdeckt, bringt das mühsam errichtete Kartenhaus ihrer Ehe zum Einsturz …

Anke Reutenauer
Ankunft heute, Deine Katja
Roman. ISBN 3-89741-079-6

Bewohnerinnen einer bunten Frauen-WG und der schwule Hund Rasputin sorgen in diesem temporeichen Coming-out-Roman für ständige Abwechslung – aber auch für die nötige Seelenmassage.

Gitta Büchner
Nie wieder Rigoletto ...
und andere Schwüre
Erzählungen. ISBN 3-89741-106-7

Pfeilspitze Beobachtungsgabe kennzeichnet Gitta Büchners Erzählungen. Das Lesbische spielt dabei eine scheinbar beiläufige Rolle. Gern versetzt die Autorin ihre Figuren in harmlose Alltagssituationen, die sich zu mittleren Katastrophen auswachsen. Während sie selbst weiterträumt und sich dabei konsequent den wirklich wichtigen Themen zuwendet: Glaube, Hoffnung, Liebe, Tod und kleine bissige Hunde.

Barbara Dietl / Pe Jacobi
Warme Mahlzeiten
Ein Kochbuch für Frauen,
die Frauen und gutes Essen lieben
ISBN 3-89741-047-8